Bella Andre

QUANDO UM HOMEM AMA UMA MULHER

Tradução

Marsely De Marco Martins Dantas

Novo Conceito

Título original: *Kissing under the mistletoe*

1ª Impressão — 2015

Produção Editorial:
Equipe Novo Conceito
Impressão e Acabamento Intergraf 050115

Este livro segue as regras da Nova Ortografia da Língua Portuguesa.

Dados Internacionais de Catalogação na Publicação (CIP)
(Câmara Brasileira do Livro, SP, Brasil)

Andre, Bella
Quando um homem ama uma mulher / Bella Andre ; tradução Marsely de Marco Martins Dantas. -- Ribeirão Preto, SP : Novo Conceito Editora, 2015.

Título original: Kissing under the mistletoe.
ISBN 978-85-8163-686-3

1. Ficção norte-americana I. Título.

14-12007 CDD-813

Índices para catálogo sistemático:
1. Ficção : Literatura norte-americana 813

Novo Conceito

Rua Dr. Hugo Fortes, 1.885 — Parque Industrial Lagoinha
14095-260 — Ribeirão Preto — SP
www.editoranovoconceito.com.br

Gostaria de dedicar a história de Mary e Jack Sullivan a...

Todos os "Sullifãs" ao redor do mundo. Adoro vocês.

Sarah MacLean, por sua grandiosidade inigualável.

Mamãe e papai, obrigada por apoiarem meu sonho e me ajudarem a transformá-lo em uma incrível realidade.

E ao meu marido maravilhoso, Paul. Todos os dias você me inspira a escrever sobre heróis por quem eu não consigo evitar me apaixonar. Você foi e será o meu para sempre.

Recado da Bella:

Assim que comecei a escrever sobre a família Sullivan, chegaram muitos e-mails sobre Mary e Jack, pais das oito crianças Sullivans que cresceram para se tornar os heróis e heroínas na minha série.

Será que Jack era tão sensual e adorável quanto seus filhos? Será que Mary era tão exuberante e doce quanto suas filhas? Quando foi que eles se conheceram? Foi amor à primeira vista? Será que o caminho trilhado para o romance foi difícil ou tranquilo? E será que eu poderia, por favor, contar a história de amor deles também?

Tantas vezes me perguntaram quem era o meu Sullivan favorito. Eu amo todos eles, por motivos diferentes. No entanto, assim que eu comecei a escrever *Quando um homem ama uma mulher*, finalmente fiz a minha escolha.

A história de amor de Mary e Jack Sullivan é definitivamente uma das minhas favoritas. Espero que você também a ame.

Boa leitura!

Bella Andre

Prólogo

Mary Sullivan esperou ansiosamente durante todo o ano para passar o Natal no Lago Tahoe com sua família. Depois de sete décadas de comemorações natalinas, ela ainda sentia o mesmo encanto e alegria pelas festividades de inverno de seus tempos de criança. Do lado de fora das enormes janelas do aconchegante chalé de madeira à beira do Lago Tahoe, o límpido céu azul rapidamente dava espaço às nuvens. O termômetro pendurado no tronco de um pinheiro ali perto dizia que a temperatura tinha caído dez graus desde o início do dia. Mary já tinha acendido o fogo da imponente lareira de pedra que Jack, seu marido, havia construído muitos anos antes com a ajuda dos irmãos.

A primeira queda de neve do inverno era sempre bela, mas, naquela noite, compartilhá-la com as pessoas que ela mais amava neste mundo a transformaria em pura magia.

Aquele ano seria um Natal Sullivan verdadeiramente especial, pois sua família, seus oito filhos maravilhosos e a família deles, que enchiam sua vida de tanto amor e alegria, iriam chegar ao anoitecer.

Ela mal podia esperar para ver todos eles, mas, antes que chegassem e enchessem todos os cômodos do chalé com o riso e a conversa constante, ela queria ter um pouco de tranquilidade com suas lembranças preciosas.

Afastando-se da janela, Mary foi para o enorme depósito no fundo da casa. Ao entrar, ficou ali por alguns minutos, admirando as marcas na parede.

Ela e Jack tinham anotado cada etapa de crescimento dos filhos no decorrer dos anos, desde bem pequenos até se tornarem adultos. Smith e Chase queriam muito alcançar Marcus, e quando, aos dezesseis anos, Smith finalmente ultrapassou o irmão mais velho por um centímetro, dava para ouvi-lo se gabar a quilômetros de distância. As gêmeas, Sophie e Lori, cresceram exatamente no mesmo ritmo. Diferentes de várias formas, suas meninas tinham algo mais importante em comum: o coração enorme.

Jack e seus irmãos construíram aquele chalé havia quase quarenta anos, e ela sentia o amor de todo o clã Sullivan em cada prateleira, cada azulejo, cada prego. Ela tirou uma caixa de tamanho médio da prateleira do meio e levou para a sala de estar, colocando-a em uma mesa de madeira brilhante perto da árvore de Natal ainda sem decoração.

Mary tinha vários amigos que montavam árvores de Natal elegantes usando apenas enfeites vermelhos e dourados ou prata e branco. Essas árvores eram exemplos perfeitos das festividades, tão cuidadosamente arrumadas que Mary tinha medo de acabar derrubando um dos adornos imaculados. Ela sempre mantinha uma boa distância dessas maravilhas arquitetônicas.

Ninguém jamais diria que a enorme árvore de Natal dos Sullivans era um exemplo admirável ou que chegava perto de ser elegante, com sua confusão de enfeites que não combinavam... Mary jamais mudaria coisa alguma, porém, mesmo com todos os filhos já bem crescidos. Havia uma história linda por trás de cada peça da árvore.

Com um sorriso de ansiedade, Mary pegou a caixa e tirou um fino pacote embalado em plástico bolha. Ela o abriu cuidadosamente para revelar uma obra-prima feita com palitos de picolé. Seis palitos de picolé colados em formato de estrela. No centro da estrela havia um desenho feito a mão de mais de trinta anos.

A família significava muito para Marcus, mesmo garotinho, seu primogênito, que agora comandava a bem-sucedida Vinícola Sullivan, em Napa Valley. Ele só tinha quatro anos quando fizera aquele enfeite, e havia desenhado Smith, que ainda era bem pequeno, dançando para chamar a atenção. Chase estava saindo das fraldas e descobrindo novas aventuras. Marcus estava em pé entre Jack e Mary, sorrindo ao dar as mãos para eles. Os olhos de Mary já estavam úmidos ao pendurar o enfeite de Marcus na árvore.

A próxima embalagem embrulhada em plástico bolha escolhida por ela era a mais pesada, e ela sabia que era de Smith. Mary jamais duvidara de que seu segundo filho mais velho havia nascido para ser uma estrela. Ela o aplaudiu com orgulho em todas as peças, todos os musicais e todos os filmes de sucesso dos quais ele participara em mais de três décadas.

Um dia, perto do Natal, quando ele tinha seis anos, pegou um pequeno saco de concreto no porão. Depois de misturá-lo com água até atingir a consistência desejada, fez a impressão de suas mãos na massa, assinando seu nome com um floreio na parte de baixo.

Quase exatamente duas décadas depois, Mary viu Smith colocar as mãos no concreto molhado novamente... Só que dessa vez era em sua estrela na Calçada da Fama, em Hollywood. Após encontrar um galho extraforte para pendurar a impressão das mãos, Mary arrumou o enfeite de Smith na árvore.

O enfeite seguinte tinha sua própria caixa, que era tão bonita quanto o tesouro que protegia. Quando Chase, seu terceiro filho mais velho, tinha oito anos, a professora do terceiro ano mandou um recado pedindo às crianças que levassem fotos da família para um projeto de arte. Em vez de tirar as fotos dos álbuns que Mary havia montado no decorrer dos anos, Chase resolveu tirar as fotos ele mesmo, usando a câmera que Jack lhe havia dado no aniversário de sete anos. Desde aquela época, seu filho talentoso já estava no caminho de se tornar um fotógrafo mundialmente conhecido.

No último dia de aula antes das férias de fim de ano, ele veio para casa com aquela caixa maravilhosa, cheia de colagens de fotos da família que ele mesmo havia tirado. Em uma das fotos, Marcus estava girando o irmão caçula em círculos e os dois garotos riam juntos. Em outra, Ryan era um borrão correndo atrás de uma bola. Zach foi fotografado montando uma complicada pista de carros de corrida no porão, e havia uma de Smith sendo a estrela de uma peça de teatro da escola. Na foto ao lado desta, Mary e Jack estavam sentados um ao lado do outro no sofá, cada um com uma garotinha nos braços. Chase também tirou uma foto de si mesmo, na frente do espelho, metade de seu rosto coberta pela câmera preta.

Dentro da caixa havia um enfeite redondo de plástico com uma enorme foto de toda a família reunida. Alguns anos depois, uma das crianças pegou o enfeite e, com uma caneta hidrocor, desenhou bigodes em todo mundo. De alguma forma, pensou Mary com um sorriso ao pendurá-lo na árvore, ela gostou ainda mais deles com o rosto engraçado.

Depois de colocar a caixa de fotos de Chase sobre a lareira para que todos a admirassem quando chegassem naquela noite, Mary voltou a remexer a caixa de enfeites de Natal. Quando pegou um enfeite longo e fino, seu sorriso ficou ainda maior.

Ryan, um de seus dois filhos do meio, sempre esteve ocupado com temporadas de futebol, basquete, beisebol e futebol americano. Mary lembrou-se de ter percebido que não teria nenhum enfeite feito por ele a menos que lhe pedisse para fazer um. Mas isso foi quando ele tinha nove anos e acreditava ser velho demais para fazer enfeites de Natal, principalmente porque suas irmãzinhas gêmeas adoravam qualquer desculpa para fazê-los, ficando cobertas de glitter.

Em muitas das comemorações de Natal no decorrer dos anos, os convidados ficaram confusos com o motivo de Mary ter pendurado um graveto na árvore... pelo menos até ela lhes pedir para olhar mais de perto.

Sim, o enfeite que ele havia concordado em fazer era um graveto. Mas não era apenas um velho graveto. A pedido da mãe, Ryan caminhou pelo quintal, chutando uma pedra a cada passo, resmungando para si mesmo que preferia estar no parque do outro lado da rua, jogando bola com os irmãos. Mary o observava secretamente da janela da cozinha, e, quando ele parou debaixo de um enorme carvalho e pegou o graveto para levá-lo para dentro de casa com alguns raminhos, ela se perguntou o que ele planejava fazer com aquilo.

Ryan pegou uma caneta no estojo das irmãs, que estava na sala e, com a graça usual que despendia para praticar esportes e em tudo o que fazia, começou a desenhar no galho. Quando ele terminou de fazer as ilustrações, prendeu vários raminhos nos buracos das laterais do graveto.

Alguns minutos mais tarde, Ryan voltou para a cozinha, onde Mary estava descascando batatas para o jantar, e mostrou o que tinha feito. A rena parecia bem rudimentar, mas era única. E divertida. Assim como seu filho descontraído. A maioria das pessoas nunca via além dos talentos atléticos de Ryan, mas Mary sempre soube que ele era brilhante, engraçado e muito artístico também. Agora, já adulto, ele levava tudo isso para sua carreira como lançador na Liga Principal de Beisebol.

Depois de certificar-se de ter pendurado a rena de forma que ela não se misturasse ao restante dos galhos da árvore, Mary pegou novamente a caixa para retirar mais um enfeite.

Seu outro filho do meio, Zach, sempre gostou de brincar. Desde o nascimento ele era um garoto tão impressionantemente belo que conseguia se safar de tudo simplesmente ao sorrir. Todas as garotas da classe estavam sempre enfeitiçadas por ele, assim como os professores, e todos os meninos imploravam sua amizade. E agora ele era dono de uma rede de oficinas automotivas na Califórnia e piloto de corrida em seu tempo livre.

Certa vez, no Natal, Mary tinha acabado de fazer uma bandeja enorme de biscoitos de gengibre e os deixara no balcão para fazer curativo em uma das crianças, que havia caído do triciclo no quintal. E então um de seus filhos entrou na cozinha e deu uma mordida em cada um dos biscoitos.

O que mais ela poderia fazer além de rir quando voltou para a cozinha? Nenhum de seus filhos assumiu o crime, mas, na véspera de Natal, quando Zach anunciou que havia mais um enfeite para a árvore, veja só, era um dos homens de gengibre mordidos. Zach tinha coberto o biscoito com uma grossa camada de cimento de borracha para que ele não quebrasse e enfiou um clipe no centro da testa para usar como cabide improvisado.

A vida com as crianças nunca era entediante, disso ela tinha certeza, ela pensou, sorrindo, ao pendurar o enfeite divertido na árvore. E ela não trocaria um minuto daqueles anos malucos quando estavam todos juntos no rancho em Palo Alto por nada deste mundo.

Os próximos enfeites também estavam dentro de uma caixa, e Mary foi tirando um por vez com muito cuidado. O filho mais novo, Gabe, sempre se intrigou com o fogo, então ela não se surpreendeu quando ele se tornou bombeiro. Ele mal tinha feito quatro anos quando Jack trouxe para casa um bico de Bunsen e sugeriu que tentassem fazer alguns enfeites de vidro. Mary adorou a forma como Jack contou a história dos primeiros enfeites de Natal para os filhos, explicando que tinham sido feitos exatamente daquela forma.

Ela se lembrou dos dois, lado a lado, totalmente focados na tarefa que faziam. Recordou que Jack havia tomado cuidado absoluto para certificar-se de que seu filho não iria se machucar, assim como sempre cuidou de todos, de seus filhos e dela também.

Os pequenos enfeites de vidro ficaram meio tortos e imperfeitos... e absolutamente preciosos para ela ao serem pendurados na árvore naquele e em todos os outros anos.

Quando Mary se voltou para a caixa e pegou uma enorme bola embrulhada em papel cor-de-rosa que chacoalhava em suas mãos, ela sabia exatamente de quem era aquilo. Lori, mais conhecida como “Mazinha”, era uma das suas filhas gêmeas. Mary e Jack já tinham seis garotos, que eram mais do que suficientes para mantê-los ocupados do nascer ao pôr do sol, mas isso não os impediu de desejar uma garotinha.

Ela parou de desembrulhar o enfeite ao pensar naquele sábado de manhã havia tanto tempo, quando Jack percebeu que Mary estava grávida novamente. A casa ainda estava em silêncio, um feito raro e surpreendente com tantas crianças barulhentas. Jack a acordou com seu doce ato de amor pecaminoso, e, ah, como ela adorava aqueles momentos sonolentos em seus braços, quando o prazer percorria seu corpo em ondas suaves.

Ela quase dormia novamente em seus braços quando ouviu Gabe chamar de seu quarto, no final do corredor. Com apenas dois anos, ele era o primeiro a acordar, principalmente quando estava com fome. E, como um pequeno bombeiro em treinamento, ele estava *sempre* com fome.

Ela já ia saindo da cama quando Jack a impediu com um delicado braço ao redor de sua cintura. Os olhos negros estavam cheios de tanto amor que ela quase perdeu o fôlego.

— Você está grávida.

Ela andava tão ocupada com os seis meninos que subitamente percebeu que tinha deixado de notar os sinais daquela vez. Mas agora via que os seios estavam mais fartos e a cintura levemente mais grossa.

Jack acariciou sua barriga e disse:

— Você sempre teve um brilho diferente durante a gravidez, mas desta vez você está mais linda do que nunca. — Ele a puxou para mais perto e sussurrou novamente em seus lábios, com certeza absoluta. — Finalmente você terá uma menina. — Era loucura, mas ela jura que sentiu o mesmo, uma energia levemente diferente dentro dela comparada às seis gestações de garotos.

Mas havia mais milagres por vir quando eles descobriram que iam ter gêmeas! E que sortudas eram as garotinhas Lori e Sophie por terem seis irmãos mais velhos para protegê-las e cuidar delas.

Uma rajada de vento entre as árvores do lado de fora do chalé trouxe Mary de volta ao presente. Percebendo que ainda estava segurando o enfeite de Lori embrulhado em suas mãos, ela riu com prazer quando terminou de abri-lo.

Dúzias de olhos arregalados a encaravam pelo formato arredondado da bola. Só mesmo Lori pensaria em colar olhos em movimento em um enfeite. Como dançarina e coreógrafa profissional, Lori estava sempre em movimento, mas, ao mesmo tempo, não deixava passar nada. Frequentemente era ela quem ia de irmão em irmão dando seus conselhos de especialista. Nem sua irmã gêmea nem os irmãos mais velhos passavam despercebidos por ela. Seus comentários intuitivos eram sempre expostos daquele seu jeito tipicamente atrevido, claro.

Mary pendurou o enfeite de Lori na árvore, depois voltou para a caixa para pegar uma pequena sacola de feltro branco. Sophie, mais conhecida como "Boazinha", como Chase a havia batizado muitos anos atrás, tinha possivelmente pensado muito para a elaboração dos enfeites. Sophie agora era bibliotecária, mas mesmo quando criança ela pensava bastante sobre as coisas antes de agir. Ela era tão quieta que às vezes as pessoas cometiam o erro de não incluí-la nos assuntos. Mas Mary nunca fazia isso. Sophie era incrivelmente doce, extremamente sábia, e sempre tinha a delicada paciência que Mary ainda se esforçava muito para conseguir na maioria dos dias.

Ela se lembrou do dia em que Sophie pediu para ser levada à loja de armarinho local, um pouco antes do Natal. Mary tentou ensinar todos os filhos a costurar, mas os dois únicos que se interessaram por agulha e linha foram Smith e Lori, provavelmente porque estavam sempre criando fantasias para peças, musicais e recitais. De todos os seus filhos, Sophie foi quem menos teve interesse em costurar, então, quando ela pediu para ir ao armarinho, Mary se perguntou se a filha havia mudado de ideia subitamente.

Assim que entraram na loja, Sophie foi direto para a gaveta de botões. Ela cuidadosamente analisou um a um antes de fazer suas escolhas.

Mary adorava ficar sentada vendo a mente dos filhos trabalhar. Eles nunca paravam de surpreendê-la e encantá-la. De olho na filha enquanto escolhia novos tecidos para as cortinas do quarto, Mary observou

Sophie levar sua pilha de botões ao caixa para pagar. Quando a mulher do caixa perguntou para quê ela iria usá-los, Sophie respondeu:

— São uma surpresa de Natal para a minha família.

Mary quase riu em voz alta diante da confusão no olhar da mulher. Obviamente, ela acreditava que Sophie iria dar botões como presentes de Natal. Mary não via a hora de descobrir os planos de Sophie.

Quando elas voltaram para casa, Sophie desapareceu em seu quarto com o saco de botões e o kit de costura de Mary. Durante o restante do dia, Mary esteve tão ocupada na cozinha e com a preparação dos presentes para a noite de Natal que ficou surpresa quando Sophie se levantou após o jantar para anunciar:

— Fiz um enfeite de Natal especial para todo mundo da família.

Pegando uma sacolinha de feltro feita por ela para guardar os botões, Sophie caminhou lentamente ao redor da mesa e colocou um botão enfiado em um pedaço de barbante nas mãos de cada um de seus irmãos.

Marcus foi o primeiro a segurar o seu. O enorme botão preto com nuances de todas as cores do arco-íris balançava no fio preto que Sophie tinha transpassado em um dos furos do botão. O botão de Smith era vermelho vivo e prateado e chamava a atenção de qualquer ângulo. O de Chase era simples, mas tinha um tom masculino azul-marinho. Ryan sorriu pela forma como seu botão foi pintado para parecer uma bola de beisebol. O botão de Zach tinha um tom negro lustroso, como um dos carros de corrida que ele sonhava pilotar. No botão de Gabe havia chamas entalhadas na frente. O de Lori era o mais chamativo de todos, coberto de brilho e glitter. O botão que Sophie fez para si mesma era retangular e parecia uma miniatura de livro de capa dura.

— Que surpresa fantástica — Mary disse ao admirar a forma como Sophie tinha conseguido brilhantemente capturar a personalidade de cada um dos irmãos com botões, entre todas as coisas. Todos os filhos concordaram com isso ao irem em direção à árvore para pendurar os enfeites.

Sophie foi para o colo de Mary e disse:

— Este é para você, mamãe.

Sophie colocou um botão em forma de coração na palma da mão de Mary. Seus olhos já estavam marejados quando a menina tirou mais um botão da sacola.

— Fiz um para o papai também. — O último botão era coberto de veludo marrom e estava quente e sólido nas mãos de Mary. — Você acha que ele iria gostar?

Mary não conseguiu conter duas lágrimas que rolaram em seu rosto.

— Ele teria *amado*.

Quando uma rajada de vento chacoalhou os altos pinheiros do lado de fora do chalé e Mary voltou ao presente, ela percebeu que estava no meio da sala de jantar, segurando a sacola de feltro contra o peito, sobre o coração. Voltando para perto da árvore, cuidadosamente pendurou cada um dos botões em um grupo de espessos galhos verdes, e então colocou a sacolinha de volta na caixa.

Só faltava colocar dois enfeites, os que Mary e Jack deram um para o outro em seu primeiro Natal após se casarem. Ela os pegou e foi se sentar na cadeira ao lado da lareira. Depois de desembalá-los cuidadosamente, ela os colocou lado a lado em seu colo e passou os dedos pelos contornos familiares.

E, enquanto Mary fechava os olhos para saborear as lembranças de quando se apaixonou por Jack Sullivan, os primeiros flocos de neve do inverno começaram a cair...

Um

Início de dezembro, há quase quarenta anos...

Jack Sullivan precisava de um milagre de Natal.

— Sem dúvida a Agenda Eletrônica de Bolso é um ótimo produto. Por isso concordamos em produzir milhares de unidades, prevendo os grandes pedidos para o Natal — Allen Walter explicou. O distinto homem de cabelos grisalhos que tinha fundado as Indústrias Walter estava com a invenção de Jack nas mãos. — Infelizmente — Allen disse ao colocá-la na mesa e deslizá-la para longe —, nossos representantes comerciais nos disseram que seus clientes estão muito mais interessados em fazer pedidos de brinquedos tipo Pet Rock e pôsteres de símbolos sexuais, como Jacqueline Bisset, para as vendas de Natal. Minha empresa já perdeu muito dinheiro com vários produtos ótimos este ano. Precisamos ter certeza das vendas deste Natal, então vamos ter que cortar as perdas agora. Temo que este seja o fim da Agenda Eletrônica de Bolso.

Há dez anos, Jack tinha acabado de entrar no programa de doutorado em engenharia elétrica na Universidade de Stanford quando acordou no meio da noite com a visão bem clara de um aparelho eletrônico portátil que ajudaria as pessoas a manter o controle de seus compromissos e suas listas de tarefas. A princípio eles acharam que ele estivesse louco, mas Jack se agarrou a essa visão de forma inabalável. Quando terminou o doutorado, três de seus colegas de curso juntaram-se a ele na busca pelo desenvolvimento da Agenda Eletrônica de Bolso.

No clássico estilo do Vale do Silício, Jack, Howie, Miller, Larry Buelton e James Sperring saíram dos laboratórios do campus e se estabeleceram na garagem da casa que Jack alugava em uma rua suburbana de Palo Alto. James se casou um ano depois e saiu do grupo para assumir um emprego estável com salário mensal. Mas Larry e Howard ficaram com Jack e com as centenas de fatias frias de pizza e xícaras de café enquanto gastavam todo o suor em seus computadores e calculadoras. Fracassaram várias vezes e cometeram erros intermináveis, mas obtiveram sucesso suficiente para continuarem seguindo em frente com seu plano, junto com os empregos de meio período na área de engenharia para manter as contas pagas.

Naquela manhã, quando os três vestiram terno e gravata para a reunião com Allen Walter, imaginavam que ele lhes daria ótimas notícias sobre como as coisas estavam caminhando para o grande lançamento de seu produto para as festividades. As Indústrias Walter foram um dos primeiros investidores da Hewlett Packard e, pelo que Jack sabia, eram o único parceiro a quem ele teria confiado sua criação. Foi emocionante quando a empresa de Allen assinou no começo do ano o contrato para produzir e distribuir a Agenda Eletrônica de Bolso aos varejistas naquele Natal.

Jack trabalhou duro demais e tempo demais para deixar Allen e as Indústrias Walter acabarem com tudo. Mesmo que vários outros novos produtos tivessem tido desempenho inferior, ele sabia que o seu produto não teria. Felizmente, ele fizera uma pesquisa extensiva e sabia exatamente o que tinha ido mal e o porquê.

— A Factomatic não é atraente para um mercado mais amplo — disse Jack. — E a Playerphone é muito parecida com a Stylophone. Mas a nossa Agenda Eletrônica de Bolso não é só um brinquedinho tecnológico para homens. As mulheres vão adorar usá-lo, pois vai facilitar a vida agitada delas. Até mesmo as crianças podem usar para controlar a lição de casa e os esportes após as aulas — Jack lembrou-se de que sua mãe estava sempre ocupada ao criar os quatro filhos ao mesmo tempo em que trabalhava meio período na Secretaria de Educação do município. Ela teria adorado uma invenção como aquela à sua disposição para manter as compras da casa e os horários da escola sob controle. Seu pai poderia ter usado a invenção para acompanhar as notícias sobre seus times favoritos e seus investimentos.

— Não tenho dúvida de que você esteja certo — Allen concordou. — O problema não é se as pessoas vão gostar da invenção ou não. Tenho certeza que vão. O problema é fazer com que os varejistas queiram fazer um estoque disso, em primeiro lugar. Entre a inflação crescente e o lento crescimento econômico, está cada vez mais difícil fazer com que as lojas deem uma chance a um produto novo. Elas têm que acreditar verdadeiramente que as pessoas vão querer gastar seu dinheiro suado para comprar o produto.

Jack via que seus sócios, Larry e Howie, estavam cada vez mais murchos diante das palavras do executivo. Mas seria preciso muito mais do que algumas frases de desânimo para fazer com que Sullivan desistisse.

— Agradecemos a sua preocupação, Allen, e gostaríamos de voltar em vinte e quatro horas com um plano de marketing que o convencerá de que a nossa invenção pode ser extremamente lucrativa para os seus varejistas.

Howie lançou um olhar para Jack, que entendeu mesmo sem ele dizer palavra alguma: *Por que você está se oferecendo para criar um plano de marketing? Somos engenheiros, não publicitários.*

A expressão de Larry era mais fácil ainda de ser interpretada: *Já era.*

Allen balançou a cabeça negativamente:

— Admiro seu empenho, Jack, mas os tempos mudaram, e rápido demais, na minha opinião. As pessoas não estão mais interessadas em benefícios e auxílio. — Ele pegou a Agenda Eletrônica de Bolso mais uma vez. — Vamos fazer o seguinte: se você conseguir descobrir uma maneira de dar *sex appeal* a este aparelho, podemos dar continuidade à conversa.

Jack tinha certeza de que poderia facilmente provar a utilidade do aparelho. E definitivamente conseguiria detalhar seus benefícios de economia de tempo.

Mas *sex appeal?*

Até mesmo Jack sabia quando estava indo diretamente para um beco sem saída.

Ainda assim, ele tinha conseguido mais vinte e quatro horas. Agora era o momento de usar essas horas para ter absoluta certeza de que ele e seus dois sócios criariam algo tão grande, tão confiante e tão "sexy" que os varejistas não iam conseguir dizer não.

Tomando cuidado para não deixar as dúvidas transparecerem, Jack se levantou para cumprimentar Allen e os demais membros da diretoria. E então foi iniciada a contagem regressiva.

Em silêncio, Jack e seus dois sócios pegaram o elevador do vigésimo andar até o saguão. Nenhum deles disse uma só palavra até saírem das enormes portas de vidro em direção à calçada. Dez da manhã era um horário bem agitado no distrito financeiro de São Francisco, e eles tinham que falar alto para serem ouvidos por cima do barulho do trânsito e dos homens e mulheres de negócios apressados que passavam por eles.

— Como a gente vai dar *sex appeal* à Agenda Eletrônica de Bolso? — Howie perguntou, claramente frustrado.

— Se tivéssemos feito o lançamento há dois anos, antes de a recessão começar, os varejistas a teriam aceitado sem pestanejar. — A expressão de Larry era de total desânimo enquanto falava. Ele era um gênio, contudo mais de uma vez fazia com que Jack se lembrasse de Ió, o melancólico burro que era personagem do livro infantil que a mãe lia para ele quando era pequeno. — Mas agora? Vai ser preciso um milagre para convencê-los.

Howie era o realista. Larry era o pessimista. E Jack era a energia que mantinha os motores brilhantes e criativos funcionando, não importava o que acontecesse.

— Nós três vamos pegar um café e começar a pensar em ideias.

Eles tinham planejado abrir um champanhe naquele momento, e não tomar mais café. Jack afastou esse pensamento para se concentrar no problema que tinham: fazer com que o aparelho se tornasse "sexy", não somente para os homens, mas para as mulheres também.

De todos os problemas que Jack teve que enfrentar na última década, preocupar-se com sexo não tinha sido um deles. Ele tinha grande apreço pelas mulheres. Gostava de observá-las quando se movimentavam, gostava de senti-las macias e quentes debaixo dele e apreciava a forma como a mente feminina trabalhava. E, da mesma forma que comer e beber tinham deixado de ser prioridade por causa de seu trabalho, mulheres e sexo também estavam em segundo plano.

Larry suspirou quando saíram do ônibus e viraram a esquina da Union Square, que estava inteiramente decorada com luzes em todas as vitrines das lojas e enormes guirlandas verdes nos postes de luz.

— Se não conseguirmos convencer os varejistas a comprar nosso produto neste Natal, estaremos oficialmente sem dinheiro. E estou ficando velho demais para continuar vivendo à beira da falência completa, pessoal.

Howard fez um gesto em direção ao centro da Union Square, onde havia um trailer na esquina. Várias plataformas de luz foram montadas para iluminar a neve trazida para o cenário. Flocos de neve fresca caíam de outra plataforma, posicionada acima de um palco muito bem iluminado.

— Imagine ter fundos para montar algo assim para vender nossa invenção.

A cafeteria de costume estava bem à frente deles. Em vez de entrar, Jack desviou para a calçada.

— Aonde você vai? — Howie perguntou.

— Olhar mais de perto.

Larry tinha razão. Eles precisariam de um milagre nas próximas vinte e quatro horas para manter o sonho vivo. Jack sabia que não seria o fim do mundo se não fechassem aquele negócio. Ele conseguiria um emprego com facilidade em qualquer uma das empresas de tecnologia de ponta do Vale do Silício. Mas ele nunca quis trabalhar para os outros. E, assim como aquela cena da neve no meio de São Francisco tinha sido a visão impossível de algum diretor, Jack queria ver sua própria visão impossível ganhar vida também.

O sexto sentido o fez continuar seguindo em frente na Union Square. Ele não sabia exatamente o que ia aprender ao assistir à gravação de um comercial ou de um filme. Só que naquele dia precisava testemunhar a fantasia se transformando em realidade.

Virando o colarinho dos paletós para cima e enfiando as mãos nos bolsos para tentar se aquecer contra a forte brisa da baía que chicoteava os altos edifícios, os três homens cruzaram uma esquina movimentada. Eles tinham acabado de pisar na calçada quando a porta do trailer se abriu.

E a mulher mais linda do mundo saiu de lá.

Jack parou tão subitamente que tanto Howie quanto Larry bateram nas costas dele e um carro que virava a esquina quase os atropelou.

Os cabelos negros e lisos eram brilhantes e caíam nos ombros cobertos de veludo vermelho. O tecido macio marcava os contornos perfeitos da silhueta, retorcendo-se de forma sedutora ao redor do incrível par de pernas, parecendo até mais macio com os saltos extremamente altos. Dedos longos e elegantes culminavam em unhas pintadas de vermelho que combinavam com o vestido e com os lábios carnudos que se curvavam em um sorriso.

A mulher no set de filmagem da Union Square não era apenas a mais bonita que Jack já tinha visto; ela era também a mais vibrante. Assim que ela se posicionou na cena debaixo das luzes, o fotógrafo começou a tirar fotos dela. Embora Jack não soubesse o que ela estava vendendo, ele queria o produto mesmo assim.

E *ela.*

Ele também a queria.

— Minha namorada jamais vai acreditar quando eu contar a ela que vi Mary Ferrer em carne e osso — Howie mostrava uma expressão de fascinação.

Larry arqueou a sobrancelha e indagou:

— Você sabe o nome dela?

— Ela está na capa de várias revistas que ficam jogadas na sala de estar da Layla. É difícil acreditar que Mary Ferrer é até mais bonita pessoalmente.

Homens, mulheres e crianças de todas as idades pararam o que estavam fazendo no meio do centro da cidade de São Francisco para observar a linda modelo posar para as fotos. Conforme ela sorria, flertava e ria para as câmeras, ela era sexy sem ser exagerada e doce sem ser melosa.

Uma garotinha soltou-se da mão da mãe e se aproximou do set de filmagem com um grito de alegria. A modelo pegou a garotinha nos braços com uma risada, e as duas conversaram animadamente até a mãe se apressar para pegar a filha de volta. Jack não ouvia o que elas estavam falando, mas conseguia ver que Mary, sem pensar duas vezes, estava mostrando à mãe da garota que não precisava se desculpar.

Foi então que Jack sentiu algo dentro dele se apertar... e imediatamente soube por quê.

— Ela é a resposta aos nossos problemas.

Mas o que ele sentiu ao olhar para a bela estranha não era apenas o fato de ela ser a porta-voz perfeita para a invenção deles. Jack era um cientista que acreditava no que podia provar com números, cálculos, fios e chips encantados. Ao mesmo tempo, ele estava seguindo um sonho antigo o suficiente para entender que a paixão está por trás de tudo.

Subitamente, teve que perguntar a si mesmo se amor à primeira vista era de fato possível...

Larry e Howie se viraram para encará-lo como se ele tivesse enlouquecido:

— De que forma aquela bela criatura poderia ter algo a ver com nossos problemas?

— Nosso aparelho precisa de *sex appeal*. Ela está cheia disso. Mas também precisamos de alguém que o represente, que apele para o mercado mais amplo possível. — Ele via tudo com tanta clareza, da mesma forma que tinha visto dez anos atrás. Eles precisavam tanto de fotos dela com o aparelho na mão quanto de comerciais de TV, pois as pessoas não conseguiriam tirar os olhos dela, e também não iam querer ficar sem o produto que ela estava vendendo. Ele apontou para a multidão de homens e mulheres, meninos e meninas de todas as idades. — Estão todos hipnotizados. Nem mesmo crianças de dois anos de idade conseguem resistir a ela.

— Tudo bem — Howie disse, lentamente —, seus argumentos são bons. Mas como você vai conseguir convencer Mary Ferrer a trabalhar conosco? Principalmente quando ela é uma das modelos mais caras do mundo, e nosso orçamento neste momento mal dá para o café.

— Não se preocupe — disse Jack. — Vou convencê-la.

Howie e Larry se entreolharam com as sobrancelhas arqueadas, mas nenhum dos dois expressou dúvida. Ambos sabiam que, quando Jack Sullivan decidia fazer algo acontecer, ele sempre conseguia o que queria.

Dois

Mary Ferrer mal podia acreditar que aquela era a sua última foto.

Durante o pequeno intervalo em que Gerry, o fotógrafo, mudou o filme e a cabeleireira retocou seu penteado, ela olhou ao redor do cenário que havia sido criado para sua sessão de fotos.

Debaixo de quantas luzes brilhantes ela havia se sentado nos últimos treze anos? Com quantos maquiadores e cabeleireiros já tinha trabalhado? Com quantos lindos pares de sapatos havia se sentido como se estivesse pisando em pregos? Para quantas cidades grandes tinha viajado para participar de eventos de moda, partindo assim que o evento acabasse para cumprir o próximo compromisso a tempo?

Apesar de Mary nunca ter creditado tudo à sorte, a verdade era que ela começou a perder interesse em todas aquelas fabulosas armadilhas por volta dos vinte e cinco anos. Havia sido descoberta aos dezenove por um jovem olheiro muito bem-vestido que passou pelo vilarejo procurando um café enquanto estava de férias na Itália. O homem deu seu cartão a Mary e implorou que ela o deixasse representá-la como modelo. Ela agarrou a grande chance com as duas mãos.

Todas as suas amigas de infância estavam casadas ou noivas aos dezoito anos. Assim como todas as outras mulheres do vilarejo, Mary sabia que suas amigas teriam muitos filhos antes de chegarem aos trinta anos... e ficariam no mesmo lugar durante toda a vida.

Mas Mary sempre sonhou com algo mais.

Com algo maior.

E melhor.

Ela sempre quis viajar pelo mundo, repleta da necessidade de ver o que mais havia por aí. Leu tudo o que pôde encontrar na biblioteca sobre outros países, de atraentes revistas sobre viagens a atlas bem velhos. Ela também aprendeu inglês tão bem que sabia ler fluentemente quando acabou o ensino médio. Sozinha em seu quarto, Mary lia livros em inglês em voz alta e tentava copiar a entonação das atrizes que estrelavam os filmes americanos legendados nos cinemas de Roma.

Infelizmente, tudo o que a mãe de Mary queria era que ela encontrasse um bom homem que conseguisse "domar" seus desejos selvagens e lhe desse filhos. Se Mary fechasse os olhos e bloqueasse o som das atividades ao redor, ainda conseguiria se lembrar da última conversa entre as duas como se fosse ontem.

— Não vou deixar você partir — declarou Lucia Ferrer.

Mas Mary não tinha herdado apenas os cabelos negros da mãe, os olhos azuis flamejantes e a pele morena. Ela também herdou a teimosia.

— Essa é a minha chance de finalmente sair desta cidadezinha — ela rebateu, em italiano acelerado. As duas eram tão parecidas que o passar dos anos, desde que Mary chegou à adolescência, tinha sido carregado de tensão. O pai fez o melhor que pôde para tentar amenizar as coisas entre mãe e filha, e seus olhos mostravam que ele ficava alarmado quando elas trocavam farpas.

— Aquele homem na cafeteria quer que você vá para Nova York para que fique nua na frente de estranhos com roupas chamativas depois de pintar o rosto com maquiagem como uma vagabunda.

Terrivelmente frustrada com a forma como a mãe automaticamente supunha o pior, e com o fato de ela não lhe dar crédito algum por saber diferenciar o certo do errado, Mary explicou novamente:

— Randy é um olheiro que trabalha para uma agência muito bem-sucedida. Ele disse que pode me arrumar trabalho como modelo com estilistas famosos em Paris, Londres e Nova York — ela declarou, erguendo o queixo. — E nada do que você disser ou fizer vai me impedir de ir.

Mas a mãe se recusava a ver as coisas como Mary via.

— Se você sair daqui hoje, nem se preocupe em voltar. Você não será mais minha filha.

Naquele momento, que ela jamais esqueceria, Mary deixou a falta de sensatez absoluta da mãe, e seu próprio temperamento esquentado, empurrá-la porta afora, levando-a para longe daquele vilarejo do interior.

Mary porém, jamais acreditou que a mãe fosse manter a ameaça.

Ela estava errada.

Quando Mary abriu os olhos, estava feliz por poder focar as luzes e a alegria do centro da cidade de São Francisco na época de Natal, em vez de ceder à dor que corroía seu coração e que não parava de crescer a cada ano em que ela continuava sendo uma estranha para seus pais.

Todavia, embora Mary desejasse profundamente que ela e a mãe pudessem ter chegado a um acordo em relação às oportunidades da sua carreira, Mary não conseguia imaginar-se desistindo das experiências que havia tido pelo mundo nem da chance de ter trabalhado com tanta gente talentosa e apaixonada. Os últimos treze anos tinham sido excitantes, lucrativos e desafiadores. Apesar de trabalhar longas horas e em condições como as daquele dia, quando o vento de inverno soprava diretamente pelo fino veludo do seu vestido e a congelava de dentro para fora, ela nunca reclamava da carreira.

Gerry, um dos seus fotógrafos favoritos, foi até onde ela estava na lateral do set com um sorriso de desculpas no rosto.

— Desculpe pelo atraso, Mary. Sei que está frio aqui. Você está pronta para começar de novo para que possamos terminar e nos aquecer?

Mandando os pensamentos embora, ela sorriu para ele e disse:

— Com certeza.

Mas, em vez de continuar de onde estavam, ele colocou a mão no braço dela e comentou:

— Ainda não acredito que esta é a última vez que vou fotografar você. Por favor, diga-me que mudou de ideia.

Mary o teria abraçado se isso não fizesse com que todos os profissionais entrassem em pânico e perdessem mais quinze minutos com retoques no cabelo, na maquiagem e nas roupas.

Ela teve uma carreira impressionante e ainda estava em alta no mundo todo tanto para comerciais e fotos quanto para desfiles, mas, depois de ter visto o que acontecia com as modelos quando continuavam trabalhando após seus tempos áureos, e que elas ficavam amargas quando inevitavelmente eram deixadas de lado por causa de mulheres mais jovens, tomou a decisão de iniciar a próxima fase da sua vida.

— Amei trabalhar com você, Gerry. Felizmente, trabalharemos juntos de uma forma diferente no futuro.

— Você já decidiu o que vai fazer agora?

Assim que ela anunciou a aposentadoria da carreira de modelo, Mary recebeu várias ofertas para pensar a respeito: editora de moda em uma revista de grande porte, trabalhar com Randy na agência, consultora em uma empresa de maquiagem. Na adolescência, ela sabia que se tornar modelo era a escolha totalmente certa. Agora, depois de treze anos ininterruptos, Mary tinha ciência de que precisava de todo o tempo necessário para pensar no que faria em seguida. E ela começaria estabelecendo-se na bela casa geminada que tinha alugado no mês anterior em Nob Hill, apenas a alguns quarteirões da Union Square.

— Assim que eu decidir — ela prometeu ao amigo —, você será o primeiro a saber.

Ao voltar ao seu lugar, ela virou o olhar para o lado e viu um homem extremamente bonito observando a sessão de fotos. Ele usava terno, mas o cabelo negro estava um pouco comprido e a barba malfeita parecia não ter sido tocada havia uma semana, no mínimo. O olhar dele demonstrava interesse, como muitos outros. Mas algo na forma como ele olhava para ela parecia um pouco diferente... como se ele a estivesse olhando mais profundamente do que os homens geralmente olhavam.

Meu Deus. Mary havia trabalhado com os homens mais bonitos do mundo, mas nenhum deles jamais fez com que ela sentisse o choque da atração. Principalmente não com aquele olhar.

O terno, francamente, parecia totalmente errado para ele. E não só porque ele precisava de um tecido de melhor qualidade, costurado pelas mãos de um excelente alfaiate. Algo lhe dizia que um jeans gasto e uma camiseta de manga longa teriam acentuado a sensualidade masculina vigorosa de forma muito melhor.

— Perfeito, Mary — Gerry disse a ela. — Essa expressão de desejo está totalmente certa. Fique assim enquanto eu tiro mais algumas fotos do outro ângulo.

Ela estava tão perdida no olhar do belo estranho que não tinha percebido que Gerry havia começado a fotografar novamente.

Ela não era do tipo que era pega de surpresa quando estava trabalhando. Era conhecida pelo foco e pela determinação. E, às vezes, se as pessoas não estavam sendo respeitosas com ela ou com a equipe durante uma sessão de fotos, seu temperamento italiano se revelava. Como ela sempre dava o melhor de si, não achava que era demais pedir aos outros que fizessem o mesmo.

Desejo. Foi esse o nome que Gerry deu ao sentimento dentro do peito dela. E talvez ele estivesse certo.

Mary era virgem quando saiu da Itália, aos dezenove anos, e, com a voz da mãe continuamente martelando em sua cabeça, ela sempre tomou cuidado para não deixar ninguém tirar vantagem da sua inocência, tanto pessoal quanto profissionalmente. Aos vinte e um anos, ela verdadeiramente acreditava que estava apaixonada por seu primeiro amante e que ele sentia o mesmo em relação a ela.

Já era tarde demais quando percebeu que ele estava simplesmente apaixonado por sua imagem glamourosa. Ele sempre ia embora antes de o dia raiar. E então, quando ela pegou uma gripe horrível e ele nem se aproximou dela, ela finalmente teve de aceitar a verdade: que ele somente a apreciava quando ela era a versão "perfeita" de Mary Ferrer.

Ela foi mais cuidadosa com o namorado seguinte, e com o outro depois desse. Certificou-se de que eles tivessem várias oportunidades de a verem como ela era de verdade. E mesmo assim, conforme cada relacionamento progredia e finalmente fracassava, ela não conseguia evitar pensar que todos eles esperavam muito mais dela do que de outras mulheres. Ela se perguntava se conseguiria sobreviver à imagem idealizada que os homens tinham dela por causa de todas as fotos em revistas e jornais.

Mas foi o último relacionamento que mais lhe ensinou. Romain Bollinger era dono da melhor empresa de relógios do mundo. Ela foi contratada para promover a importante nova linha de relógios suíços, e, embora sempre fosse muito cuidadosa em não misturar trabalho com prazer, ele foi tão persistente, e charmoso, que ela se tornou sua amante também. Contudo, quando os publicitários decidiram que a fase seguinte para a marca de relógios ultraimportante seria mais bem atendida no futuro por uma mulher dez anos mais jovem que Mary, Romain concordou com eles e substituiu Mary não apenas nos anúncios... mas também na cama.

Foi aí que ela aprendeu que ele não a queria por ela mesma, mas pelo valor que ela representava para sua empresa, tanto na campanha quanto em seus braços nas festas. Quando seu valor desapareceu, todo o pretexto de afeição também desapareceu junto. Ela decidiu encerrar o contrato, e a última semana de fotos com Romain passando por ela e criticando duramente todas as poses e expressões foi excruciante.

Quando ela saiu da cobertura de Romain em Genebra pela última vez depois de encontrá-lo na cama com sua substituta mais jovem, jurou que jamais desistiria de sua liberdade por nada, a não ser pelo amor verdadeiro.

Agora, com trinta e dois anos e bem longe de encontrar o amor verdadeiro, Mary tinha certeza de que sua "liberdade" duraria para sempre.

Todavia, conforme os olhos do estranho continuavam presos aos seus enquanto ela também o encarava para que Gerry conseguisse o que queria, um arrepio percorreu seu corpo, e não tinha nada a ver com o ar frio de dezembro em sua pele.

Achando que ela estivesse arrepiada de frio, Gerry pediu à equipe que ligasse os aquecedores portáteis.

Ela continuou a posar nas próximas duas horas. Pessoas estranhas iam e vinham por toda a Union Square, mas o belo estranho continuava exatamente onde estava. Talvez ela tivesse que tomar cuidado com o interesse dele, mas ele não parecia nada alarmante.

Ele simplesmente parecia um homem interessado em uma mulher.

Talvez, ela pensou quando Gerry terminou de usar o último rolo de filme e o belo estranho veio em sua direção, *hoje não fosse um fim, mas sim o começo de algo novo e surpreendente.*

Três

Conforme o sol se punha nos edifícios da Union Square, a temperatura imediatamente caía vários graus. Normalmente, quando a sessão terminava, Mary ia correndo para o camarim no trailer para se aquecer com uma xícara de chá, mas, apesar dos arrepios, ela foi na direção do homem para encontrá-lo, ao mesmo tempo em que ele vinha diretamente na direção dela.

Em vez de simplesmente esticar a mão e se apresentar, ele tirou o paletó e o envolveu nos ombros dela. Se outro homem tivesse feito aquilo, teria parecido um ato presunçoso, mas Mary sentiu que ele estava genuinamente preocupado com o fato de ela ter ficado no frio por tantas horas.

O paletó, tão grande que afundava em sua estrutura pequena, tinha um odor masculino quente e limpo. Ela queria se aninhar mais profundamente nele, mas em vez disso o manteve fechado em seu peito com uma das mãos bem frias enquanto estendia a outra para ele.

— Sou Mary. Mary Ferrer.

— Foi um prazer vê-la trabalhar, Mary. Sou Jack Sullivan.

Apesar de ter ficado ao ar livre no frio nas últimas horas sem luzes nem aquecedores portáteis por perto, os dedos dele estavam quentes quando encontraram os dela. Mesmo de salto alto, ela teve de inclinar a cabeça para olhar no rosto dele, e ela concluiu que ele tinha no mínimo um metro e noventa. Seus ombros eram largos, os quadris, bem constituídos, e a mão que ele estendeu para ela era grande e forte.

— Posso levá-la para tomar um café ou para comer alguma coisa? Você trabalhou tanto que acho que deve estar morrendo de fome. — Ele sorriu e continuou falando: — Conheço um lugar perto daqui que tem a melhor torta de cereja da cidade.

Mesmo que quisesse, ela não conseguiu conter o prazer.

— Eu amo torta de cereja. — Ela apontou para o vestido e os sapatos. — Só preciso tirar esta roupa primeiro e agradecer ao fotógrafo e à equipe.

— Leve o tempo que for preciso. Eu espero aqui.

Ela começou a tirar o paletó, mas ele colocou a mão sobre a dela na lapela e disse:

— Fique com o paletó. Você pode me devolver depois de trocar de roupa.

Toda vez que ele a tocava, ela perdia o fôlego. E, ao voltar na direção em que Gerry e a equipe estavam guardando as coisas, suas mãos ainda formigavam por causa do contato com as mãos dele.

Certificando-se de não apressar a despedida, Mary abraçou todos os membros da equipe.

— Obrigada por terem tornado a minha última sessão de fotos a melhor.

Abraços e beijos vinham das pessoas com quem ela havia trabalhado incontáveis vezes nos últimos treze anos. Do que ela mais sentiria falta da vida de modelo não seria não ver mais seu rosto nas capas das revistas, mas o fato de não voltar a encontrar a família de fotógrafos, técnicos de luz e profissionais da beleza que ela aprendeu a amar tanto.

Gerry a abraçou por mais tempo:

— Sei que está pronta para seguir em frente, Mary, mas vou manter a esperança de que faremos isso novamente. Em breve.

Os olhos dela estavam úmidos quando finalmente entrou no trailer para tirar o vestido de veludo vermelho, pendurando-o no cabide. Na hora em que tirou os lindos saltos altos e vestiu jeans, junto com uma cacharrel e um suéter largo que dançava sobre suas curvas, excitação e muita ansiedade percorriam seu corpo.

Tudo bem, era só um café com torta com um homem lindo, mas algumas das grandes coisas começam com algo pequeno, não é mesmo? E a grande chance que teve na vida, havia treze anos, não aconteceu durante um café com Randy?

Mary não perdeu mais tempo verificando a aparência antes de abrir a porta do trailer e ir ao encontro de Jack. Ela gostava até mesmo da sonoridade do nome dele.

Jack Sullivan.

Seus olhos negros estavam intensos quando ela olhou para ele, e ela sentiu cada centímetro de seu corpo ganhar vida.

— Você ficou em pé no frio por horas — ela disse ao devolver o paletó. — Precisa muito vestir o paletó novamente.

Em vez de pegar o paletó, ele perguntou:

— Onde está o seu casaco?

— Hoje de manhã estava surpreendentemente quente quando cheguei ao set, e, como imaginei que voltaria direto para casa de táxi depois do trabalho, nem me importei de trazer um.

Ele pegou o paletó da mão dela, mas só para deslizá-lo em seus ombros mais uma vez.

— Fica melhor em você.

Ele colocou a mão nas costas dela e, apesar de todo o tecido, dava para ver como estava quente.

Eles não conversaram durante o pequeno trajeto até a lanchonete, mas não era um silêncio desconfortável. Pelo contrário, Mary não conseguia se lembrar da última vez em que se sentiu tão imediatamente à vontade com alguém. Mesmo assim, ao mesmo tempo, sua pele parecia um pouco sensível demais, seus lábios pareciam mais cheios e formigavam, sua respiração estava acelerada, apesar de estarem em uma das raras ruas planas na cidade cheia de ladeiras.

Quando Jack segurou a porta para ela, Mary notou o pequeno gesto com prazer. Ela era totalmente a favor da liberação das mulheres, principalmente considerando que tinha conquistado a sua havia mais de uma década, mas não via por que isso estava intimamente relacionado à perda da cortesia em geral.

A mulher de cabelos grisalhos atrás do balcão cumprimentou Jack como se fosse uma velha amiga e olhou para Mary com interesse óbvio.

— Dois pedaços de torta de cereja, com enormes bolas de sorvete por cima?

Mary sorriu para a mulher, lembrando-se das amigas da mãe lá na Itália. Tudo o que precisava ser dito era sempre dito com comida. Tortas quentes, sucos gelados e pão quentinho saindo do forno sempre falavam sobre o amor mais do que as palavras podiam dizer.

— Seria adorável, obrigada — ela disse ao deslizar pelo assento vermelho-vivo na mesa do canto. — E café também, por favor.

— Também quero, Betty — Jack esperou até que Mary tirasse o paletó para dizer: — Nunca vi uma modelo em ação antes. Foi fascinante.

Há muito tempo ela aprendeu a aceitar um elogio com graciosidade, algo que ela achava ser ao menos tão importante quanto aceitar uma crítica construtiva.

— Obrigada. Gerry, o fotógrafo, é uma pessoa maravilhosa para trabalhar. Ele torna o processo o mais fácil possível para todos nós.

Betty trouxe as fatias de torta, o sorvete já derretendo pelas bordas da crosta espessa e das cerejas quentes. Mas Mary foi direto para o café, para aquecer as mãos frias primeiro. Ela segurou a xícara por um momento e apreciou o calor contra as palmas antes de dar um gole.

— Há quanto tempo você trabalha como modelo?

No começo da carreira, a fama era tremendamente divertida e emocionante para uma jovem de um vilarejo na Itália. Com o passar dos anos, contudo, foi ficando cada vez mais invasiva. E surpreendentemente solitária, mesmo com as pessoas constantemente ao redor dela. Era raro encontrar alguém que não sabia quem ela era.

— Desde que deixei a Itália, aos dezenove anos. — Ela não via razão para esconder a idade, então acrescentou: — Isso foi há treze anos.

Ele arqueou as sobrancelhas, surpreso, e comentou:

— Temos a mesma idade. — Lançou a ela um de seus sorrisos devastadores, fazendo seu coração acelerar. — Os anos são outra coisa que ficam melhor em você do que em mim.

— Se você me perguntar — ela murmurou —, eles ficam muito bem em você também.

Mary não conseguia se lembrar da última vez em que havia flertado com um homem. Ela sempre foi muito cuidadosa para não deixar ninguém se aproximar de forma mais sedutora, caso a pessoa pensasse que ela estava sentindo algo que não estava. Mas a atração mútua sentida na Union Square ficava mais forte a cada momento que passavam juntos.

— Onde na Itália?

— Uma cidadezinha de que ninguém nunca ouviu falar chamada Rosciano.

— Imagino que a sua vida nos últimos treze anos foi bem diferente da vida que teve onde você cresceu.

— Bem, eu esperava que fosse. — Sentindo que não tinha soado muito bem, ela esclareceu: — Tive uma ótima infância, mas queria desesperadamente ver mais do mundo. São Francisco era um dos meus lugares favoritos, por isso decidi ficar por um tempo. A cidade com certeza não é pequena, mas ainda me faz lembrar da minha região de várias formas. As montanhas. O rio tão próximo. A maneira como as pessoas são amigáveis.

Mary foi entrevistada muitas vezes no decorrer dos anos pelos melhores jornalistas do ramo. Mas nenhum deles jamais olhou para ela com tanto interesse, pois, mesmo sendo um amigável com o outro, ela era apenas um trabalho para eles. Mary trabalhou tanto em sua vida adulta que sempre conhecia seus namorados no trabalho.

Ela estava feliz por Jack não ter nada a ver com a carreira dela. Isso a fez sentir até mais convencida de que algo poderia ser realmente possível com ele. Ela não era um produto para ele. Não estava ligada aos seus resultados financeiros.

Ela era somente uma mulher que o estava conhecendo.

— Os seus irmãos e irmãs também deixaram o País?

— Diferentemente da maioria das famílias italianas, sou filha única. Minha mãe... — Ela fez uma pausa e tentou não se deixar trair pela emoção que sempre surgia quando falava da mãe, mas já dava para ouvir um pouco do sotaque italiano transparecer, como sempre acontecia quando ela falava de casa e da infância. — Ela sempre quis mais filhos, mas suas preces não foram atendidas.

— Foram, sim. — Os olhos dele eram gentis quando disse: — Ela teve você.

Mary levou alguns segundos para controlar a emoção que suas simples palavras evocaram.

— Você tem irmãs?

— Não, três irmãos. — Os olhos dela se arregalaram ao pensar na enorme quantidade de testosterona em uma só família ao perguntar: — Por que você perguntou?

— Porque se você tivesse irmãs saberia que jovens teimosas e suas mães raramente são uma combinação livre de conflitos. — Sentindo que tinha falado demais, e sabendo que deveria mudar de assunto antes que as emoções a dominassem, ela perguntou: — Você e seus irmãos cresceram aqui?

— Nascidos e criados. Fiz faculdade por aqui também, e não tem sobrado muito tempo para viajar.

— Essa é outra coisa maravilhosa sobre São Francisco — ela disse, fazendo uma pausa nas mordidas extremamente entusiasmadas na torta. — Entre o bairro Chinês, o Japonês, o Quarteirão Francês, a Missão e a Praia do Norte, é como ter o mundo em suas mãos. As pessoas, as tradições e principalmente a comida. — Era tão fácil conversar com ele que ela percebeu que tinha falado demais outra vez. — E a sua família? Todo mundo está por perto?

— Bem que eu queria. Meu irmão mais velho mora em Seattle com a esposa e o filho pequeno. O outro irmão tem uma casa em São Francisco, mas geralmente está em algum arranha-céu do outro lado do mundo concluindo mais uma grande transação comercial. Meu irmão mais novo provavelmente está trancado em seu estúdio no leste, pintando uma obra-prima, e meus pais estão felizes passando o inverno na Flórida.

Ela ficou surpresa ao ver como a conversa fluiu com tanta facilidade ao mesmo tempo em que era tão cheia de faíscas.

— O que você faz?

— Sou engenheiro. Trabalho em um produto que inventei há mais de uma década.

Sexy e inteligente. Essa, sim, era uma combinação maravilhosa em um homem, ela pensou ao dar mais uma mordida na torta e no sorvete. Uma cereja estourou em sua boca, e a combinação do doce com o cremoso e o quente fez um gemido de prazer sair de seus lábios.

— Você tinha razão — ela disse depois de engolir. — Esta torta de cereja é maravilhosa.

Os olhos negros de Jack eram intensos enquanto olhavam para ela, e ele concordou:

— Maravilhosa — apesar de quase não ter tocado na torta ainda.

— *Help me* — ele disse o nome da música de Joni Mitchell que tocava num rádio portátil em um canto da lanchonete. E, com o coração de Mary batendo acelerado por um homem que ela mal conhecia, mas já queria muito conhecer melhor, ela sentiu que Joni estava cantando sobre ela.

Após quinze minutos com Jack, Mary podia dizer que já estava se apaixonando... com as esperanças do futuro e as preocupações do passado circulando dentro de sua mente e do seu coração ao mesmo tempo. E se ela não deixasse que essas preocupações a encarcerassem dessa vez? E se ela confiasse em seus instintos, da mesma forma que confiou quando tinha dezenove anos? E se ela, pela primeira vez, em muito, muito tempo, se permitisse acreditar que o amor verdadeiro pudesse realmente ser possível?

— Uma década é tempo demais para trabalhar em uma coisa — ela disse, suavemente. — É preciso ter um foco incrível.

— Quando me apaixono por algo e quero muito aquilo, sempre consigo.

Ela sentiu a respiração ficar presa na garganta diante da sensualidade pulsando por detrás da frase dele. Sentiu um impulso de aproximar-se e beijá-lo, e podia até ter se entregado a ele se não tivesse percebido pelo canto do olho que outras pessoas na lanchonete estavam apontando para ela.

Mary queria que seu primeiro beijo com Jack fosse especial. Então, em vez de um beijo, ela simplesmente se aproximou um pouco, tentando ficar mais perto dele sobre a mesa de fórmica amarela, e disse:

— Conte-me sobre a sua invenção.

Dava para ver que ele estava satisfeito pelo interesse dela em sua carreira como engenheiro. Ela queria saber tudo sobre ele: suas paixões, seus sonhos e seus medos. E, se as coisas dessem certo entre eles, talvez ela lhe contasse sobre suas paixões, medos e sonhos também... algo que ela nunca tinha contado a um homem antes.

Ele tirou algo do bolso, colocando-o na mesa entre eles.

— Nós chamamos de Agenda Eletrônica de Bolso. É um calendário eletrônico e um organizador pessoal. Tem até lembretes sobre os itens da sua lista de tarefas. Depois de uma década de tentativa e erro, meus dois sócios e eu não só finalmente conseguimos fazê-la funcionar como a tecnologia a fez pequena o suficiente para ser capaz de ser levada por aí sem que seja necessário uma empilhadeira. — Ele ficava ainda mais bonito com o olhar de orgulho no rosto.

— Posso? — Quando ele concordou, ela a pegou e passou os dedos sobre a máquina muito interessante. — Acho que parece fantástica. Na verdade, posso pensar em meia dúzia de maneiras que eu poderia ter usado algo assim nos últimos anos.

Ele sorriu para ela.

— Nem consigo dizer o quanto fico feliz em ouvir que você pensa assim. — Ela retribuiu o sorriso e ia fazer mais perguntas quando ele acrescentou: — Na verdade, essa é uma das coisas sobre as quais eu queria falar com você.

Mary sentiu o sorriso sair de seus lábios. Anos de poses independentemente de estar feliz ou triste foram a razão de ela conseguir mantê-lo em seu rosto e perguntar:

— É?

Jack empurrou o prato de tanta excitação.

— Esperamos conseguir levá-la às prateleiras no Natal, e há milhares de unidades já esperando no depósito, mas, embora os varejistas gostem do produto, eles estão convencidos de que precisamos acrescentar um pouco de se... — ele interrompeu a si mesmo e completou — ... apelo às massas. Assim que a vi na Union Square, soube que você seria a pessoa perfeita para representar nosso produto.

O sorriso saiu de seus lábios, e as cerejas que havia pouco pareciam tão saborosas agora pareciam pequenos pedaços de tijolos arredondados na boca do estômago. Ela fez o maior esforço para manter a voz firme.

— Então foi por isso que você me convidou para comer torta? Para ver se eu consideraria representar o seu produto?

Os olhos dele examinaram o rosto dela por um longo momento, e ela percebeu a súbita confusão diante da sua reação fria. Dava quase para ler a mente dele, a forma como ele estava se perguntando como pôde errar tanto com ela.

Sobretudo quando ele claramente pensava que precisava dela para fazer seus sonhos se tornarem realidade

— Mary? — Jack balançou a cabeça negativamente, as pontas do cabelo moviam-se pelos ombros largos. — Não. — Ele balançou a cabeça novamente. — Sim, mas essa não foi a única razão.

Claro que ele tinha que dizer aquilo. Com toda a elegância e orgulho que conseguiu reunir, considerando que ela ficou olhando para ele como uma adolescente apaixonada enquanto ele simplesmente estava calculando todos os ganhos o tempo todo, ela cuidadosamente saiu da mesa, dizendo:

— Obrigada pela torta e pelo café.

Jack pegou na mão dela antes que ela pudesse dar mais um passo para fora da mesa. Ela olhou para baixo e viu como a pele dele era bronzeada contra a dela, como a mão dele era grande ao segurar a dela.

— Por favor, Mary, não vá.

Era patético o quanto ela queria ficar, até mesmo agora, quando sabia o verdadeiro motivo pelo qual ele queria conhecê-la. Agora parecia que a ideia de que ela pudesse acabar convencendo-o a querer mais do que aquilo era mera fantasia.

Mas não era assim que o amor funcionava. Ela aprendeu no decorrer dos anos que não havia motivo para desejar um milagre... nem mesmo no Natal.

— Hoje foi minha última sessão de fotos. Não vou mais trabalhar como modelo. — Ela não devia explicações a ele, mas odiava dar uma de princesa mimada que saía com raiva porque não tinha conseguido o que queria... ou porque ele havia machucado seus sentimentos delicados demais inadvertidamente. — Tenho certeza de que você vai encontrar alguém perfeito para representar seu produto.

Ela esperou que ele tirasse a mão de cima da dela, mas ele apenas a segurou com mais força.

— Já encontrei alguém perfeito, Mary. — Ela não conseguiu evitar olhar para ele quando seus olhos se encontraram e ele disse: — Você é perfeita.

Foi contra isso que ela lutou por muito tempo, contra a falsa percepção de que ela era perfeita.

— Eu não sou.

Ela se preparou para protestar. A última coisa que esperava dele era que sorrisse para ela e dissesse:

— Você tem razão. Como alguém pode ser perfeita com sorvete e torta de cereja no rosto?

Ele limpou o canto de sua boca com a ponta do dedo indicador e ela sentiu tanto calor vindo do pequeno toque que ficou surpresa que todo o gelo da lanchonete não tivesse se transformado em uma poça d'água bem ali somente pelo calor gerado entre os dois. E então, do jeito mais sexy possível, ele levou o dedo aos lábios e lambeu a ponta para tirar a sujeira de cereja com sorvete do rosto dela.

— Por favor, Mary, deixe-me começar as coisas na ordem certa desta vez.

Eles estavam em pé na lateral da mesa havia tempo demais, e as pessoas começavam a encarar. Algumas apontavam para ela, e Mary ouviu seu nome ser sussurrado. Mas nada disso importava. Somente o homem em pé na sua frente importava.

Ele a ganhou ao fazer o comentário surpreendente sobre a cereja e ao tocar seus lábios com delicadeza, mas ela nunca se perdoaria por ceder com tanta facilidade.

— Ordem certa?

Ele assentiu e se aproximou, deixando o corpo esbelto, musculoso e quente contra o dela.

— Minha invenção não é a única razão pela qual eu quis convidá-la para a torta e o café.

— Não é?

— Você tem que entender, anjo, quando um homem como eu olha para uma mulher como você, é inevitável que vou estragar tudo.

Ele não tinha o direito de dar um apelido a ela ou dizer o que disse com um tom tão acolhedor e convidativo.

Mas, apesar de todos os votos de se proteger de homens como ele, que só a queriam pelas melhorias que ela poderia trazer aos seus investimentos, em vez de se afastar dele, ela se viu dizendo:

— É mesmo? — com uma voz ofegante que mal parecia lhe pertencer.

Ele assentiu e seus olhos pareciam mais escuros ainda ao descerem até a altura dos lábios dela por uma fração de segundo, voltando em seguida para encontrar seu olhar novamente.

— Você tem classe. Beleza. Inteligência. — Ele apontou para si mesmo. — E tudo o que eu tenho é um diploma que demorei muitos anos para conseguir e um sonho que estou rezando para que finalmente se torne realidade um dia.

Se ele tivesse se ajoelhado para elogiar sua beleza, se tivesse exagerado sobre seus "encantos", ela teria forçado a si mesma a se soltar da mão dele e partir.

Mas falar de sonhos?

Sonhos eram a única coisa que ela sempre entendeu, como podiam dominar a pessoa, fazendo com que ela arriscasse tudo.

Além disso, ela pensou ao analisá-lo, tinha a sensação de que, quando Jack Sullivan colocava uma coisa na cabeça, não aceitava um não como resposta. E a verdade era que a razão por não ter escolhido uma nova direção para sua carreira ainda era porque não estava terrivelmente animada com nenhuma das oportunidades que tinham aparecido.

Representar uma nova tecnologia como aquela seria novo. Excitante. Sim, poderia fracassar, já que modelos e tecnologia raramente eram uma dupla de sucesso. Mas Mary não se permitia fazer parte de uma situação de fracasso havia muito tempo.

Talvez, ela pensou, fosse o momento de se arriscar novamente.

A maior pergunta era se o risco seria estritamente profissional ou pessoal também. Pois, quando ele a chamou de *anjo,* o doce carinho a aqueceu em lugares que ela não tinha percebido que estavam tão gelados.

— Seu sorvete está derretendo — ela disse finalmente. — Por que você não se senta para comer a torta antes que ela fique submersa?

O brilho nos olhos dele era de alívio, mas, debaixo disso, ela achou ter reconhecido o mesmo desejo que não tinha conseguido controlar dentro de si. Por isso, quando ele finalmente soltou a mão dela e os dois se sentaram, ela disse:

— Antes que você me conte mais sobre o produto, há algo que você precisa saber sobre mim. Não misturo negócios com prazer.

Jack pareceu surpreso, e ela teve a impressão de que as mulheres não o rejeitavam com muita frequência em seus trinta e dois anos. E por que o rejeitariam, ela perguntou a si mesma, já que ele não era apenas extraordinariamente bonito, mas tinha um sorriso que poderia instantaneamente fazer com que você sentisse ser a única mulher no mundo que importava?

— Então, se concordar em representar minha invenção — ele esclareceu —, você não vai me deixar convidá-la para sair?

Ela sentiu o estômago revirar de ansiedade só de pensar em um encontro com Jack. Um que provavelmente terminaria com um beijo.

Ou mais...

— Isso torna as coisas complicadas demais.

Ela ainda se lembrava da dor de ter que continuar trabalhando com um homem com quem mal conseguia compartilhar o mesmo ambiente, de ter que ouvir as críticas e exigências intermináveis de Romain. Ela foi profissional demais para dizer onde ele poderia enfiar certas coisas e teve que se contentar com as vívidas fantasias do que queria ter dito a ele.

Jack a analisou por alguns segundos e disse:

— Nesse caso, vamos ter que cuidar dos negócios primeiro. — Mas ele esticou a mão na mesa para pegar na dela novamente e roçou o polegar sobre a palma da sua mão. — E depois cuidaremos do prazer.

Ela precisou de todo o autocontrole para tirar a mão da dele e convencer a si mesma de que aquele era o melhor caminho. Em vez de se atirarem com tudo em um caso de amor quente que poderia queimar com a mesma rapidez com que se inflamava, eles teriam a chance de conhecer um ao outro melhor trabalhando juntos primeiro. E então, depois de terem concluído o trabalho, se as faíscas ainda estivessem entre eles, talvez pudessem começar inteiramente um novo tipo de relação.

Só que, quando Jack mostrou a ela a Agenda Eletrônica de Bolso, em vez de manter distância, ela ficou cada vez mais seduzida não somente pela beleza dele, e ela já tinha visto muitos homens bonitos em sua carreira, mas também pela sua inteligência incrível.

E pela paixão.

Quatro

— Muito obrigada por ter concordado em trabalhar conosco, Senhorita Ferrer — disse Larry ao apertar a mão de Mary de forma entusiasmada no saguão das Indústrias Walter no dia seguinte.

— Você salvou nossa vida, Senhorita Ferrer — Howie disse ao estender a mão para ela assim que Larry a soltou, quase deslocando seu braço de tanta excitação. — Minha namorada pediu para eu lhe dizer que ela é a sua maior fã.

Ela sorriu de forma acolhedora para os dois homens.

— Por favor, me chamem de Mary.

Jack fez uma pesquisa depois de colocar Mary em um táxi na frente da lanchonete na noite anterior. Ele rapidamente confirmou que tinha acabado de tomar um café e comer uma torta, e se atrapalhado durante toda a conversa, com uma das melhores modelos do mundo. E não tinha dúvida de que ela poderia ter o homem que quisesse aos seus pés, homens que possuíam muito mais do que um sonho.

Ela teve razão em se levantar e querer deixá-lo ali na lanchonete na noite anterior. Ele merecia mais que aquilo pela forma nada graciosa com que pedira a ela que fosse o rosto do seu produto, sem deixar claro que os negócios não eram a única razão de querer passar algum tempo com ela. Só que, assim que eles começaram a falar sobre a sua invenção, e ela ficou claramente interessada, ele automaticamente ligou o modo engenheiro, da mesma forma que teria feito com Howie ou Larry.

A mágoa na expressão de Mary quando ela pensou que ele só estava interessado nela como modelo para uma campanha publicitária o manteve acordado metade da noite.

Jack viveu a vida usando cálculos inteligentes e análises. Uma modelo e um engenheiro não apenas não faziam sentido algum como casal como também um relacionamento sério nunca fez parte dos seus planos nem da sua vida. E tem mais: fazia menos de vinte e quatro horas que ele conhecia Mary. Ele devia ter ficado a noite toda acordado planejando a reunião com a diretoria que aconteceria naquela manhã. Se havia algum momento da vida em que ele precisava focar no trabalho, em fazer o seu sonho de longa data tornar-se realidade, era aquele.

Mas pensar em Mary era sua prioridade desde o momento em que olhou para ela pela primeira vez.

Colocando a mão nas costas dela, ele a levou para longe de seus amigos. Ela parecia incrivelmente linda naquela manhã, em um vestido azul-marinho de mangas longas e botas de salto alto. Havia uma fina corrente de ouro em seu pescoço e outra em seu pulso. O cabelo negro brilhante movia-se em seus ombros como seda, e sua pele era tão perfeita que ele honestamente não sabia dizer se ela estava usando maquiagem ou não. Ela era naturalmente sensual e, ao mesmo tempo, comunicativa e realista.

Ele queria dizer a Mary o que pensava sobre ela a noite toda, mas sabia que precisava respeitar o pedido dela de manter negócios e prazer separados.

— Você tem alguma pergunta para mim sobre o que vai acontecer com a diretoria?

— Acho que não. Pelo que você me explicou ontem à noite, e pelos documentos que me enviou hoje de manhã, acho que entendi bem as estratégias de venda para a Agenda Eletrônica de Bolso.

Quando eles se encontraram pela primeira vez na Union Square, ela sorriu tão facilmente para ele. Agora, seus olhos expressavam cautela. Jack amaldiçoou a si mesmo por ter colocado aquelas sombras bem ali. Ela ainda devia acreditar que ele a queria mais para os negócios do que a queria como mulher.

Ela estava errada.

— Você não tem que fazer isso, Mary.

Ela piscou para ele, confusa:

— Não entendi. Pensei que você precisasse da minha ajuda.

— Você é perfeita para essa função — ele concordou. — E nós precisamos da sua ajuda, mas, se eu tiver que escolher entre vender um milhão de Agendas Eletrônicas de Bolso e ter a chance de estar com você...

Talvez ele estivesse ultrapassando os limites ao estender a mão para acariciar seu rosto, mas Jack nunca esteve tão atraído por uma mulher e honestamente não sabia como parar.

— Eu vou pensar em outra forma de fazer esse produto decolar.

Quando ela colocou a mão sobre a dele contra a pele incrivelmente macia do seu rosto, ele poderia ter jurado que seu coração tinha realmente se expandido dentro do peito.

— Nunca fiz nada que não quisesse fazer, Jack. Nem quando tinha dezenove anos, e certamente não agora, quando tenho trinta e dois. Se não quisesse estar aqui com você, Howie e Larry, não estaria. Você trabalhou duro para criar algo grandioso, e essa é a sua chance.

— Lentamente, ela tirou a mão dele do seu rosto e afastou seus dedos dos dele. — Só estou pedindo que você seja paciente para que a gente possa fazer um bom negócio primeiro.

Ele tinha tantas perguntas para ela. O que aconteceu com ela no passado? Quem a havia machucado tanto que a deixou tão cautelosa, tão alerta em relação às explicações dele? Mas, antes de ter o direito de pedir essas respostas, ele precisava que ela confiasse nele. O que significava que precisava ser completamente franco com ela o tempo todo, o que quer que acontecesse.

— Tenho certeza de que você tem suas razões para querer as coisas dessa forma, e tenho certeza de que devem ser muito boas, mas tenho que ser honesto com você, Mary. — Ele estava encantado com a beleza dela mais uma vez enquanto ela esperava por uma explicação dele: — Nunca fui um homem paciente.

— Você trabalhou dez anos na sua invenção — ela disse, suavemente. — Diria que isso mostra mais paciência do que a maioria das pessoas tem.

— Uma coisa é esperar dez anos para que chips, fios e placas-mães funcionem corretamente. Mas eu sabia dez segundos depois que nos encontramos pela primeira vez que queria beijar você, anjo.

A pele de Mary enrubesceu, e seus lábios carnudos abriram-se, ofegando suavemente diante da declaração impulsiva dele quando a recepcionista entrou no corredor e indicou que era hora de iniciarem a reunião. A jovem arregalou os olhos quando viu Mary.

— Meu Deus, você é Mary Ferrer! Você é ainda mais bonita pessoalmente. — A garota pegou um bloco de anotações e caneta de uma mesa próxima. — Você poderia assinar isto para mim?

As bochechas de Mary continuaram coradas pelo que Jack lhe dissera, mas ela pegou a caneta e o papel da jovem. Jack não sabia dizer se ela estava chateada com o que ele havia acabado de admitir.

Geralmente ele calculava, inferia, examinava, e então, apenas então, fazia um plano estratégico em relação ao objetivo. Mas com Mary todo o raciocínio lógico que havia guiado sua vida até agora tinha ido por água abaixo, deixando-o somente com seus instintos.

— Que vestido adorável você está usando — Mary disse à jovem. — A cor lhe cai muito bem.

Jack não achou que veria alguém tão feliz quanto a recepcionista estava naquele momento.

— Você acha mesmo? É novo, e eu não sabia se poderia levantar a bainha ou não.

— Claro que você pode — Mary lhe garantiu. — Eu adoraria saber o seu nome para personalizar meu autógrafo.

— Meu nome é Sarah, com *h*. — Assim como Jack, a jovem não conseguia tirar os olhos de Mary, que escrevia um recado rápido mas charmoso para Sarah.

— Aqui está. — A jovem ficou em pé olhando para Mary um pouco mais antes de lembrar que tinha de trabalhar.

— Por favor, venham por aqui.

Quando os sócios de Jack ficaram de lado para deixar que Mary entrasse na sala da diretoria, ela lançou um enorme sorriso para eles.

— Prontos para surpreender a todos?

Era a coisa exata a ser dita para renovar a confiança de que precisavam para fechar o negócio. Larry e Howie sorriram para ela, dizendo:

— Prontos!

Jack estendeu o braço para ela, e, quando ela aceitou, ele sentiu que a sensação mexeu com os dois. Ele era um homem grande, e, apesar de ser modelo, Mary não era muito alta. Mesmo assim, eles combinavam perfeitamente.

Jack concluiu que Allen estaria esperando por eles de forma impaciente para que pudesse se livrar deles rapidamente e continuar com outras reuniões mais importantes e com mais dinheiro em jogo, e a forma como o homem estava em pé de braços cruzados na sala da diretoria confirmava isso. Mas, quando ele viu Mary, seus olhos se arregalaram de surpresa, e de prazer, assim como tinha acontecido com a recepcionista.

Sem tomar muito conhecimento de Jack, Howie e Larry, ele foi na direção dela para cumprimentá-la.

— Olá. Sou Allen Walter. Sou seu admirador há muito tempo, Senhorita Ferrer, mas devo dizer que você é ainda mais bela pessoalmente.

— Mary, por favor — ela disse ao deixá-lo guiá-la pela sala para apresentá-la aos outros membros da diretoria.

Jack imaginava que ela tinha feito aquele jogo dezenas de vezes em sua carreira, encontrando estranhos e fazendo com que eles se sentissem já íntimos dela.

Assim que as apresentações terminaram, Allen disse:

— Adoraria saber a que devemos o prazer da sua visita.

Mary sentou-se ao lado de Jack e assentiu para que ele desse a notícia ao presidente.

— Mary concordou em ser o rosto da Agenda Eletrônica de Bolso.

Depois de três décadas administrando a empresa grande e poderosa, Jack duvidava que Allen se surpreendesse com muita coisa. Aquela notícia, entretanto, claramente o surpreendeu. Apesar de estar bastante impressionado com o fato de Jack e seus sócios terem conseguido trazer Mary para seu projeto, ele abordou a situação como qualquer presidente teria feito: com perguntas.

— Você sempre se associou aos produtos mais exclusivos do mundo. Posso perguntar por que concordaria em trabalhar com um grupo de engenheiros iniciantes?

Larry estava ajeitando a gravata como se ela tivesse encolhido três vezes e Howie estava suando. Era notório que eles queriam que Jack tomasse a iniciativa e salvasse a situação antes que as coisas saíssem do trilho. Mas Jack simplesmente se sentou em seu assento de couro. Ele tinha fé absoluta que Mary poderia responder à pergunta do presidente melhor do que qualquer pessoa.

— Conheci Jack ontem na Union Square. Creio que tenha sido logo após sua reunião, quando você afirmou que o produto precisava de mais *sex appeal*.

Embora os olhos de seus sócios tivessem se arregalado diante da resposta, Jack apreciou a honestidade. Ela não era nada tola, e não esperava que os outros fossem, mesmo quando ele tinha tentado trocar as palavras "*sex appeal*" por "apelo às massas".

Mary sorriu para todos os homens de negócios poderosos da sala, nada intimidada. Até mesmo como modelo adolescente estreante tantos anos antes, ela imaginava que sua força era reconhecida, a forte determinação era tão potente quanto o rosto bonito.

— Aprecio a força publicitária da sensualidade — ela disse, com um tom de voz tão suave quanto uísque Glenlivet —, mas a sensualidade não é nada sem a inteligência certa para saber usá-la. A Agenda Eletrônica de Bolso é uma invenção brilhante. Mais do que isso, é na verdade muito útil. Posso literalmente pensar em uma dúzia de homens e mulheres para quem eu a daria como presente de Natal este ano. E posso garantir que eles todos vão amá-la simplesmente pelo fato de que ela facilitaria a vida deles.

Foi nesse momento que Allen de fato bateu palmas de alegria, um homem de sessenta e tantos anos que Jack imaginava estar inteiramente apaixonado pela linda mulher sentada à sua frente.

Mas, quando o homem à sua esquerda se inclinou para sussurrar algo em seu ouvido, Allen franziu a testa.

— Não há dúvida de que você é perfeita para o trabalho, Mary. Contudo, temos um pequeno problema. A esta altura do ano fiscal, nosso orçamento é bem pequeno, e tenho certeza de que seus honorários, justificadamente, são extraordinariamente altos.

Jack já tinha decidido a solução para essa questão.

— Vou dividir a minha parte nos royalties com Mary.

Todo mundo se virou para ele com uma expressão de choque, incluindo Mary.

— Jack — ela disse, colocando a mão em seu braço —, você não tem que fazer isso.

— Nem você tem — ele disse, com delicadeza. — E, no entanto, você está aqui.

— Nesse caso — Allen disse, antes que alguém mudasse de ideia —, creio que temos um acordo.

Os quatro trocaram cumprimentos com os membros da diretoria, e, enquanto Mary conversava com um dos outros homens, Allen puxou Jack de lado e disse:

— Não sei como você conseguiu isso. Mary Ferrer é uma em um milhão. As pessoas vão tropeçar umas nas outras para descobrir por que ela está tão empolgada com a sua invenção.

Jack gostava de Allen e o respeitava. Era uma das muitas razões pelas quais queria trabalhar com ele e com a sua empresa. Mas ele não tinha a intenção de usar Mary como se ela fosse um produto a ser vendido.

— Temos muita sorte por Mary ter concordado em trabalhar conosco — Jack disse, com voz comedida. — Muita sorte — ele repetiu, antes de acrescentar: — Espero que todos a tratem com o máximo de respeito o tempo todo, em toda a cadeia de comando. E, se alguém se esquecer disso e ela sentir que tem de sair da campanha por causa disso, será nossa culpa. E não dela.

Os olhos de Allen se estreitaram diante da clara advertência, mas Jack não se importava com quantos milhões aquele homem valia. Os dois homens se encararam em silêncio por um longo momento antes de Allen finalmente assentir.

— Combinado. — Ele olhou para ela novamente e disse: — Ela é definitivamente uma em um milhão.

Cinco

— Hora de comemorar!

Howie usou o telefone da recepção para ligar para a namorada, Layla, para dar a boa notícia. Ela saiu mais cedo do trabalho para encontrá-los no Gold Dust Lounge, na Union Square.

Depois de saírem do ônibus, Jack e Mary caminharam pela calçada atrás dos sócios. Ele estava firme e forte ao seu lado, assim como esteve na reunião da diretoria.

Os fortes ventos que sopraram pela cidade no dia anterior deixaram para trás um céu azul brilhante e um sol surpreendentemente quente. Era uma das coisas de que Mary mais gostava em São Francisco: o tempo conseguia ser totalmente confuso, com verões frios e nublados e invernos ensolarados e quentes. E, agora, Mary se sentia igualmente confusa quanto ao que Jack havia dito um pouco antes de começarem a reunião.

Se eu tiver que escolher entre vender um milhão de Agendas Eletrônicas de Bolso e ter a chance de estar com você, vou pensar em outra forma de fazer o produto decolar.

Quando foi a primeira vez que um homem a havia colocado em primeiro lugar?

Honestamente, ela não conseguia se lembrar.

Apesar de ser uma pessoa naturalmente positiva, Mary já tinha visto muita coisa nos últimos treze anos como modelo para desenvolver certo ceticismo. Por mais que quisesse acreditar em tudo o que as pessoas diziam ou faziam, ela fez a si mesma a difícil pergunta: será que Jack estava simplesmente tentando fazer com que ela se sentisse bem dizendo o que achava que ela queria ouvir?

Ou será que ela estava certa de sentir que cada palavra dita por ele era totalmente sincera?

Ela não conseguia se esquecer da oferta chocante de dividir os royalties com ela. Era loucura, e ela jamais concordaria com aquilo. Ele trabalhou na invenção por dez anos, e ela só iria promovê-la por um curto período. Mesmo assim, o gesto disse muito para ela.

O popular piano-bar no começo da noite de sexta-feira estava ganhando vida. Algumas coisas, Mary refletia, eram iguais no mundo todo. Os bares em sua cidade natal na Itália estariam cheios de amigos e familiares se cumprimentando e distribuindo beijos na bochecha com suspiros de alívio por terem um fim de semana de relaxamento à sua frente. A única diferença era que os homens da sua cidade natal viriam de palácios antigos ainda em suas roupas de trabalho em vez de saírem de altos edifícios com ternos de três peças. E as mulheres estariam com um copo de vinho na mão e de olho nas crianças que brincavam de pega-pega na fonte, em vez de bebericar coquetéis antes e decidir aonde ir para dançar naquela noite.

Uma súbita dor de saudade da cidade natal e de tudo que tinha deixado para trás causou-lhe um aperto no peito enquanto pensava nos velhos amigos que não via fazia mais de uma década.

— Mary? — Os olhos de Jack expressavam preocupação. — Está tudo bem?

Ela forçou um sorriso e disse:

— Claro que sim, afinal de contas estamos aqui para celebrar.

Antes que ele pudesse investigar mais, ela seguiu seus sócios até o bar e se sentou em um banquinho. Layla, a namorada de Howie, entrou, então, e, depois de vários minutos tagarelando sem parar sobre como estava feliz em encontrar uma modelo mundialmente famosa, Mary ficou extremamente grata quando Larry apareceu com uma garrafa de champanhe.

— À mulher fabulosa, surpreendente e que sozinha salvou o nosso negócio!

Mary riu da óbvia hipérbole e segurou o copo ainda mais alto.

— Aos três homens fabulosos e surpreendentes que inventaram a Agenda Eletrônica de Bolso!

Os cinco bateram as taças, brindando às esperanças de sucesso. Mary sempre gostou de champanhe, mas com Jack ao seu lado todos os seus sentidos estavam particularmente alertas. As bolhas pareciam mais arredondadas, o vinho, mais doce, o efeito da bebida alcoólica efervescente, mais encorpado.

Quando ela percebeu que Larry havia pegado uma caneta e estava anotando algo em um guardanapo, Jack aproximou-se e disse:

— O cérebro dele não para nunca. — E completou incisivamente: — Estamos aqui para celebrar e não para trabalhar.

— Essa é uma das coisas de que gosto em vocês três. Vocês são tão comprometidos com o que estão fazendo. Tão apaixonados. E — ela disse ao ver como eles ficavam confortáveis uns com os outros depois de tantos anos de trabalho juntos — vocês mais parecem irmãos do que sócios.

Larry levantou a lista que tinha feito.

— Essas são as ações que precisam ser realizadas por nós. — Ele apontou para o primeiro item com a ponta da caneta. — Você acha que consegue trazer aquele ótimo fotógrafo que trabalhou com você na Union Square para a nossa campanha?

— Espero que sim. Tenho certeza de que Gerry vai ficar tão animado quanto eu, e, se ele estiver ocupado, farei o melhor que puder para convencê-lo.

Continuando a ignorar os olhares de advertência que Jack lançava para ele do outro lado da mesa, Larry disse:

— Se quisermos vender o produto para o Natal, precisamos da primeira sessão de fotos na segunda-feira, então...

— Não se preocupe — ela prometeu. — Garanto que consigo Gerry ou outro fotógrafo de ponta para segunda de manhã. — Com Jack tão perto dela, Mary decidiu que seria uma ótima ideia ficar inteiramente focada no trabalho em vez de se concentrar no perfume dele ou em seus olhos negros. Na verdade, enquanto estavam ali, por que eles não pensavam em ideias para montar os anúncios?

Nos trinta minutos seguintes ela se divertiu muito dando ideias que tinha aprendido nas sessões feitas na última década, e a maioria foi muito bem recebida por Jack e seus sócios.

— Honestamente, não sei o que teríamos feito sem você — disse Howie quando montaram um plano inicial bem abrangente. — Você não é apenas uma modelo que vai fazer com que o nosso aparelho pareça muito mais bonito; você é uma agência inteira dentro de uma só pessoa.

Jack concordou com a cabeça.

— As Indústrias Walter nos apresentaram algumas agências durante o ano que passou, mas nada que nos propuseram chegava perto das ideias que você deu.

— Há ideias brilhantes aqui — Larry murmurou quase para si mesmo ao fazer algumas anotações adicionais na pilha de guardanapos e enfiar tudo no bolso da frente do paletó.

Tantas vezes durante sua carreira Mary foi tratada como se não pudesse ter nada entre o belo par de orelhas. E, já que ela começou a trabalhar como modelo no final da adolescência, não teve tempo para provar que tinha cérebro. Era óbvio que aqueles três homens com doutorado na Universidade de Stanford eram gênios. E o fato de eles chamarem suas ideias de brilhantes significava muito para Mary.

— Olhe — Layla disse subitamente, apontando para o teto acima de Mary e Jack —, vocês dois estão sentados sob um galho de visco.

Mary olhou para cima e confirmou que havia um ramo fresco de visco verde pendurado diretamente acima dela e de Jack. Depois de olhar rapidamente pelo restante do ambiente, ela percebeu que era o único no bar todo.

Qual a probabilidade de Jack e ela acabarem sentados debaixo dele?

Larry, Howie e Layla já iam para a segunda garrafa de champanhe. Era óbvio que a bebida já tinha produzido efeito, pois, quando Layla disse com seriedade que dá azar não se beijar sob o visco, os dois sócios de Jack assentiram com os olhos brilhando pelo sucesso e pela bebida.

O coração de Mary disparou e ela quase soltou a haste da taça por causa dos dedos subitamente escorregadios. Jack disse que queria beijá-la, mas ela deixou perfeitamente claro que ele teria que esperar até que a campanha tivesse acabado.

Mas, ela perguntou a si mesma, que mal poderia haver em um beijinho de nada sob o visco em um bar no centro da cidade na frente dos amigos?

E não seria quase estranho se eles não trocassem um beijo inocente de brincadeira?

— Nesse caso — ela disse lentamente ao se virar no assento para ficar de frente para Jack —, espero que traga *boa* sorte se nos beijarmos.

Qualquer outro homem já teria pedido aquele beijo, ou pelo menos a pressionado a dar-lhe um. Mas Jack não era como qualquer outro homem. Apesar do desejo óbvio no rosto dele, ele disse:

— Mary, você não tem que...

Ah, mas ela *tinha.*

Ela se aproximou, mas, antes que pudesse pressionar os lábios contra os dele, a boca de Jack encontrou a dela.

O beijo foi delicado e mais doce do que qualquer um que havia guardado em sua memória recente, suas bocas se roçaram por pouco mais do que uma fração de segundo. Pelas faíscas que se acenderam em todo o seu corpo, foi muito mais do que um simples beijo qualquer sob o visco. Os lábios de Jack tinham gosto de champanhe, e ela queria esticar os braços para entrelaçar os dedos no cabelo negro dele e trazê-lo para mais perto para que pudesse sentir ainda mais o sabor.

Atordoada pelos sentimentos fortes por um homem que ela conheceu havia menos de vinte e quatro horas, Mary se afastou instintivamente. Enquanto trocavam aquele pequeno beijo, ela se esqueceu não apenas de que seus sócios estavam sentados à mesa com eles, mas também que estavam no meio de um bar lotado. Sendo uma figura pública, ela aprendeu havia muito tempo a ter ciência do seu comportamento em público, principalmente conforme sua fama ia ficando cada vez maior. Com o passar dos anos, ela frequentemente encontrava seu nome e sua foto nos jornais quando saía à noite.

Mais do que um pouco preocupada com acabar fazendo algo que a deixaria constrangida em breve, ela se levantou.

— Obrigada pelo champanhe. — Ela tentou sorrir para todos como se tudo estivesse bem, mas seus lábios ainda formigavam pela doce pressão da boca de Jack contra a sua. — Sinto já ter que ir, mas entrarei em contato com as informações do fotógrafo e do local para a sessão de fotos de segunda-feira até no máximo domingo.

Larry e Howie estavam meio altos por causa da bebida e foram logo abraçando Mary para se despedir dela. Layla também a abraçou e sussurrou:

— Obrigada mais uma vez por ter salvado os meninos. Não sei o que eles teriam feito sem você.

Jack levantou-se do assento também, mas, em vez de dizer adeus, ele disse:

— Vou levá-la para casa.

Mary estava tendo muito trabalho para se controlar perto dele em um bar lotado. Dava para imaginar como teria pouco controle se eles fossem para um local mais privado. Além disso, àquela altura ela precisava tão desesperadamente de uma caminhada sentindo a brisa fresca de volta para casa para ajudá-la a clarear a mente, uma caminhada que fosse longa o suficiente para sistematicamente refletir sobre cada uma das razões pelas quais se envolver com Jack agora, quando a campanha promocional mal havia começado, era má ideia.

— Você deve ficar aqui para celebrar, Jack.

Mas ele já deslizava o casaco nos ombros dela.

— Ligo para vocês dois amanhã para coordenarmos nossos horários para a semana que vem — ele disse a Larry e Howie ao pegar seu casaco. Depois de beijar Layla no rosto, ele colocou a mão nas costas de Mary e saiu do bar junto com ela.

Apesar da sua presença atrás dela, ela se sentiu instável em seus sapatos pela primeira vez desde que estreou na passarela, na adolescência. Não por causa do champanhe, que ela mal havia tocado, mas por causa da proximidade de Jack, que a afetava de forma tão poderosa.

Lá fora, ele estava chamando um táxi, mas Mary o impediu e disse:

— Prefiro caminhar, se você não se importar.

Ele colocou a mão sobre a dela para mantê-los conectados e indagou:

— Qual o caminho?

Ela apontou na direção da baía:

— Nob Hill.

— Meia dúzia de quarteirões. — Ele olhou para o salto das botas dela. — Você consegue andar com isso aí?

Fazia muito tempo que ela havia estado com alguém que não conhecia os detalhes do seu mundo. Apesar de todas as suas advertências a si mesma para parar de se encantar com todas as coisinhas que Jack dizia e fazia, ela achava aquilo tão animador.

— Quando estou trabalhando, passo o dia todo de salto alto, mais alto que este. Nos primeiros meses — ela admitiu —, eu mancava até em casa de noite depois de uma sessão de fotos ou um desfile e enfiava meus pés em uma bacia de gelo — e chorava de saudade da mãe, que ela sabia que a teria chamado de louca por continuar em uma carreira que deixava seus pés retalhados assim. — Finalmente, acabei me acostumando à dor — pelo menos em relação aos sapatos.

— Bem, se começar a doer, tenho que dizer que sou um ótimo cavalinho — ele disse, com um sorriso adorável. — Pelo menos de acordo com meu sobrinho Ian.

Ela podia lidar com "sexy". "Gentil e inteligente" certamente aumentavam o risco e testavam seriamente a sua determinação. Mas "adorável"?

Como ela conseguiria resistir a "adorável"?

Naquele momento, uma adolescente esperando pelo farol vermelho lhe pediu um autógrafo. Mary assinou e, depois que atravessaram a rua, Jack disse:

— Se eu soubesse que você era tão famosa assim, não tenho certeza se teria tido coragem de falar com você ontem.

Ela arqueou a sobrancelha.

— Você não me parece um homem que deixa as dúvidas ou os nervosismo dominarem você.

— Nunca deixei antes — ele disse —, mas você faz com que eu sinta muitas coisas que não senti antes.

Mary estava acostumada com homens que praticamente alugavam um auditório e o enchiam do chão ao teto de rosas para preparar o cenário para se declarar para ela. Jack, por outro lado, simplesmente disse as coisas mais chocantemente deliciosas sem nenhum tipo de fanfarra ou algo parecido.

— Nunca incomoda ter pessoas constantemente olhando para você? A forma como todos querem falar com você e pedir autógrafos?

— Noventa e nove por cento dos estranhos que se aproximam para pedir autógrafo são pessoas adoráveis e educadas. Honestamente, a única coisa que me incomoda é que eu não fiz nada de extraordinário para que fiquem tão fascinados por mim.

A calçada estava lotada, mas Jack não parecia se importar quando a virou para ficar de frente para ele no meio da rua.

— Você nasceu com olhos azuis incríveis. Sua boca deixa um cara louco só de olhar para ela. E você tem um corpo que Michelangelo poderia ter passado a vida inteira tentando eternizar sem nunca ter feito justiça a ele. Mas vi que você trabalha duro durante a sessão de fotos e ouvi você sugerir meia dúzia de ótimas ideias para os anúncios que vamos gravar juntos. Tenho certeza de que há várias mulheres bonitas que não conseguem nem chegar perto de fazer o que você faz tão bem, e, se fizerem, não sairá com tanta facilidade como acontece com você.

— Sei que sou boa no que faço — ela concordou —, mas não sou uma médica curando o câncer. Não sou uma ativista mudando o rumo da história. Também não sou uma mãe com filhos que precisam de mim. — Ela raramente falava sobre suas dúvidas em voz alta, mas, por alguma razão, com Jack não conseguia fazer com que elas parassem de fluir.

Ele acariciou seu rosto delicadamente, o calor do toque dele contrastava com o frio da pele dela.

— Você torna as pessoas felizes, Mary, e isso é uma coisa extraordinária.

As palavras de Jack a aqueceram, assim como o seu toque e o seu beijo a tinham aquecido. Então, quando eles começaram a andar novamente e um vento úmido soprou ao seu redor, ela se permitiu segurar o braço dele com mais força e também ficou um pouco mais perto.

* * *

Jack nunca teve problemas com o sexo oposto. As garotas e depois as mulheres sempre pareciam gostar da aparência dele, e ele nunca ficava nervoso nem desajeitado perto delas. Mas com Mary...

Ele mal conseguia pensar com clareza... principalmente depois daquele beijo sob o visco.

O beijo ocorreu com dois pares de lábios que mal se tocavam. Eles nem tinham dado as mãos. Mesmo assim, ela o surpreendeu completamente a ponto de seu coração ainda estar batendo forte e suas veias ainda estarem zunindo de desejo enquanto caminhavam pela rua lotada.

Será que Mary tinha sido afetada pelo beijo da mesma forma?

E será que havia alguma forma de ele ter sentido também se ela não tivesse sentido nada?

As primeiras gotas de chuva vieram do nada. Em questão de segundos, a chuva caía forte e rápida. E havia um enorme sorriso no rosto maravilhoso dela.

— Eu tinha onze anos quando o filme *Cantando na Chuva* chegou à Itália — ela disse ao soltar do braço dele para girar ao redor do poste de luz, cantarolando a música-tema do filme. — Ainda é um dos meus filmes favoritos.

Jack tinha visto Mary agir como supermodelo, já tinha visto Mary agir como mulher de negócios, mas agora ele a via como ela deveria ter sido quando adolescente. Cheia de admiração por algo tão simples quanto uma chuva inesperada, os longos cabelos negros molhados e lisos, as gotas de chuva caindo dos cílios até as bochechas, os lábios carnudos pegando as gotas de chuva apenas momentos antes de ela as lamber com a ponta da língua.

Houve um tempo em que ele amava brincar na chuva, mas, com o decorrer dos anos, acabou ficando cada vez mais focado na sua invenção. Com apenas uma pausa ocasional para um carro veloz ou uma mulher bonita, ele perdeu esses prazeres de vista.

Depois que todas as outras pessoas saíram correndo em busca de abrigo, Jack e Mary eram os dois únicos que ficaram na calçada. Por um momento parecia que a cidade era inteiramente deles.

Ele estendeu a mão novamente na direção de Mary e disse:

— Dance comigo.

Ela imediatamente se virou para os braços dele como se estivesse esperando que ele fizesse isso. Eles não eram Gene Kelly e Debbie Reynolds, mas nenhum dos dois se importava com isso enquanto dançavam. Nenhuma outra mulher pareceu tão certa em seus braços, e nenhuma ria com tanta alegria em seus braços também.

— Ninguém nunca dançou comigo na chuva. — Mary tinha a mesma expressão de surpresa nos olhos que mostrou após o primeiro beijo deles sob o visco.

— Este sereno da Califórnia está um pouco mais forte do que o normal hoje.

— Você viu o filme? — Ela parecia encantada pela descoberta de que ele sabia tão bem citar a cena um pouco antes de Don Lockwood sair, cantar e dançar na chuva.

— Minha mãe era uma grande fã. — E, nossa, como ele estava feliz por ela tê-lo levado ao cinema aos dez anos de idade e tê-lo obrigado a assistir. Em retrospecto, as aulas de dança também não foram má ideia.

Jack tinha falado sério quando disse que ia tentar respeitar a vontade de Mary de manter as coisas profissionais entre eles até que o trabalho dos dois estivesse terminado. Mas, ao dançarem juntos na chuva, beijá-la novamente era inevitável. Os dois estavam ficando cada vez mais próximos quando a chuva parou abruptamente e dezenas de pessoas subitamente saíram de seus abrigos e deram encontrões neles, separando-os.

— Moro depois da esquina. — Mary apontou para um edifício a poucos metros de distância. Quando eles chegaram ao primeiro degrau, ela imediatamente sugeriu: — Por que você não entra e se aquece com um café?

Jack queria muito passar mais tempo com ela, mas não poderia viver consigo mesmo se não fosse completamente honesto com Mary.

— Não há nada que eu queira mais, Mary. Mas você tem que saber que não consigo parar de pensar naquele beijo no bar... e em quanto eu quero mais um.

Ele não teria ficado surpreso se ela tivesse retirado o convite àquela altura. Em vez disso, o olhar dela foi até os lábios dele, e ele sabia que ela estava sendo honesta quando disse:

— Eu também. — Desviando os olhos da boca de Jack, ela balançou a cabeça negativamente. — Café. Vamos apenas tomar um café. — Ela amenizou o que disse com um sorriso, e então eles subiram.

Os dois estavam molhados por causa da chuva, e ele teve um lampejo súbito de fazer amor com ela na chuva quente, o corpo suado do calor de seus corpos, a mão úmida dela deslizando sobre a dele, aquele lindo sorriso no rosto dela enquanto ele beijava cada centímetro de seu corpo até que ela implorasse que ele a possuísse.

Jack ficou surpreso ao ouvir vozes femininas quando Mary abriu a porta e deu passagem para ele entrar. Ela explicou para ele em voz baixa:

— Cuido informalmente de jovens modelos enquanto trabalham em São Francisco. É um estilo de vida muito excitante e às vezes assustador para entrar de cabeça, principalmente para meninas que nunca saíram de casa antes. Basicamente, prometo às mães delas que vou cuidar para que elas comam bem, não namorem indiscriminadamente e vistam algo quente quando saírem.

Ele viu o quanto ela gostou de segurar a criancinha que havia corrido em sua direção na tarde anterior. Balançando a cabeça com um sorriso, ela pegou um cachecol e um chapéu que pertenciam a uma das modelos. Ela seria, ele pensou, uma mãe maravilhosa um dia. Amorosa, mas sem sufocar. Severa, mas justa.

O irmão de Jack, Max, tinha um garotinho e mais um a caminho, mas Jack nunca achou que ia ser pai um dia. Não, ele estava surpreso em perceber, até aquele momento.

Seis

— Mary, você está ensopada? — Janeen era uma bela modelo loira de vinte anos com pernas que pareciam nunca acabar. Os olhos dela se arregalaram ao ver Jack atrás de Mary. — Nossa, oi — a voz da garota imediatamente ficou rouca ao dar um passo para a frente para cumprimentar Jack. — Sou Janeen.

Mais do que um pouco chateada consigo mesma por sentir qualquer tipo de ciúme no que se referia a Jack e às meninas, Mary foi pegar umas toalhas secas do armário enquanto suas colegas terminavam de se apresentar. Quando ela voltou para a enorme sala de estar plana conjugada com a cozinha, elas mantinham Jack cativo em seu círculo de juventude e beleza.

Em sua experiência, nem mesmo o melhor homem do mundo conseguia resistir a três garotas bonitas adulando-o, então não seria muito justo da parte de Mary esperar que Jack não olhasse para elas no mínimo com apreço. Mas quando ela disse: — Por que você não troca seu casaco por esta toalha? — e Yvette rapidamente deu um passo à frente para ajudá-lo a tirar, Mary não viu nem um sinal de luxúria no rosto dele diante da estonteante ruiva. Só uma risada quando o tecido molhado enganchou no fecho do relógio.

Pelo menos até ele virar o olhar para Mary e pegar a toalha que ela oferecia. Ela também tirou o casaco e estava na frente dele de vestido molhado. Rapidamente, o desejo nos olhos dele voltou.

Mas só por *ela*.

— Jack é o engenheiro e inventor de quem falei a vocês ontem à noite — Mary explicou.

— Mary tem *tanta* sorte por trabalhar com você — Susan disse, mexendo no cabelo de forma sedutora.

— Eu e meus sócios é que temos sorte. — Ele enxugou o cabelo e o rosto com a toalha. De forma uníssona, as três jovens modelos suspiraram diante de sua linda aparência despenteada.

Bem, Mary pensou, mal conseguindo controlar o próprio suspiro de apreço, ela podia culpá-las? Jack era mesmo muito lindo, principalmente com a camisa desabotoada e as calças úmidas colando nos músculos bem desenvolvidos. Era óbvio que ele não passava o tempo todo trabalhando.

As pessoas sempre perguntavam sobre a vida de Mary porque ela era uma celebridade, mas ela também mostrava interesse pela vida das pessoas. Jornalistas, garçonetes, mães, fotógrafos, motoristas de ônibus, todas essas pessoas tinham histórias interessantes para contar. Ela se perguntava qual seria o restante da história de Jack. Ela inferiu que ele era próximo da família pelo que havia falado na lanchonete, e ela sabia que ele era dedicado ao trabalho. Mas nenhuma dessas coisas explicava o leve ar de perigo, e risco, que tão facilmente expressava. Ele não ficou nem um pouco intimidado com os tubarões na reunião de diretoria.

— Se você precisar de outras modelos para a campanha — Yvette se ofereceu com o sorriso mais encantador —, você sabe onde nos encontrar.

Sentindo como se tivesse acidentalmente jogado Jack em um tanque de piranhas, Mary intrometeu-se, apontando para os saltos brilhantes no chão de madeira.

— Parece que a grande noitada de sexta-feira está toda planejada.

Janeen assentiu, depois olhou para Jack com uma expressão de esperança.

— É uma boate nova sobre a qual um fotógrafo falou para a Yvette hoje durante a sessão de fotos. Vocês dois deviam vir com a gente.

— Já dancei bastante hoje — Jack disse, com um sorriso para Mary, que trouxe de volta cada momento maravilhoso de sua dança de improviso na chuva. — Mas obrigado.

Mary observou Susan lançar um olhar incisivo para as outras garotas. Como Janeen e Yvette não entenderam imediatamente, Susan fez a mímica mais óbvia do mundo, indicando que Mary e Jack eram um casal, e a mímica incluía um coração desenhado no ar e um movimento de beijo com os lábios.

— Ah —Yvette disse ao olhar para os dois. — Claro que vocês dois não querem dançar com a gente.

Janeen também foi logo dizendo:

— Devíamos deixar vocês dois sozinhos, não é mesmo?

O que Mary podia fazer além de rir ao abrir a torneira da cozinha?

— Vou fazer café, caso queiram um pouco antes de saírem.

Mas as garotas eram só um borrão ao afivelarem os sapatos, pegarem os casacos e as bolsas cintilantes e irem para a porta rapidamente.

— Obrigada, Mary, mas nossos acompanhantes estão esperando por nós há algum tempo.

Acompanhantes?

Mary foi com elas até a porta da frente e as pegou enquanto elas esvoaçavam pela escada da frente.

— Tomem cuidado e me liguem se precisarem de algum coisa. Não importa a hora, eu vou buscar vocês. — Lembrando a si mesma que elas eram jovens, mas que todas tinham a cabeça boa. Ela acrescentou: — E divirtam-se.

Um táxi imediatamente parou para receber as três beldades de pernas alongadas; elas mandaram beijos e entraram.

— Você também! — Yvette gritou antes de terminar de entrar totalmente no táxi e fechar a porta.

Jack havia esticado os dois casacos no aquecedor quando Mary entrou. Ela tinha escolhido a casa não apenas pela vista, mas porque amava a forma como os quartos eram amplos. Mesmo com quatro pessoas morando lá, ela nunca se sentia sufocada. Na verdade, em noites como aquela, quando as garotas saíam, em vez de apreciar o silêncio, ela sempre se via contando os minutos até elas retornarem com o barulho, o riso e a exuberância.

Ela fazia parecer para Jack que era ela quem olhava as meninas, mas a verdade era que elas também olhavam por ela.

— Desculpe-me por tudo aquilo. Às vezes aqui parece um circo, especialmente nas sextas à noite.

Jack era o primeiro homem que ela havia convidado para entrar em sua casa desde que se mudara para lá, havia um mês. Vendo-o parecer tão *correto* no meio daquela confusão feminina a fez passar a pensar em uma confusão diferente. O que ela estava fazendo antes de despachar as meninas? Graças a Deus a cafeteira italiana na pia fornecia uma pista.

Ainda se sentindo confusa ao voltar para encher a cafeteira e colocá-la no fogão, ela decidiu encarar a situação de cabeça erguida.

— Espero que elas não o tenham deixado desconfortável. Especialmente — ela acrescentou com uma risadinha — com toda aquela paquera.

Ele riu ao puxar o assento no bar.

— Elas são charmosas, embora dê para ver que as coisas podem ser agitadas às vezes. Eu já tive uns problemas em manter uma sala de estudantes de engenharia livre da bagunça no meio da aula quando era professor assistente. Tiro meu chapéu para você por acolher as três moças cheias de energia.

Ela ainda estava surpresa por ele não ter babado em cima delas como todos os homens faziam, principalmente quando elas estavam praticamente se jogando nos braços dele.

— Ah, já tivemos uma ou duas brigas no mês passado — Mary o informou ao inserir um funil na chaleira, e em seguida o encheu de café expresso, que havia moído pela manhã. — Principalmente uma noite em que elas brigaram pelo mesmo cara inútil. Eu acabei proibindo todas as atividades sociais pelo resto da semana. — Enquanto falava, ela continuou com a preparação do café e foi enroscando o recipiente superior e observando o café aparecer. — Claro que as meninas também são muito divertidas. — Vendo que metade do café estava feito, ela desligou o fogo.

— Nunca vi uma cafeteira assim. É da Itália?

— Chama-se cafeteira italiana — ela explicou.

— Sempre que você fala da Itália, seu sotaque se acentua. — Os olhos dele se aqueceram ao dizer: — Conte-me mais sobre o país onde você nasceu.

Ela era uma mulher adulta de trinta e dois anos, não uma adolescente ingênua. Então como Jack conseguia fazer com que ela corasse tão facilmente e com tanta frequência?

— Assim como os Estados Unidos, a Itália é um lugar com muitas cores e texturas diferentes. A Domus Aurea, em Roma. O Duomo, em Florença. Os canais e a riqueza de Veneza.

— Parece maravilhoso.

— É — ela concordou. — E, se você não tomar cuidado — ela acrescentou com uma risada —, vou acabar passando a noite contando histórias da Itália como se fosse uma agente de viagens.

— Eu gostaria disso — ele disse e completou —, principalmente se forem histórias da sua cidade natal.

Como sempre, só de pensar em Rosciano os sentimentos conflitantes moviam-se dentro dela. Por um lado, não havia lugar no mundo que ela adorasse mais. Por outro, era onde o seu coração foi partido pela primeira vez pela pessoa que mais importava para ela.

— Nas noites quentes de verão, as adolescentes paqueram os garotos na fonte no meio da praça — ela sorriu ao contar para Jack. — As meninas aprendem cedo na minha cidade a andar de salto alto nas ruas de paralelepípedo sem tropeçar. E, quando a paquera evolui para algo mais, todos os casais da cidade se casam em nossa igreja. Quando eu era garotinha, observava as belas mulheres com seus vestidos de noiva feitos a mão. Minha mãe fazia os vestidos, e eu costumava ajudá-la, apesar de não ser nem de perto boa costureira como ela. — Procurando focar as outras lembranças que vinham uma atrás da outra em sua cabeça, ela disse: — Eu amava ver a mostarda florescer em julho, as uvas crescerem no verão, os vinhedos ganharem cor no outono. E o Natal era uma época perfeita para celebrar como nenhuma outra.

Percebendo que estava falando demais, Mary parou e riu, sentindo um vazio ao falar sobre a mãe.

— Viu só? Olha eu aqui agindo como agente de viagens.

— Eu jamais poderia ficar cansado de ouvir você falando de algo que ama.

Ele tinha razão, ela percebeu. Independentemente do que havia acontecido entre ela e a mãe, Mary sempre se lembrava com amor da infância, e das pessoas que a tornaram tão especial.

Da mesma forma que fez ao falar sobre sua casa na lanchonete na noite anterior e a emoção ameaçou dominá-la, ela tentou mudar de assunto com uma piada.

— E em seguida vou colocá-lo em um avião para a Itália com um itinerário dos melhores lugares secretos que nenhum outro turista jamais viu.

— Eu adoraria — ele disse, e ela subitamente viu as coisas com clareza, os dois de mãos dadas enquanto atravessavam o Atlântico de avião. Ela nunca levou um namorado ao seu país, e nunca teve um beijo roubado em um beco escuro que estava ali desde a Idade Média enquanto os sinos da igreja soavam acima deles.

— Sua cidade mudou muito desde os seus dezenove anos?

Mary lentamente mexeu o expresso com a colher antes de servi-lo em duas xícaras. Vindo sentar-se ao lado de Jack no banquinho do bar, ela disse:

— Não sei.

A xícara estava no meio do caminho dos seus lábios e ele parou, indagando:

— Não sabe?

— Não, eu não voltei.

Ela nunca falou com ninguém sobre a situação com a sua família fora dos seus círculos mais próximos de amigos e confidentes. Uma voz no fundo da cabeça a lembrava que não era sábio revelar tanto a Jack, pois eles só se conheciam fazia um dia. Mesmo assim, quando ele abaixou a xícara e segurou suas mãos, seu toque a aqueceu mais do que qualquer xícara de café.

— Eu amava verdadeiramente minha família, meus amigos, minha cidade, mas eu sempre soube que era diferente. Quando todo mundo estava sonhando com anéis de casamento e bebês, eu estava sonhando com aventuras e aviões. Meu pai entendia, e ele me falava sobre os lugares que havia visto na guerra. Mas minha mãe...

Quando ela ficou em silêncio, Jack gentilmente acariciou suas mãos com os polegares. Como sempre, havia uma profunda sensualidade em seu toque, mas naquela noite ela estava mais consciente da compaixão do gesto.

— Sua mãe queria que você ficasse.

Mary assentiu.

— Eu era tudo o que ela tinha, sua única filha. E ela estava com medo por mim, medo que eu me machucasse. Entendo que estou melhor agora, cuidando das meninas que têm a mesma idade que eu tinha quando conheci meu agente, que queria fazer de mim uma estrela em Nova York. Eu era tão ingênua — ela disse, rindo —, e tive muita sorte porque Randy, o olheiro, era honesto e verdadeiro.

— É por isso que você cuida das garotas quando poderia estar vivendo em uma cobertura de luxo. Você quer ter a certeza de que elas vão voltar para casa, e para suas mães, sãs e salvas.

— Sim, e também não gosto muito da altura das coberturas — ela confessou. Embora ele tenha sorrido, ela sabia que ele não esquecera que ela não havia contado a história toda. — Minha mãe ficou brava comigo por ser cabeça-dura e tola. Eu estava brava com ela por ser teimosa e determinada. Nós duas dissemos coisas que não queríamos — Mary engoliu fundo. — Quando eu telefonei para casa na noite em que cheguei a Nova York, ela se recusou a atender. Meu pai deu uma desculpa, mas eu sabia. *Eu sabia.* Ela estava falando sério quando disse que eu não era mais sua filha.

Mary não conseguiu conter as lágrimas que caíam enquanto chorava pela mãe que nunca entendeu a necessidade da filha de abrir as asas e voar, só para ao menos ver como as coisas pareciam em novos céus, e não porque ela queria voar para longe para sempre.

— Mas ela é minha mãe. E eu sinto a falta dela todos os dias.

Jack a trouxe para perto de si, seus braços eram quentes e reconfortantes enquanto ele acariciava as costas dela. Ele não falou nada, não tentou tornar as coisas melhores para ela com superficialidades. Ele simplesmente a abraçou e a deixou chorar enquanto a mantinha colada ao seu corpo o tempo todo.

Só quando ela parou completamente de chorar foi que percebeu que ele havia pressionado os lábios na testa como se fosse um beijo dado por um amigo.

Nenhum homem nunca a beijara daquela forma antes. Como amigo.

E ela nunca antes se aninhou tão facilmente nos braços de um homem, como se finalmente tivesse encontrado o lugar em que deveria estar.

Respirando de forma trêmula, Mary afastou-se um pouco e passou a mão no ombro largo dele, no local em que havia chorado.

— Bem quando você começava a secar, eu te deixei todo molhado novamente. — Teria sido mais fácil levantar-se, tratar de reaquecer o café, falar sobre a campanha publicitária. Qualquer coisa menos continuar nos braços de Jack e encontrar seu olhar preocupado. — Obrigada por ouvir — ela disse ao olhar nos olhos dele, ficando cheia de desejo na mesma hora. Com a maior rapidez.

Mais uma vez, a voz no fundo da cabeça a mandava ter cuidado. Talvez ela tenha se visto pensando ao esticar a mão para passar os dedos sobre a barba de Jack que ainda era a mesma menina tola e cabeça-dura de quando tinha dezenove anos.

— Você já fez muito por mim hoje, dançando comigo na chuva, me abraçando quando eu chorei. Eu sei que não deveria pedir mais nada, mas...

Antes que ela pudesse dizer qualquer outra coisa, ou pedir todas as coisas que não deveria permitir a si mesma desejar, a boca de Jack cobriu a dela, com força e com fome.

Alguns minutos antes, Jack a beijara como amigo.

Agora ele a beijava como amante.

Uma das mãos entrelaçava seu cabelo, a outra se ocupava da sua cintura enquanto ele a tirava do assento para abraçá-la com força. Meu Deus, ela se sentia bem com aquilo. Com força e dureza, seus carinhos foram ficando mais selvagens, fazendo com que cada terminação nervosa ganhasse vida dentro dela.

A língua deslizou em seus lábios uma vez, depois outra, como se não tivesse conseguido sentir o sabor que queria da primeira vez. E então, um pouco depois, ela sabia com certeza que não tinha conseguido mesmo, pois ele sugava seu lábio inferior, fazendo-a gemer de prazer ao mordiscá-lo delicadamente.

O primeiro beijo deles foi uma pressão dos lábios surpreendentemente doce que fazia com que o prazer dominasse seu corpo todo. Mas aquele beijo, e a agitação profunda, quente e dura por estar tão perto dele, faziam disparar fogos de artifício dentro dela.

Os dois estavam ofegantes quando ele finalmente se afastou um pouco.

— Nunca senti nada com um gosto tão bom quanto o seu. Nem de perto.

Ele abaixou a boca para senti-la mais uma vez, e até os dedos dentro da bota dela se encolheram, mas logo em seguida ele se afastou novamente. Ela sentia que ele estava fazendo o maior esforço para segurar as rédeas.

— Estou tentando ser paciente, anjo. Juro que estou. É melhor eu ir antes que me esqueça de tudo, exceto do quanto a quero.

Ela pediu a ele para ver como o relacionamento profissional seguiria antes de irem adiante. Mas isso foi quando ela supôs que iria conseguir manter o controle estando ao lado dele.

— Por favor — ela se viu implorando para ele —, antes de ir, me dê mais um beijo.

Ela esperava que ele a trouxesse para perto mais uma vez, entrelaçando as mãos com força em seu cabelo para devorá-la mais uma vez. Mas Jack Sullivan a surpreendeu desde o começo, e, embora o olhar estivesse cada vez mais desejoso, a leve carícia com a ponta dos dedos sobre seus lábios foi tão delicada, tão doce, que ela ficou impressionada pela força da emoção que a dominava quando ele a tocava. Ela se sentia derretendo por dentro e sabia que, se ele a beijasse mais uma vez, a noite não terminaria só em beijos.

— Acho que já testamos nossa força o suficiente por uma noite.

Ela queria discutir com ele, queria abraçá-lo e convencê-lo com mais beijos. Ela desejava a pele nua dele contra a sua e queria esquecer as regras que ela mesma havia imposto.

Mas Mary sentia que Jack não era o tipo de homem que mudava de opinião quando tomava uma decisão. E ela sabia que ele estava colocando um freio em si mesmo não porque não a quisesse, mas porque a respeitava demais para deixar um momento de paixão impetuosa destruir a amizade que crescia entre eles.

Uma amizade que poderia, se tratada com o cuidado adequado, tornar-se a base para algo muito, muito maior.

Como modelo, ela aprendeu a exercitar bastante o autocontrole sobre seu corpo para ficar horas sem fim na mesma pose, às vezes debaixo de um calor brutal, outras sob um frio de rachar. Era esse controle que ela procurava naquele momento. Ela se forçou a soltar-se dos braços de Jack para pegar o casaco dele no aquecedor, do outro lado da sala.

— Da próxima vez que eu convidar você — ela disse com um sorrisinho ao dar a ele o casaco e acompanhá-lo até a porta da frente —, vou deixá-lo beber o café.

Ele estava em pé na porta da frente quando disse:

— Da próxima vez que você me convidar, vou fazer amor com você.

Ele cobriu a respiração ofegante dela com aquele último beijo que ela havia implorado. Antes que Mary tivesse a chance de pegar seu coração cambaleante, ele já havia partido.

Ela não sabe quanto tempo ficou na porta da frente, olhando para as pessoas na calçada lá embaixo, observando os carros, táxis e ônibus moverem-se lentamente no tráfego de sexta-feira à noite. Jack Sullivan era tudo o que ela procurava em um homem. Inteligente. Sexy. E com um coração cheio de tanto calor que a surpreendia.

Mesmo assim, ela percebeu ao finalmente fechar a porta com delicadeza que, em vez de se acalmar diante dessa percepção, ela estava mais assustada do que jamais esteve na vida.

Assustada e completamente encantada.

O coração ainda batia acelerado quando ela pegou o telefone.

— Gerry, é a Mary. Lembra quando você disse que esperava que pudéssemos trabalhar novamente? Há alguma chance de você poder encaixar uma sessão de última hora na sua escala de segunda-feira para uma campanha publicitária muito interessante?

Sete

Na segunda-feira de manhã, Jack entrou no set em que Mary faria a primeira sessão de fotos para o anúncio na revista. Quando ele viu o cabelo negro balançando nos ombros e as pernas torneadas que pareciam ser intermináveis, pela primeira vez na vida não sabia como iria se manter racional. Honestamente, ele não conseguia se lembrar por que deveria continuar tentando.

A velocidade das batidas do seu coração fazia com que se sentisse em uma pista de corrida de um dos stock cars que ele havia equipado no decorrer dos anos. Carros de corrida, ele havia descoberto no ensino médio, eram o antídoto perfeito para o ritmo lento da invenção e do desenvolvimento da engenharia. A experiência de Jack nas pistas o ensinou a controlar não apenas a pressa e a emoção, mas o perigo também. Se não fosse para se arriscar nas pistas, não tinha nem por que ir até lá.

Os riscos nas pistas de corrida pareciam muito mais perigosos do que as decisões tomadas na garagem trabalhando em computadores, mas a verdade é que era exatamente ao contrário. Os riscos eram minúsculos se comparados, considerando que ele já tinha desistido de dez anos da vida dele por um sonho.

Não era só o seu sonho que estava em risco. Parecia que seu coração também estava.

Jack tinha pensado seriamente no fim de semana. Afinal de contas, pensar era tudo o que ele tinha feito de melhor. Ele deveria estar pensando no lançamento da Agenda Eletrônica de Bolso. Deveria estar debruçado sobre os cronogramas de despacho das remessas com Larry. Deveria revisar as distribuições e vendas com Howie. Ele deveria aprovar os planos finais dos anúncios de campanha.

A última coisa que Jack deveria focar quando eles estavam na etapa final de algo que começara fazia dez anos era uma mulher.

Ele sempre teve de encaixar mulheres e relacionamentos nos poucos espaços de tempo livre e atenção que tinha disponíveis. Ele nunca chegou nem perto de pensar em "para sempre" nem em amor. Tratava bem as mulheres com quem já havia saído, entretanto o trabalho sempre vinha em primeiro lugar.

Mas Mary não era uma mulher comum.

Claro que era perfeitamente natural olhar para uma mulher como ela e desejá-la. Mas era natural pensar *apenas* nela? Lembrar-se de cada sabor de açúcar e iguarias nos lábios dela ao beijá-la? Sentir sua pele suave como seda cada vez que acariciava o rosto dela? Ouvir os ecos contínuos do doce som de prazer que ela emitiu quando ele a beijou mais profundamente?

E tinha mais: quando ela lhe contou sobre o rompimento no relacionamento com a mãe, ele pensou na própria mãe e no quanto ela significava para ele. Ele desejava poder fazer algo para ajudar Mary a reaver o que ela tinha tanta certeza de ter perdido.

Como se ela pudesse ouvir seus pensamentos fervorosos, Mary subitamente olhou por cima do ombro e o encarou. Ele viu os olhos dela se iluminarem e a pele enrubescer com o que ele esperava ser um desejo que se igualava ao seu.

Jack não conseguiu esquecer o desejo nos olhos de Mary quando ela pediu mais um beijo a ele. Meu Deus, tudo o que ele queria era pegá-la nos braços e possuí-la no quarto, fazendo amor com ela a noite toda. Mas ela foi tão determinada na lanchonete quando pediu a ele para ser paciente, e ele pretendia respeitar o que era obviamente importante para ela. Mesmo assim, isso não o impediu de roubar-lhe um beijo antes que ela o fizesse ir embora.

E agora Jack queria muito roubar mais um beijo. Ele desejava que os dois se esquecessem totalmente do trabalho. Ele queria pegá-la em seus braços e afundar as mãos no cabelo dela ao sentir seu perfume, a suavidade de seus doces ruídos quando ela se derretia nos braços dele.

Mas, ao mesmo tempo que ele tentava lembrar a si mesmo durante todo o fim de semana, aquele não era nem o momento nem o lugar para cortejá-la.

— Gerry — ela disse ao fotógrafo —, venha conhecer Jack Sullivan.

Mary pareceu perfeitamente equilibrada, mas ele não achou que havia imaginado o leve embaraço na voz dela quando disse seu nome. Talvez ele não tivesse sido o único que passou o fim de semana todo confuso...

Ele estendeu a mão para o homem magro com olhos verdes brilhantes.

— Muito obrigado por concordar em trabalhar conosco tão em cima da hora, Gerry.

O fotógrafo avaliou Jack quando eles deram as mãos.

— Nunca consegui dizer não para Mary.

Jack sabia exatamente como ele se sentia. Havia dezenas de perguntas que ele deveria ter feito a Gerry sobre a sessão. Em vez disso, virou-se para Mary e perguntou:

— As meninas chegaram bem em casa na sexta à noite?

— Estava mais para sábado de manhã — ela disse, com um leve aperto de mão —, mas, fora o fato de deixarem uma fila de corações partidos em São Francisco, elas voltaram sãs e salvas.

Gerry olhava para Mary e Jack com as sobrancelhas arqueadas quando a porta do estúdio se abriu e Howie e Larry entraram com Allen grudado neles.

— Você está mais linda do que nunca — Allen disse ao beijar Mary nas bochechas. — Desculpe-me por não poder ficar, mas quero desejar-lhe boa sorte, minha cara, e obrigado novamente por fazer parte do nosso lançamento.

Mary apresentou Gerry a todo mundo, depois se desculpou, afastando-se para cuidar dos toques finais no cabelo e na maquiagem.

Jack e seus sócios estavam sentados nas cadeiras no fundo do set quando Mary voltou, quinze minutos mais tarde. O coração de Jack quase parou de bater no peito enquanto ele a admirava. Ela usava uma calça preta casual e um suéter vermelho macio que salientava suas curvas. No rosto estampava a maquiagem necessária para realçar suas características de forma elegante e simples.

A campanha escolhida por eles era simples e direta. Mary não ia fazer um papel para as câmeras. Em vez disso, ela ia deixar o público consumidor saber, tanto nas fotos quanto no comercial de TV que filmariam mais para a frente na semana, que ela usava a Agenda Eletrônica de Bolso e adorava. O set daquele dia parecia-se muito com a sala e a cozinha da casa dela, e Jack percebeu que ela havia trazido algumas coisas da sua própria casa. Um lindo vaso de flores azuis e brancas. A escultura de uma garota dançando. Uma tigela de frutas frescas.

Enquanto ela mostrava a invenção deles para a câmera, Jack ficava mais uma vez impressionado. Ela trabalhava sem parar por horas, não somente na frente das câmeras, mas por detrás delas também, auxiliando Gerry com luzes e objetos. Quando Larry e Howie começaram a resmungar sobre comida e bebida, Jack sugeriu que eles saíssem para pegar algo para todos. Ao mesmo tempo, Jack começava a ver sinais de fadiga nos cantos dos olhos e na boca de Mary enquanto Gerry trocava de câmera.

Levantando-se e indo em direção ao set, Jack disse:

— Hora do intervalo.

Gerry suspirou de alívio ao abaixar a câmera.

— Vou do outro lado da rua tomar um expresso triplo. Devo trazer para todos?

Jack balançou a cabeça negativamente. A última coisa de que precisava naquele momento era de mais adrenalina em seu corpo.

— Obrigada, estou bem — Mary murmurou, esticando a mão para massagear o pescoço. — Acho que vou pôr os pés para cima por alguns minutos.

Depois que Mary foi para o pequeno camarim, Gerry disse a Jack:

— Nenhuma outra modelo de fama e calibre iguais aos dela jamais considerou trabalhar com luzes e maquiagem dessa forma. Não há outra mulher como ela no mundo.

— Você está absolutamente certo — Jack concordou.

— Fiquei surpreso quando Mary me telefonou falando sobre a campanha. Ela estava determinada a se aposentar, e ninguém conseguiu fazê-la mudar de ideia. Não até você aparecer.

— Sou um homem de muita sorte.

Gerry examinou Jack mais uma vez com seus olhos verdes antes de assentir.

— Jamais se esqueça disso.

Jack caminhou até a saleta ao lado do set para onde Mary havia ido. A princípio ele só viu a mesa onde Mary havia colocado um espelho e seu kit de maquiagem e cabelo. Como Gerry havia acabado de apontar, ela normalmente tinha uma enorme equipe de pessoas trabalhando em suas sessões de fotos. Entrando no quarto, ele viu que ela estava sentada na cadeira, massageando o pescoço e os ombros como se estivessem doloridos.

Ela virou a cabeça na direção dele quando ouviu os passos.

— Jack, você precisa de algo?

Ela imediatamente fez menção de levantar-se, mas, quando ele substituiu as mãos dela pelas dele em seus ombros e começou a massagear os músculos tensos, ela afundou na cadeira novamente.

* * *

Mary sabia que não devia deixar Jack tocá-la daquele jeito, principalmente enquanto estivessem trabalhando juntos, mas como ela conseguiria encontrar forças para pedir que ele parasse quando estava tão bom?

Ela tinha de fazê-lo parar. As mãos fortes e quentes de Jack sobre ela provavelmente levariam a coisas mais maravilhosas e deliciosamente sensuais.

O tipo de coisa *a mais* que ela tinha especificamente dito a ele que não podiam fazer enquanto estivessem trabalhando juntos.

Ah, mas era uma luta forçar-se a sair de debaixo das mãos dele e se levantar! Quando ela sentiu ter removido todo o desejo da expressão, ela se virou para ele:

— Na sexta-feira à noite os limites do nosso relacionamento ficaram meio confusos... — particularmente quando foi ela quem implorou por mais um beijo —, mas você estava certo em ir embora.

— Foi um fim de semana dos infernos sem você — ele disse, da sua forma irresistivelmente direta. — O único consolo era saber que eu viria trabalhar com você hoje. — Ele balançou a cabeça, os olhos negros e intensos novamente. — Queria que somente trabalhar com você fosse suficiente.

As coisas que aquele homem fazia com ela apenas com um olhar e umas simples palavras... Ela formigava dos pés à cabeça, forçando-se a se afastar dele.

— Tem de ser suficiente, pelo menos até a campanha terminar.

— Diga-me por que temos de esperar. Me faça entender por que eu não posso beijá-la neste exato momento, quando nós dois sabemos como será bom.

Ela se afastou um pouco mais, antes de olhar melhor nos olhos dele e perceber que tinha feito exatamente o oposto. Em vez de se afastar, ela se aproximou.

— Cometi um erro há alguns anos. Um erro enorme. — Um arrepio percorreu seu corpo só de pensar em Romain. — E o que aprendi com meu erro é que devemos esperar até que nosso relacionamento não esteja ligado à campanha publicitária ou às encomendas do produto. Assim, nós dois poderemos pensar claramente sobre as coisas.

Vendo o arrepio dela, ele deslizou as mãos quentes sobre seus braços para aquecê-la.

— O que estou sentindo por você não tem nada a ver com encomendas nem campanhas.

Ela queria tanto acreditar nele, principalmente quando seus sentimentos por ele estavam crescendo de forma exponencial. As mãos dele pareciam tão boas, tão reconfortantes e excitantes, ao mesmo tempo que o corpo dela instintivamente se aproximou dele mais um pouco.

— Você trabalhou para realizar seu sonho durante dez anos — ela o lembrou. — Não deveria considerar colocar nada nem ninguém antes disso agora.

— Quem quer que tenha magoado você — ele disse, com uma voz baixa que a deixou toda agitada — foi um idiota.

Eles estavam a centímetros de distância quando ela assentiu:

— Sim, ele era.

— Dizem por aí — ele disse, com um sorrisinho que a trouxe mais para perto do beijo que ela estava tentando evitar — que meu Q.I. é bem alto.

Como é que ela conseguiria lutar contra os sentimentos por ele quando ele não somente a fazia arder de desejo, mas também rir?

— É mesmo?

— Cento e sessenta, e minha mãe ainda tem o resultado do teste para provar — ele completou, sorrindo. — Embora tenha de confessar que às vezes tenho uma ideia no chuveiro e esqueço de me barbear porque vou correndo passá-la para o papel.

Ela quase suspirou alto diante de tanta doçura, fofura e sensualidade e pela forma como o cérebro dele trabalhava tão rapidamente que ele nem conseguia priorizar coisas do dia a dia, como fazer a barba. Será que as meias dele eram iguais? Mas pior do que ficar pensando sobre as meias dele era querer se aninhar na barba escura que ele havia se esquecido de fazer pela manhã.

Tentando manter as coisas leves entre eles, mesmo sabendo que só estava adiando o inevitável, ela olhou bem para a barba por fazer e disse:

— Você fica bem barbudo.

— Agora que já sei a sua opinião, nunca mais vou me barbear novamente.

Ela riu.

— Lembre-me de procurá-lo em dois anos para ver o tamanho da sua barba.

— Tudo o que você vai ter que fazer é rolar na cama e olhar para mim.

Ela nunca esteve com um homem tão confiante assim, tão certo de que eles estavam destinados a ficar juntos. E ela também nunca quis tanto beijar alguém.

Para distrair seus lábios do beijo que tanto desejavam, ela disse o nome dele com uma entonação de advertência.

— Jack.

Ele a distraiu também, não com seu nome, mas dizendo:

— Anjo.

Era um carinho que fazia seus joelhos amolecerem todas as vezes.

Então, quando ele deslizou uma das mãos no cabelo dela e a outra na curva do quadril para trazê-la mais para perto, ela não teve força de vontade para continuar lutando contra o beijo. Só foi preciso pressionar os lábios contra os dela para dissolver as lembranças cruéis de como ela havia se machucado antes. Todos os seus pensamentos inteligentes se dissiparam também.

— Mary, sei que você disse que estava cortando a cafeína, mas eu trouxe para você...

Gerry estava no meio da sala na hora em que percebeu que ela estava enlaçada em Jack como uma adolescente que roubava um beijo do namorado secreto quando pensava que ninguém estava olhando.

— Desculpe por isso, pessoal — ele disse, com aquele seu jeito relaxado de quem já viu tudo na vida. — Vou só cuidar de um filme que precisa ser trocado.

No segundo em que Mary ouviu a voz de Gerry, deveria ter saltado dos braços de Jack. Principalmente quando nem deveria estar ali, para princípio de conversa. Mas o beijo fez seus membros ficarem bambos, impedindo-os de fazer qualquer coisa além de ficar exatamente onde estava.

Finalmente ela juntou autocontrole suficiente para conseguir se afastar um centímetro por vez, até Jack não ter escolha a não ser deixá-la ir.

— Não acredito que fizemos isso... e que Gerry nos pegou no flagra. Graças a Deus que foi ele e não seus sócios.

— E daí se eles tivessem visto a gente? Não estamos magoando ninguém, nem nada, ao nos beijarmos.

Mas e se você acabar me magoando de fato?

Misturada ao medo de ser magoada novamente por alguém com quem estava trabalhando estava a lembrança persistente de como ela foi humilhada ao saber que todo mundo no seu círculo de amizades sabia que ela tinha entregado seu coração de forma tão tola... sendo posta de lado logo em seguida. Ela não ia permitir que isso acontecesse novamente, não quando supostamente deveria ser mais velha e mais sábia.

— Você contou a eles sobre sexta-feira passada, sobre o que aconteceu conosco na minha casa?

Jack pareceu um pouco mais que insultado pela pergunta.

— Claro que não. Não fico por aí contando sobre a minha vida, Mary. O que acontece entre nós é particular.

Um pouco depois, Howie e Larry enfiaram a cabeça no camarim.

— Ei, Jack, Mary, trouxemos sanduíches para vocês dois.

Dava para ver facilmente a frustração no lindo rosto de Jack quando ela disse que os encontraria em alguns minutos na área comum. Todos eles deixaram o camarim, e as mãos de Mary tremiam enquanto ela se sentou em frente ao espelho e pegou a escova de cabelo. Um pouco depois, Gerry entrou e fechou a porta atrás dele.

— Achei que estivesse havendo algo entre vocês dois — Gerry sorriu para ela no espelho. — Agora, antes de voltarmos às fotos, conte-me *tudo* sobre esse homem lindo que não consegue tirar as mãos de você.

Enquanto ela passava a chapinha em um cacho do cabelo para se aprontar para a segunda sessão de fotos, teve de se esforçar para manter a mão firme e não se queimar.

Com outro fotógrafo ela teria tentado esconder o que estava sentindo. Mas, com o homem que ela conhecia pela vida toda, não havia razão para fingir que o toque de Jack tivesse sido inocente. Além disso, havia um motivo para Gerry ser tão bom fotógrafo: ele via coisas que ninguém mais via.

— Jack é diferente de qualquer homem que já conheci — ela admitiu.

Ela sabia que não deveria dizer mais nada, mas estava morrendo de vontade de falar com alguém sobre Jack. Ela não tinha como discuti-lo com as jovens modelos de quem cuidava, não quando estava tentando ser um exemplo para elas. Mas Gerry a viu crescer. Primeiro, por detrás da lente da câmera, e depois mais tarde, quando se tornaram amigos. Ele segurou a mão dela e a deixou chorar quando seus romances não terminaram felizes para sempre. Se havia alguém que entendia como ela estava confusa agora, esse alguém era ele.

— Os homens com quem me relacionei eram tão egocêntricos, tão cientes de tudo que diziam e faziam, e principalmente de como se comportavam em público. Mas o cérebro de Jack trabalha rápido o tempo todo, ele é tão diferente. Ele me disse que às vezes nem se lembra de se barbear.

— Adorável — Gerry disse, ecoando seus próprios pensamentos.

Ela suspirou.

— Concordo, mesmo assim não deveria tê-lo beijado agora.

Ele arqueou as sobrancelhas.

— Por que diabos não?

— Porque concordamos em manter as coisas estritamente profissionais entre nós por enquanto. Como tenho certeza de que você se lembra, da última vez em que misturei negócios com prazer as coisas deram incrivelmente errado.

Gerry franziu a testa.

— Romain Bollinger era um cretino inútil. Pensei que já o tivesse esquecido.

— Claro que sim — ela insistiu, horrorizada por alguém pensar que ela ainda estava sofrendo por aquele rascunho de homem. — Estou apenas tentando ser cautelosa.

— Se aquele foi um beijo cauteloso, eu adoraria ver um beijo perigoso — ele provocou.

Eu também, ela pensou, sabendo que não deveria. *Eu também.*

* * *

Entre o beijo de Jack naquela tarde e o de sexta-feira à noite, Mary sabia que ele havia deixado suas intenções absolutamente claras. Se ela não conseguisse resistir à tentação, então era só certificar-se de não se colocar no caminho. Ela não era mais uma jovem ingênua que se derretia diante de algumas palavras sensuais de um homem bonito. Na verdade, suas experiências no amor a tornaram dura, a ponto de as palavras sensuais a fazerem erguer muito mais a guarda.

Mesmo assim, durante todo o fim de semana, e depois durante toda a sessão da manhã, ela ficou pensando em suas palavras pecaminosamente sensuais: *Da próxima vez que você me convidar para entrar, eu vou fazer amor com você.*

Ela não achava que ele tinha dito aquilo para chocá-la ou até mesmo para excitá-la.

Ele simplesmente disse o que estava sentindo… E era o que obviamente acreditava que aconteceria da próxima vez que estivessem juntos na casa dela.

Quando ela e Gerry finalmente terminaram a sessão, Howie e Larry levantaram-se de suas cadeiras e a encheram de elogios. Ela tentou ser graciosa ao cumprimentá-los, mas, ao mesmo tempo, queria saber onde Jack estava. Será que eles achariam estranho se ela perguntasse sobre ele?

Felizmente, antes que ela se fizesse de tola apaixonada, Howie disse:

— Jack teve que cuidar de um negócio urgente lá na garagem. — Ele ficou vermelho ao perceber ter admitido a ela onde eles trabalhavam. — Quer dizer, no escritório. Mas ele disse para você ligar se precisar de alguma coisa.

Apesar do fato de Mary lembrar a si mesma repetidas vezes durante toda a tarde que ela e Jack precisavam manter distância, a decepção foi rápida e forte.

— Vamos ajudar Gerry a levar o equipamento para a van — Larry disse. — Podemos dar uma carona a você para qualquer lugar depois disso?

Ela balançou a cabeça negativamente.

— Obrigada, mas tenho umas coisas para fazer. Vejo vocês na gravação do comercial, daqui a alguns dias.

Depois de se despedir de Gerry com um beijo no rosto, ela apertou o cachecol no pescoço e enfiou um chapéu na cabeça. No dia anterior ela precisou de um passeio rápido pela cidade para afastar a atração que sentia por Jack. Naquele dia, ela precisava se livrar da irritação que sentia de si mesma... e ficar longe do telefone para não ceder à tentação de aceitar a oferta dele de ligar caso precisasse de algo.

Porque, Deus do céu, como ela precisava *dele*.

* * *

Na hora em que Mary chegou em casa, seus pés a estavam matando, e tudo o que ela queria era se jogar na banheira com um copo de vinho e um bom livro.

E daí que beijar Jack novamente parecia mil vezes melhor do que o combinado banho-vinho-livro? Ela tinha que superar.

Foi incrivelmente reconfortante voltar para uma casa cheia de vozes. Ela ia sentir muita falta das meninas quando elas fossem para suas respectivas casas passar as festas.

O aroma no ar era o que sempre a fazia lembrar-se da Itália no Natal.

— Vocês compraram uma árvore — ela exclamou ao entrar na sala.

Yvette sorriu para ela de cima da escada.

— Surpresa!

Janeen colocou um disco com canções de Natal e pegou Mary para uma dança improvisada que a fez momentaneamente se esquecer de que desejava estar em outro lugar, com outra pessoa.

— Também fizemos biscoitos e gemada — Susan disse da cozinha.

Depois que Mary entrou no quarto para deixar suas coisas e tirar os sapatos, Susan deu a ela um copo para que pudessem brindar juntas.

— A você, Mary, por acolher a todas nós e nos dar um lar longe de casa.

Mary não passava o Natal com sua família fazia treze anos, mas naquela noite sentiu como se fizesse, enfim, parte de uma família novamente. Ao brindarem, ela ficou com medo de estragar o momento com lágrimas, mas então Yvette disse:

— Estamos morrendo de curiosidade para saber como foi sua sessão hoje com o belo Sr. Sullivan.

— Foi bem — ela disse, displicentemente.

— Ooh — Jannen disse, não se enganando nem um pouco —, você está corando.

Mary levou a mão livre ao rosto e sentiu que estava quente.

— Somos apenas parceiros de negócios — ela protestou.

— Pela forma como vocês dois se olham — Susan apontou —, com certeza parece mais do que só negócios.

Mary não tinha percebido como eles deram na cara quando ela o convidou para entrar, na sexta anterior. Mas ela havia acabado de dançar com ele na chuva, e tinha sido tão maravilhoso, como é que poderia ter escondido as estrelas brilhando em seus olhos?

— Ele me beijou.

Todo mundo arregalou os olhos, incluindo Mary, pelo que tinha acabado de admitir.

Ela tinha de dar bom exemplo para as jovens modelos, o que significava ensinar-lhes ser má ideia envolver-se com um parceiro de trabalho. Mas o longo passeio pela cidade não tinha produzido efeito algum no que se referia a afastar a lembrança de como tinha sido bom sentir as mãos de Jack em seu cabelo, seu calor contra o corpo dela, sua boca deliciosa pressionando a sua.

— Aposto que ele beija muito bem? — Yvette disse, com um olhar sonhador no belo rosto.

Aquela era a chance de Mary explicar que tinha sido errado beijar Jack. Em vez disso, ela assentiu e disse:

— Ele é o melhor.

As garotas espontaneamente lhe deram um abraço em grupo.

— Quando você o verá novamente?

— Vou gravar um comercial com a invenção dele em alguns dias. Tenho certeza de que ele estará lá. — Ela esperava soar mais indiferente do que se sentia. Como ia conseguir passar dias inteiros sem ver Jack? Principalmente quando só pensava nele o tempo todo...

— Ou você poderia ligar para ele e convidá-lo para vir aqui hoje — Janeen sugeriu. — Nós não nos importaríamos de ter um lindo homem entre nós, não é, garotas?

Precisando fazer algo com as mãos para não pegar o telefone e ligar para ele naquele exato momento, Mary ergueu um enfeite brilhante e foi até a árvore pendurá-lo em um galho.

— Nós concordamos em manter as coisas no âmbito profissional até a campanha terminar.

Susan olhou para ela com a empatia de uma garota de dezenove anos e disse:

— Beijos roubados são os melhores, não são?

— Não foram... — ela começou a dizer antes de admitir. — Está bem, *foram* roubados. — E Susan tinha razão: os beijos dele foram os melhores da vida de Mary. — Mas foram os últimos que vou deixá-lo roubar antes de terminarmos a campanha.

Pelo olhar duvidoso no rosto delas, Mary sabia que ela foi até menos convincente do que tentou parecer.

— Pessoalmente — Yvette disse ao levar o copo aos lábios —, prefiro beijos proibidos.

Mary estava determinada a deixar a conversa morrer, mas naquele momento ela se virou da árvore e lançou a Yvette um olhar bem incisivo.

— Com quem você está trocando beijos proibidos?

Yvette foi até a caixa de enfeites para que Mary não pudesse ver seu rosto quando ela resmungou:

— Com ninguém.

Mas não fazia *tanto* tempo que Mary tinha tido dezenove anos, e ela sabia muito mais sobre ser cabeça-dura e tola. Talvez, ela pensou, devesse contar a elas seus próprios erros. Mas com as músicas de Natal tocando e o riso se espalhando, ela não queria arruinar a noite com algo que claramente pareceria um sermão.

Não era a primeira vez desde que as três modelos vieram morar com ela que Mary percebeu o que sua mãe devia ter passado. Como dar conselhos a alguém que você quer bem sem arruinar a relação? E o que ela poderia dizer para fazer uma jovem que tinha o mundo todo a seus pés ouvir sem ficar totalmente irritada?

Se Deus quisesse, um dia, com os próprios filhos, ela teria algumas das respostas.

Oito

No decorrer dos dias que seguiram, Mary não apenas deu dezenas de entrevistas de rádio, TV e revistas sobre a Agenda Eletrônica de Bolso como ela e Gerry viajaram por São Francisco tirando fotos dela usando-a em diferentes partes da cidade. Depois dos beijos que Jack lhe roubou, e principalmente com a rapidez com que ela baixou a guarda nas duas ocasiões, Mary sabia que tinha de estar feliz com a distância para reconquistar a sanidade. Antes de Jack Sullivan entrar na sua vida, ela estava perfeitamente bem. Contente. Confortável.

Mary franziu a testa. Era nisso que sua vida supostamente glamourosa e internacional tinha se transformado? *Bem, contente, confortável?* Se isso era tudo o que ela tinha a mostrar de sua vida aventureira, será que tinha mesmo valido a pena virar as costas para a antiga vida? Afinal de contas, ela poderia ter ficado na Itália e se casado com o primeiro garoto que tivesse feito a proposta a ela, ficando *bem, contente e confortável.*

Estava tão perdida em seus pensamentos turbulentos que entrou direto no estúdio de Gerry e abriu a porta da câmara escura sem prestar atenção na luz vermelha acima da porta.

— Feche a porta!

Alguns fotógrafos gritavam muito, mas não Gerry. Na verdade, ela não conseguia se lembrar dele levantando a voz... até aquele momento. Mary bateu a porta, fechando-a atrás de si, mas Gerry já xingava pela revelação que havia perdido por causa do seu erro estúpido.

— Sinto muito — ela disse, mesmo sabendo que uma desculpa não consertaria nada. — Não sei no que estava pensando.

Mas ela sabia perfeitamente bem no que estava pensando. Estava tentando convencer a si mesma de que não ser tentada pela presença de Jack era uma boa coisa. Mesmo assim, não tinha força alguma quando começava a pensar nele, da mesma forma que não teve quando o beijou.

Quanto mais ela tentava tirá-lo da sua cabeça, mais profundamente ele penetrava.

Jogando a foto arruinada no lixo, Gerry virou o rosto para ela:

— Imagino que Jack não tenha ligado.

O quarto estava escuro, mas não o suficiente para que o amigo não pudesse ver a verdade nos olhos dela.

— Ele apenas está fazendo o que eu pedi.

— Conheço você há mais de uma década e nunca a vi assim. — Gerry inclinou a cabeça e lançou a ela o seu olhar mais penetrante de fotógrafo. — É por isso que você concordou em fazer essa campanha, não é? E por isso que está trabalhando tanto? Você se apaixonou pelo brilhante e belo engenheiro.

Allen tinha comentado antes, em uma de suas entrevistas, que ela ia ficar bem feliz por ter desistido de seus honorários em troca de uma porcentagem dos lucros. Claro que ela não contou para o presidente que tudo o que fez foi por Jack, que em sua primeira noite na lanchonete ela já tinha se apaixonado loucamente por ele antes de perceber que queria mais do que torta e conversa. Gerry, por outro lado, já tinha sacado tudo.

— Tentei tanto ser realista em relação a Jack, mas...

Ela achava extremamente difícil colocar palavras em seus sentimentos. Se fosse uma simples atração, seria fácil. Mas a emoção que percorria seu corpo era muito mais profunda que isso.

Mais difícil do que querê-lo tanto ou do que seus sentimentos tão fortes, era saber que, sempre que dava seu coração a alguém, era deixada de lado sem que pensassem duas vezes. Mesmo assim, ela não estava conseguindo se controlar em relação a Jack.

— Nunca vi ninguém tão guiado por um sonho, nem tão apaixonado para transformá-lo em realidade.

— Eu já — Gerry disse. — Você.

Mary não conseguiu conter a surpresa.

— Eu?

— Jamais vou me esquecer do dia em que você entrou no meu estúdio. Você era tão imatura e inexperiente como todas, mas Randy me garantiu que havia algo especial em você, algo que extrapolava a sua beleza externa. Você pisou na frente da minha câmera e, apesar de ainda não estar lapidada, nem ter pista alguma sobre o que estava fazendo, vi exatamente o que Randy havia falado. Sua paixão pela vida e todos aqueles sonhos que você queria transformar em realidade estavam bem nos seus olhos. — Ele colocou a mão no braço dela. — Sei que o trabalho nem sempre foi fácil e que você passou por tempos difíceis com a família e com homens que não mereciam você, mas você não consegue ver que isso só a deixou mais forte?

No varal acima de sua cabeça, Gerry pegou algumas revelações que haviam secado e as colocou em um envelope.

— Jack e seus sócios precisam ver isto hoje à noite para escolher as prediletas para mostrar à diretoria. Tenho de sair agora mesmo para outra reunião. O endereço deles está na frente do envelope.

* * *

Jack seguiu o corretor pelo enorme edifício em Page Mill Road com Howie e Larry. Agora que Mary estava trabalhando para apoiar a Agenda Eletrônica de Bolso, os varejistas estavam começando a abraçar o projeto com números grandiosos. Allen queria se certificar de que os escritórios deles ficassem prontos com novos empregados trabalhando imediatamente após o Natal para que pudessem começar a pesquisar e desenvolver novos produtos. Os últimos dias passaram muito rápido, e Jack não deveria ter nenhum momento livre em que não tratasse das necessidades da produção e do planejamento do futuro da empresa.

No entanto, conforme Jack se esforçava para focar no que o corretor dizia sobre os andares de produção e o espaço do escritório, tudo em que ele podia pensar era em como tinha se sentido nos braços de Mary. Como a pele dela era macia debaixo de seus dedos. Como seus lábios eram doces. A surpresa em seus olhos quando ele disse que iria acordar ao seu lado nos dois anos seguintes. E como ele mal conseguiu se controlar para não telefonar para ela, ou pior, não aparecer em sua casa.

— O que você acha, Jack?

A pergunta de Howie o trouxe de volta ao presente.

— Desculpe, qual foi a pergunta?

— Temos de encontrar Gerry na garagem em breve para ver as fotos que ele e Mary tiraram nos últimos dias. Você tem o melhor olhar para os anúncios, então estávamos pensando em terminar por aqui para deixar você ir a essa reunião.

Sabendo que não ia ser de muita ajuda mesmo, Jack rapidamente concordou. Durante o percurso de volta ao escritório na garagem que logo seria fechada, ele pensou em mais uma dúzia de desculpas para ligar para Mary e encontrá-la. Mas, droga, não importava o quanto ele queria vê-la: ele sabia que não deveria.

Jack e seus irmãos foram criados para honrar e respeitar todas as pessoas, principalmente as mulheres. Mesmo assim, nas poucas vezes em que ele e Mary ficaram juntos, ele teve muita dificuldade de respeitar os desejos dela ao não deixar que os beijos progredissem para algo mais.

Estava quase estacionando o carro quando percebeu que tinha de arrumar um jeito de se controlar, e tinha de ser rápido. Não era Gerry quem estava esperando por ele com as fotos da campanha.

Em vez dele, lá estava a mulher mais bonita do mundo.

* * *

Mary esperava ver Howie e Larry com Jack, mas, obviamente, algo impediu os outros dois homens de vir. Ela jamais se lembrou de ter ficado tão nervosa perto de um homem, nem mesmo quando era adolescente e teve sua primeira paixão na escola.

Os olhos de Jack estavam mais negros, até mesmo mais intensos, do que ela se lembrava conforme ele caminhava em sua direção. Ela se esforçou para suas pernas não tremerem, e para não sair correndo direto para os braços dele.

Não ajudou nada quando Jack disse:

— Senti sua falta, Mary.

Ela sentiu a respiração ficar presa na garganta ao perceber o quanto o queria naquele momento. Ah, por que ela concordou em deixar

Gerry manipulá-la para vir até ali? Ela sabia que ele pensava estar fazendo o melhor para ela, provavelmente julgando que ela havia ficado na retaguarda por tempo demais, mas com certeza isso não significava que ela deveria mergulhar de cabeça nas águas mais perigosas que já tinha visto. Deveria?

Tentando disfarçar o momento caloroso, ela disse:

— Não vejo a hora de finalmente ver onde a magia acontece.

— Temo haver muito mais poeira e uma confusão de fios do que magia — ele disse ao destravar a porta da garagem.

Os músculos dos braços e das costas se flexionaram debaixo da camisa de algodão quando ele abriu a porta pesada, e, embora ela soubesse que era indelicado encarar, não conseguia parar por nada neste mundo. Principalmente quando ela sabia em primeira mão como aqueles músculos rígidos eram bons pressionados contra ela.

Mary ficou sem ar por uma razão diferente quando ele fez sinal para que ela entrasse. Ele estava certo sobre a poeira e os fios, mas o que realmente causou impacto nela foi a admiração da criação em cada centímetro do ambiente.

— É maravilhoso, Jack! — Ela não fazia ideia do funcionamento de nada por ali, mas queria aprender. Ela apontou para uma tela com várias maçanetas ao redor. — Para que serve isso?

— É um osciloscópio, que é um tipo de instrumento eletrônico que procura sinais na forma de ondas.

Ela foi até um grupo de pequenas caixas similares.

— E isso?

— É um gerador de voltagem. É o que usamos para aumentar a velocidade de protótipos de placa-mãe.

Ela colocou a mão no braço dele.

— É mágica mesmo, não é?

Um músculo saltou na mandíbula dele ao olhar para baixo.

— Acho melhor você me mostrar as fotos que trouxe.

Subitamente percebendo como estava perto dele, ela deu um passo para trás.

— Desculpe, não deveria desperdiçar seu tempo...

— Você não tem que se desculpar por nada — ele disse, interrompendo-a antes que ela pudesse terminar o pedido de desculpas. — Mas eu vou me desculpar em um minuto se não descobrir como ter autocontrole com você por perto.

Ela sempre se achou uma pessoa justa e forte também. Mas como isso podia ser verdade quando estava desesperada para que Jack perdesse o controle e a beijasse novamente para que ela pudesse se perder nos braços dele sem ter de tomar absolutamente nenhuma decisão difícil?

Ele merecia no mínimo a honestidade dela, já que ela não podia lhe dar justiça nem força.

— Também senti sua falta nos últimos dias. Não há motivo para fingir que não.

Mas até mesmo isso não estava nem perto o suficiente da honestidade. Ela precisava finalmente dizer a ele por que estava tentando tanto manter as coisas em âmbito profissional entre eles durante a campanha.

— Você se lembra quando eu disse que cometi um erro há alguns anos? O nome dele era Romain. Ele é dono de uma enorme empresa de relógios suíços, e eu era a modelo escolhida para uma campanha crucial. Ele era muito charmoso, persuasivo e atencioso, e começamos a namorar logo depois que comecei a trabalhar para a empresa dele. Éramos vistos juntos em todos os lugares. Ele fazia questão disso para que seus lucros ficassem cada vez mais altos. Até decidir que os lucros aumentariam ainda mais sem mim. — Ela suspirou, pensando em como tinha sido imatura e tola. — Ele estava prestes a me informar sobre minha futura substituta no dia em que decidi surpreendê-lo em sua cobertura. — Ela riu, mas não havia nada de engraçado em seu riso. — Nós três fomos pegos de surpresa.

— Três?

— Eu, Romain e a modelo na cama dele. Ela era bem mais jovem do que eu, uma das garotas promissoras que eram tão ingênuas quanto eu quando comecei a trabalhar. Claro que ela foi tão enfeitiçada por ele quanto eu fui. Claro também que eu terminei com ele, mas tinha assinado um contrato, e sabia que não conseguiria viver comigo mesma se quebrasse a promessa feita à diretoria e aos investidores. As últimas sessões de fotos foram dolorosas.

— Você estava perfeitamente dentro dos seus direitos de quebrar a promessa comercial, já que ele foi de longe muito pior quebrando a promessa pessoal com você.

— Não. Eu não poderia deixá-lo saber como ele havia me magoado, nem admitir para ninguém deste mundo como eu tinha sido tola. Eu fui tola exatamente da forma como minha mãe havia me acusado tantos anos antes. — Ela respirou fundo para tentar deixar tudo para lá e voltar para a garagem cheia de magia de Jack. — Desde então, sempre tento tomar cuidado para não misturar minha vida comercial com a pessoal.

— Eu diria a você que não sou como ele, mas você já sabe disso, não sabe?

— Sei, mas...

Como ela podia explicar que não era em Jack que ela não confiava, mas em si mesma? Os maiores erros que ela tinha cometido na vida se referiam a dar e a perder amor.

— Todos os dias eu tive de trabalhar com ele tirando mais um estilhaço de mim. Levou muito tempo até eu curar todas as feridas.

Jack pegou a mão dela e entrelaçou os dedos nos dela.

— Prometi tentar ser paciente, e eu não conseguiria viver comigo mesmo se quebrasse minha promessa a você.

Ela nunca conheceu ninguém como Jack. Ele tinha tanto respeito pelo significado de uma promessa, sem falar no respeito por seu trabalho como modelo, algo que tantas pessoas menosprezaram no decorrer dos anos, tachando-a de nada além de um rosto bonito.

— Você sabe o que quer e o que precisa fazer para conseguir — ela disse delicadamente —, mas você compromete seus valores, ou suas palavras, para conseguir o que quer. Como você faz isso?

— Eu poderia fazer a mesma pergunta. Você é tão linda que pode ter qualquer coisa que quiser, mas você ganha tudo por meio de trabalho árduo.

— Você faz com que eu pareça melhor do que sou. Principalmente quando sei que não é justo querer tanto beijá-lo depois de ter imposto as regras mais uma vez... Mas não consigo pensar em uma maneira de impedir a mim mesma de pedir isso a você.

— Ninguém é perfeito — ele disse, com um sorriso que não fazia nada para mascarar o desejo.

Era a coisa certa a ser dita depois das pressões que ela encarou ao construir uma carreira baseada na perfeição.

— Nesse caso, espero que isso signifique que você vai me perdoar pelo que estou prestes a pedir. — Ela se aproximou novamente, colocando as mãos no peito dele, deslizando-as lentamente até enlaçar seu pescoço.

— Peça-me qualquer coisa, anjo.

Ela sentiu seu corpo derreter por dentro diante daquele carinho.

— Beije-me, Jack.

Ela ainda dizia seu nome quando a boca de Jack cobriu a dela em um beijo que lhe roubou o fôlego inteiramente. Os dois se alimentaram ganânciosamente dos lábios um do outro; os dias em que ficaram separados serviram de combustível, levando-os a novas alturas.

Mary havia sido beijada no topo da Torre Eiffel, em um passeio de carruagem no meio de Praga, na Praia de Copacabana, no Rio de Janeiro. Mas aquele beijo trocado com Jack, na garagem cercada de cabos, máquinas e pilhas de xícaras, foi o mais romântico e o mais excitante que já havia experimentado... e foi um beijo do qual ela sabia que iria se lembrar para sempre, independentemente de como as coisas terminassem entre eles.

Ele a apoiou em uma das mesas e, quando ela se deu conta, Jack a havia levantado para que pudesse colocar suas pernas ao redor da cintura dele. Mais uma vez, ela se sentiu como uma adolescente travessa dando uns beijos no namorado proibido ao entrelaçar os tornozelos ao redor dos quadris dele, trazendo-o para mais perto.

Os fogos de artifício disparados dentro dela eram o oposto de *bem*, de *contente*. Pelo contrário, ela sentiu não como se estivesse sobre a mesa de trabalho de Jack, mas sobre algo deliciosamente perigoso. Surpreendentemente pecaminoso.

E absolutamente *maravilhoso*.

Por causa de todos os seus protestos pedindo que eles mantivessem a relação no nível estritamente comercial, mais uma vez foi Jack quem manteve bom senso suficiente para afastar a boca. Nem por uma vez foi ela quem parou de beijá-lo. Se ele fosse outro homem, eles já estariam arrancando as roupas um do outro, mandando as promessas para o inferno.

Mas, por mais desesperada fisicamente que estivesse para levar as coisas para o próximo nível, Mary sabia no fundo do coração que, embora seu corpo estivesse pronto, seu coração não estava.

Colados um no outro, eles se esforçaram para recuperar o fôlego. Sentindo uma nova onda de desejo invadi-la, Mary fechou os olhos com força. Lembrando a si mesma que os sócios dele poderiam entrar ali a qualquer momento, ela respirou fundo, depois abriu os olhos para ver os olhos negros de Jack sobre ela.

Os olhos dele eram extraordinariamente belos, de um castanho profundo com tons de verde e azul por toda a extensão. Ele também tinha cílios espessos naturais, o tipo de cílio que faz as mulheres gastarem tempo e dinheiro para copiar com maquiagem. Bem próxima, finalmente se permitindo olhar para ele também, ela percebeu que ele tinha uma pequena cicatriz na parte superior da bochecha esquerda, e o nariz parecia que tinha sido quebrado muito tempo atrás.

Como ele disse, ninguém era perfeito, e suas imperfeições só o deixavam mais bonito para ela. Ele tinha a bela aparência perigosa de alguém que partia corações, mas, quanto mais tempo ela passava com ele, menos acreditava que ele pudesse partir qualquer coisa, muito menos o coração de alguém.

Mary havia contado a verdade sobre Romain, mas o que ela não tinha admitido era que estava tentando juntar os cacos do seu coração desde que a mãe a havia renegado.

Quando, ela queria saber, estaria pronta para juntar os pedaços a fim de poder recomeçar novamente e por inteiro?

Quando Jack delicadamente a ajudou a descer da mesa, ele disse:

— Há algo que eu preciso contar a você.

Sem ter certeza ainda se podia confiar em sua voz, ela simplesmente assentiu para que ele continuasse.

— Gosto de você. — Ele tirou um cacho do cabelo dela da bochecha, colocando-o suavemente atrás da orelha. — Mais do que jamais gostei de alguém. Muito, muito mais.

Muitas vezes no decorrer dos anos, os homens haviam declarado seu amor por ela, mas a simples frase de Jack dizendo que *gostava* dela era um milhão de vezes mais doce.

Quando eles se beijaram na mesa, ela se sentiu como uma adolescente travessa. Seus pais foram protetores a ponto de ela ser ainda uma virgem intocada quando deixou a Itália. Estar com Jack fazia com que ela se sentisse inconsequente, como se estivesse passando por uma paixonite verdadeira por um garoto no qual não conseguia parar de pensar.

Sorrindo, ela disse:

— Também gosto de você. — Precisando do toque dele outra vez, ela delicadamente passou o dedo no rosto dele: — Onde você arrumou essa cicatriz?

— Jogando hóquei com meu irmão Max. Ele acabou mudando para o tênis depois disso.

Com uma risada que facilmente poderia tê-la aquecido na noite mais fria, ele balançou a cabeça negativamente.

— Foi tudo culpa minha. Você tem que prometer que não vai rir antes de eu contar como aconteceu.

Ela fez uma cruz sobre o coração e disse:

— Prometo.

— Bati contra a parede ao caminhar.

Ela teve de morder o lábio para não dar a maior gargalhada. Quando ela tinha certeza de que conseguiria falar sem rir, perguntou:

— Como?

Ele arqueou a sobrancelha e disse, com humor nos olhos:

— Eu estava na faculdade e tive minha primeira descoberta finalmente entendendo como o Diodo de Shockley funcionava. Fiquei acordado a noite toda, e fui me gabar para o Howie sobre meu feito surpreendente. De alguma forma, errei a porta.

Era rir ou beijá-lo, e, já que ela tinha feito a promessa de não rir, ficou superfeliz por beijá-lo. Mas, antes que o beijo se transformasse em algo mais, ela se forçou a dar um passo para trás.

— Fotos. — A palavra saiu da boca de Mary em um tom levemente agudo e ofegante. — Eu tenho que mostrar as fotos. Principalmente sabendo que Howie e Larry provavelmente logo estarão aqui, e eu... — ah, como ela odiava a forma como as palavras soavam, mesmo sabendo que ela tinha de dizê-las — ... e eu não queria que eles nos pegassem no flagra como Gerry pegou.

Quando, ela se perguntou novamente, todos aqueles estilhaços dentro dela finalmente começariam a se curar?

Ela também odiava ver o lampejo de mágoa no rosto de Jack antes de rapidamente apagá-lo ao dizer:

— Certo, vamos olhar as fotos. Como você se sente em relação a pepperoni e azeitonas pretas na sua pizza?

O estômago dela roncou antes que ela pudesse abrir a boca para dizer que amava. Larry e Howie chegaram minutos depois, e, enquanto os quatro comiam pizza e bebiam cerveja direto do gargalo, começaram a tomar decisões sobre as fotografias a serem usadas na campanha. Com os beijos apaixonados de Jack formigando em seus lábios o tempo todo, Mary não invejou a camaradagem fácil entre os três... pois eles faziam com que ela se sentisse um deles.

E ela adorava cada segundo sendo parte daquela equipe.

Nove

Jack quase bateu contra meia dúzia de paredes quando Mary saiu da sua casa na noite anterior. Ele simplesmente estava preocupado demais pensando nela para prestar atenção ao redor. O beijo que haviam trocado na garagem tinha feito sua mente explodir, assim como o jeito fofo como ela destemidamente tentou não rir dele quando ele confessou como havia quebrado o nariz. E então ela o surpreendeu totalmente quando participou da pizza com cerveja com seus sócios, como se fizesse parte do grupo desde a faculdade.

Ao mesmo tempo, seu peito doía um pouco mais quando ele pensava na forma como ela estava determinada a esconder o relacionamento que florescia. Ele entendia por que ela ainda era cautelosa perto dele, especialmente em público, e por que ela continuava a pedir a ele para ser paciente. Mas tudo aquilo não o impedia de querer mais.

Naquele dia, eles estavam de volta ao estúdio para filmar um comercial de TV para a campanha. No momento em que ele entrou, olhou rapidamente pelo estúdio procurando Mary, e a viu conversando com uma mulher alta toda vestida de preto, com óculos espessos de armação negra.

Meu Deus, como Mary estava linda vestida de jeans e um suéter verde que todos concordaram que deveria ser a roupa da filmagem, em vez de algo artificial. O cabelo estava solto e brilhante, a boca tinha o mesmo tom de rosa de quando ela o beijou, e seu riso poderia facilmente mantê-lo abastecido por mais uma semana de noites insones.

Mary ia em direção ao camarim quando o viu. Ela fez uma pausa na porta e piscou várias vezes, como se estivesse se esforçando para se manter firme. Jack ficou feliz em saber que ele não foi o único a perder o eixo simplesmente por estar no mesmo ambiente que ela. Dando a ele um sorriso levemente frustrado, ela desapareceu no camarim.

Embora ele quisesse ir direto para Mary, Jack foi até a diretora para se apresentar.

— Muito obrigado por trabalhar conosco — ele disse, estendendo a mão. — Sou Jack Sullivan, um dos engenheiros que criaram a Agenda Eletrônica de Bolso.

— Georgina Callem. — A diretora tinha um aperto de mão firme e um rosto sério e levou um tempo examinando-o. — Conheço Mary há mais de uma década. Faria qualquer coisa por ela.

Jack respondeu sem perceber:

— Eu também.

A expressão séria da mulher aliviou só um pouco.

— Bom. Agora fique longe do meu caminho hoje, que assim nos daremos muito bem.

Por isso Mary gostava tanto de Georgina. Ele imaginava que, como ela era uma modelo de muito sucesso, logo devia ter ficado cansada de ter todo mundo querendo mimá-la. Era óbvio que ela gostava de pessoas diretas.

Finalmente, Jack foi ver a mulher na qual não conseguia parar de pensar.

— Bom dia.

Ela estava no meio do camarim parecendo ter se esquecido do que tinha ido fazer ali. Mas a luz em seus olhos ao virar-se para ele dizia que estava feliz em vê-lo.

— Bom dia.

O ar ao redor dela mostrava-se diferente naquele dia, e, quando ele examinou o rosto dela em busca de pistas, seu coração saltou ao perceber o que era: boa parte da cautela que ela às vezes mostrava quando estava perto dele tinha sumido.

— Você dormiu bem depois que eu te deixei em casa?

Ela pareceu em conflito consigo mesma antes de balançar a cabeça negativamente e dizer:

— Não.

— Nem eu.

— As meninas foram todas para suas casas para as festividades. Estava silencioso demais. — Então, quando sua linda pele enrubesceu, ela acrescentou: — Mas essa não foi a verdadeira razão pela qual não dormi. — O desejo honesto refletia em seus olhos. — Foi você.

Ele nunca quis tanto uma coisa quanto queria pegá-la em seus braços para tirar o batom de sua linda boca.

Em voz baixa, ele disse:

— A única razão pela qual não vou beijá-la agora mesmo é porque Georgina vai me esfolar vivo se eu bagunçar você de algum jeito. Não tenho muito orgulho em admitir que ela me dá medo.

Os lábios de Mary se curvaram quando ela deu um passo à frente de qualquer forma e esticou a mão atrás dele para fechar a porta do camarim.

— Sou muito boa com maquiagem. Posso arrumar.

Ele teria de fazer um esforço sobre-humano para resistir ao convite, e, como Jack era de carne e osso, uma fração de segundo depois ela estava em seus braços, e ele a beijava de forma irracional.

Ela era mais doce cada vez que ele sentia seu sabor, e seu perfume e suas curvas macias em seus braços fizeram com que ele quase se esquecesse de onde estavam quando a girou para que ficasse pressionada contra a porta com as mãos dela nas laterais da cabeça dele.

Afastando a boca, ele olhou nos olhos dela para ver que estavam cheios de prazer.

— Um dos meus irmãos me ligou hoje de manhã. Ethan inesperadamente veio passar o fim de semana na cidade, e meu irmão Max com a esposa e o filho também virão de Seattle. Infelizmente, William não vai conseguir vir da Costa Leste por causa de outros compromissos. Venha comigo depois da filmagem. Quero que você os conheça.

— É muito doce da sua parte me convidar. — Ela curvou os lábios em um sorriso que não combinava com seu olhar. — Mas você já está passando tempo demais comigo. Vou ficar bem sozinha hoje.

Suas mãos se apertaram contra as dela por reflexo quando ela tentou sair.

— Jamais passarei tempo suficiente com você.

Os olhos dela se arregalaram, e ele silenciosamente se amaldiçoou por ter falado demais quando a profundidade de seus sentimentos com certeza a afastaria em vez de aproximá-la. De alguma forma, ele conseguiu soltar seus dedos dos dela para dar-lhe espaço.

— É que eu não quero que tenham a impressão errada — ela disse, delicadamente —, nem que pensem que estou tentando seduzi-lo, principalmente quando fico dizendo para você que deveríamos manter distância durante o restante da campanha. E então, ao mesmo tempo, não consigo parar de pedir que você me beije. — A culpa tremeluzia em seus olhos.

— Você está sendo completamente honesta comigo desde o momento em que nos conhecemos — ele a lembrou. — E também tenho sido honesto com você. — Ele passou a mão nos cabelos. — Então vamos ser honestos mais uma vez, certo? — Quando ela assentiu, ele disse: — Não vou negar que adoraria dizer a eles que você é minha namorada. Espero poder fazer isso em um futuro bem próximo. Mas, hoje, estou pedindo que você conheça minha família como minha amiga. Minha amiga muito, muito boa, de quem adoro roubar beijos.

Dessa vez, quando os lábios dela se curvaram, o sorriso era inteiramente real.

— Eu adoraria conhecer a sua família.

Eles foram interrompidos por uma batida dura na porta, que fez os dois saltarem para longe dela em uma fração de segundo antes de ser aberta. Georgina lançou aos dois um olhar bem irritado.

— Você — ela disse, apontando para Mary —, trate de arrumar o cabelo e a maquiagem, ou as pessoas vão pensar que estou filmando uma história de amor em vez de uma campanha de eletrônicos. E você... — Jack instantaneamente se sentiu como um menino travesso quando a mulher apontou para a porta — ... precisa melhorar sua função de ficar longe do meu caminho.

Mal resistindo à vontade de bater continência, Jack olhou para Mary quando a diretora saiu, e ficou feliz em ver que seu olhar estava cheio de riso reprimido.

* * *

Mais tarde naquela noite, quando estavam na soleira da casa do irmão de Jack, Mary não via a hora de conhecer sua família para que pudesse descobrir de onde vinha um homem como ele. Ele não era apenas inteligente, sexy e maravilhosamente direto; também era um cavalheiro que a levava para casa e percebia quando ela estava ficando cansada atrás das câmeras. Ela tinha sido convidada para meia dúzia de festas glamourosas da indústria do entretenimento naquele Natal, e não queria ir a nenhuma delas, então o convite de Jack foi perfeito de várias formas.

Ethan Sullivan abriu a porta do seu apartamento de solteiro, decorado de forma convidativa, com um sorriso. Ele apertou a mão de Jack, e Mary adorou a forma fácil como o aperto de mão rapidamente se transformou em abraço.

— Ethan, gostaria que você conhecesse a Mary.

Assim como Jack, Ethan era um homem extremamente bonito. Alto, moreno e bonito eram obviamente características genéticas dos Sullivans.

Mas, ao mesmo tempo que o coração da maioria das mulheres batia acelerado por aquele homem rico de terno cortado sob encomenda, Mary não sentiu nada além de uma saudável apreciação feminina.

— Muito prazer em conhecê-lo, Ethan.

— O prazer é meu. Entrem. Max e Claudia logo estarão aqui com o mocinho deles. Eles teriam vindo mais cedo, mas ligaram e disseram que houve uma troca de fralda de emergência.

— Quanto tempo vai ficar por aqui desta vez? — Jack perguntou ao irmão enquanto ele servia drinques no bar no canto da sala.

— Depende de como a negociação vai evoluir nos próximos dias — Ethan entregou uma taça de vinho branco a Mary, dizendo: — Você deve viajar bastante.

— Sim. Ou melhor — ela se corrigiu —, viajei muito no passado.

Ele arqueou a sobrancelha como se questionando, olhando para ela e para o irmão.

— Você mudou de planos recentemente?

— Já faz um tempo que estou planejando sair da frente das câmeras — ela explicou. — São Francisco parece o lugar perfeito para criar raízes e explorar novos caminhos.

Ela não disse que, quando começou a pensar em explorar novos caminhos, não pensou nem por um momento que um homem pudesse ser um dos caminhos a serem explorados. No curto espaço de uma semana, Jack Sullivan e seus beijos incríveis começaram a mudar tudo...

O som de um riso de criança vinha do lado de fora da porta de Ethan.

— Eu atendo — Jack se ofereceu.

Jack e o irmão de Seattle se abraçaram e, quando eles entraram na sala de estar, Jack segurava um garotinho adorável.

— Mary, esse é Ian, o Incrível.

O coração dela se derreteu ao olhar para o lindo garotinho de cabelos negros. Sem dúvida que Ian Sullivan também partiria muitos corações quando crescesse.

— Olá, Sr. Incrível. Prazer em conhecê-lo.

Ele olhou para ela com seus enormes olhos castanhos e esticou a mão para tocar seu cabelo.

— Você é bonita.

Mary corou diante do doce comentário, e Jack disse:

— Você está certo, garotinho.

— Sou Claudia. — A loira pequenina que estendeu a mão para cumprimentar estava grávida e expressava um brilho especial. — E esse é meu marido, Max.

Analisando o terceiro espécime da perfeição masculina do clã Sullivan, Mary só conseguia pensar em como Randy, seu agente, teria salivado ao ver os três irmãos juntos. Quando ela apertou a mão de Max, Ian saiu dos braços de Jack.

— Estamos muito felizes por você ter conseguido vir com o Jack hoje — Claudia disse a ela. — Toda essa testosterona em um só ambiente pode ser um pouco opressiva às vezes, mesmo que — ela acrescentou baixinho — seja bom de olhar.

Mary não conseguiu conter o riso. Aquilo era tudo tão normal, e ela adorou o fato de Claudia não estar toda eufórica em relação à sua fama como modelo. Pelo contrário, ela a tratava como trataria qualquer pessoa que seu cunhado tivesse trazido para uma reunião de família.

Relaxando, Mary perguntou:

— Para quando é o bebê?

Claudia colocou a mão sobre a barriga e disse:

— Quatro me... — Antes que pudesse responder, ela saiu voando pela sala para pegar Ian novamente, antes que ele derrubasse um vaso.

Vendo que tinha sido por pouco, Max disse a Ethan:

— Vou tirar algumas coisas do caminho antes que acabem estilhaçadas no chão.

— Desculpe ter saído correndo no meio da frase — Claudia disse a Mary quando ela voltou, segurando o filho. — Olhe só — ela disse a Ian ao colocar uma mochila azul macia no tapete —, o papai trouxe os seus brinquedos.

Ele lançou um enorme sorriso para Mary.

— *Brincá*?

Era óbvio, Mary pensou ao sorrir de volta para ele, que o gene da objetividade Sullivan havia passado para a geração seguinte, juntamente com a boa aparência.

— Pensei que você nunca fosse me convidar, Sr. Incrível.

Feliz por estar usando calça em vez de vestido, ela se sentou de pernas cruzadas no chão com o menininho. Ele pegou um livro de plástico fofinho, que ela imaginava funcionar tanto para os banhos quanto para treinar a mordida, e pulou no colo dela.

— Lê.

Ele tinha um cheiro tão bom que ela queria afundar o rosto em seu cabelo macio. Mas, em vez disso, ela leu o título.

— *A Princesa Raio de Sol e o Cão Fedorento.*

O garotinho em seu colo apertou o nariz com a mão e fez uma careta.

— Ele é fedido.

O coração de Mary apertou-se dentro do peito. Ela nunca quis ser uma daquelas meninas do vilarejo que se casavam na adolescência e engravidavam meses depois. Mesmo assim, apesar de todas as experiências impressionantes ao viajar ao redor do mundo, ela nunca havia tido aquilo.

Ela abriu o livro e começou a ler.

— *Um dia a Princesa Raio de Sol estava sentada em seu quarto olhando pela janela para o dia cinzento e sombrio...*

Nos minutos que seguiram, enquanto a conversa entre os adultos acontecia ao redor deles, ela e Ian se perderam nas aventuras do cão fedorento, que se escondia da princesa, que precisava dar banho nele. Em cada página, Ian dizia algo que a fazia rir, e ela ficava impressionada ao ver quanta coisa ele tinha percebido sobre as ilustrações e a história.

No momento em que a história terminou, ele saiu do colo dela, pegou uma bolacha na mesa e enfiou na boca de uma só vez. Mary ia começar a se levantar quando Claudia lhe deu a mão.

— Obrigada por ter lido para ele. Ele gosta mesmo de você.

— Foi um prazer. E eu também gosto dele.

— É fácil gostar de Ian — Claudia comentou. — Até que a minha gravidez tem sido tranquila para ele. Apesar de que estou tendo uma gestação bem calma. Acho que sou uma pessoa de sorte, com Max, Ian e o bebê a caminho. — Ela corou. — Tenho uma tendência a falar demais.

— Se eu fosse você, também teria.

Elas olharam Ian pular repetidas vezes para tentar pegar uma bola de beisebol autografada que Ethan guardava na prateleira, o rosto dele um exemplo de concentração.

— Ele puxou mesmo pelo pai — Claudia disse, rindo. — Tranquilo até decidir que quer alguma coisa. E então nada o faz mudar de ideia.

— Isso parece familiar — Mary murmurou.

— Parece? — Claudia ficou satisfeita com a informação, mas, antes que pudesse dizer algo mais, já estava correndo pela sala novamente para impedir que Ian fizesse a prateleira de Ethan de escada.

Mary se virou para pegar a taça de vinho da mesa de centro e viu Jack olhando para ela. Ela já tinha visto desejo no rosto dele. Já tinha visto admiração e respeito em seus olhos. Mas até aquele momento ela nunca tinha visto tanto calor.

Tanto calor que, se ela não soubesse das coisas, teria dito que parecia amor.

Dez

— Nunca pensei que veria uma das modelos mais bonitas do mundo sentada no chão e deixando uma criança babar em cima dela toda — Ethan lançou um olhar incrédulo para Jack. — Como foi mesmo que *você* a conheceu?

— Pura sorte. — Jack ainda se maravilhava com aquilo. — Em algum lugar pelo caminho, devo ter feito algo certo.

— Foi assim que me senti no dia em que encontrei a Claudia — disse Max, olhando para sua esposa do outro lado da sala com amor nos olhos. — E é assim que me sinto desde então.

Jack nunca tentou lutar contra o que sentia por Mary, não quando tinha sido algo tão forte e claro desde o primeiro momento em que a encontrou na Union Square. Mas, quando percebeu que ela estava se tornando mais importante para ele do que o trabalho no qual havia se concentrado por mais de uma década, ele achou que deveria ao menos tentar aplicar neles os mesmos argumentos e cálculos pelos quais sempre regeu sua vida.

Mas ele levou menos de dez segundos observando-a ler para o sobrinho para perceber que a análise mais brilhante do mundo não significa nada quando se trata de amor.

As pessoas sempre chamavam Jack Sullivan de gênio. Agora ele finalmente iria provar que elas estavam certas ao ser inteligente o suficiente para ouvir seu coração.

Jack queria Mary mais do que como colega de trabalho. Ele a queria mais do que como a mulher estonteante que fazia seu sangue ferver.

Ele *a* queria.

Ele queria a mulher que ria com tanta facilidade com uma criança. Ele queria a mulher cuja pele era tão macia, cujos braços eram tão fortes mesmo quando ele tentava enfraquecê-los com um beijo. Ele queria a mulher que possuía tanta inteligência por detrás do rosto impressionantemente bonito. Ele queria a mulher que tomava conta de três jovens modelos para que suas mães soubessem que estavam seguras.

Claudia pegou Ian nos braços.

— Sua vez de mantê-lo longe de encrencas enquanto eu cumpro minha promessa de fazer algo para comermos hoje.

Mary passou a mão pelo cabelo macio de Ian e foi atrás de Claudia na cozinha.

Mary atraía Jack como um ímã, então ele se virou para Ian e perguntou:

— Quer seguir essas moças lindas para ver o que elas têm para a gente mastigar antes do jantar?

Ian sorriu para ele, quatro dentinhos brilhavam na boca cheia de gengiva.

— *Qué* bala.

Jack riu e deu ao garotinho um beijo na testa.

— Vamos ver quais as guloseimas que podemos encontrar na cozinha do tio Ethan.

Talvez ele devesse ter ficado surpreso ao encontrar Mary com as mãos na farinha e nos ovos sobre o balcão da cozinha enquanto Claudia se sentava com os pés apoiados na cadeira, mas ele não ficou. Sim, ela era uma modelo linda e bem-sucedida. Mas, acima de tudo, era uma mulher que obviamente apreciava crianças e comida.

— Mary se ofereceu para fazer massa fresca — Claudia disse a ele enquanto bebericava água com gás e relaxava ainda mais na cadeira. — Supus que seria muito difícil fazer em casa, então comprei na mercearia. Onde você aprendeu a fazer, Mary?

Mary habilmente transformou a farinha e os ovos em uma bola, depois começou a sovar no balcão da cozinha.

— Eu mal tinha a idade de Ian quando minha avó me ensinou. Massa caseira é uma tradição na Itália.

— Você é de lá? Achei ter percebido um leve sotaque.

— Você não imagina como eu me esforcei para me livrar desse sotaque quando me mudei para Nova York — ela disse, rindo de si mesma. — Estava tão desesperada para me parecer com todo mundo naquela época.

— Você está brincando. Eu adoraria ter um sotaque exótico como o seu. Tenho certeza de que, se eu tivesse — Claudia brincou —, os homens iriam fazer fila no meu quarteirão.

— Você é bonita — Mary disse, de maneira descontraída. — Tenho certeza de que os homens já estavam fazendo fila.

— Eu já falei o quanto eu gosto de você? — Claudia lançou um olhar significativo para Jack, um que claramente lhe perguntava "*Você já a convenceu a ser sua?*".

Ele devolveu o olhar para a cunhada com a mensagem clara: "*Acredite em mim, estou trabalhando para isso*".

— Adoraria saber como você e Max se conheceram, Claudia.

— Eu estava namorando o melhor amigo do Max, na verdade. Foi o maior escândalo, e nós dois tentamos esconder o que sentíamos um pelo outro por um bom tempo, pois não queríamos magoar ninguém. Mas no fim nenhum de nós conseguia mais lutar contra o que era para ser. Mesmo que isso significasse magoar alguém com quem realmente nos importávamos.

Quando Max e Ethan entraram na cozinha, Claudia disse:

— Estava contando para a Mary como a gente se conheceu.

— Você já chegou à parte dos beijos roubados? — Max perguntou ao se inclinar para dar-lhe um beijo.

— Adoro ouvir histórias de amor verdadeiro — Mary disse, com um sorrisinho. — Minha mãe e meu pai são uma dessas histórias. Não há nada que um não faria pelo outro. Nada que um não apoiaria no outro.

A saudade em seu rosto quase fez Jack se aproximar para pegá-la nos braços e beijá-la na frente de todo mundo. E ele teria feito isso se Ian não tivesse cutucado seu rosto e dito:

— Sede.

Sabendo que beijá-lo em público, principalmente na frente da sua família, era a última coisa que Mary queria fazer, Jack sabia que era algo a que ele teria de resistir... por enquanto.

Enquanto isso, Ethan estava encostado no batente da porta com uma expressão cética em relação à cena diante dele. Seu divórcio tinha sido finalizado no ano anterior, e, desde então, ele passava muito mais tempo na rua cuidando de seus negócios.

— Que pena que o William não está aqui hoje — disse Ethan. — Ele e eu poderíamos fazer um brinde aos solteiros felizes.

A implicação era clara: todos pensavam que Jack e Mary estavam namorando. Os olhos dela encontraram os dele e, em vez de esclarecer as coisas com a família, ele deixou a boca de Mary se curvar levemente no canto. Jack sentiu o ar se esvair de seus pulmões.

Será que aquilo significava que ela estava finalmente pronta para ser mais do que uma amiga que trocava beijos roubados em toda oportunidade possível? Em caso afirmativo, o que a teria feito mudar de ideia?

Mary mudou de assunto enquanto enrolava a massa com muita habilidade.

— Vocês quatro devem ter dado o maior trabalho para a mãe de vocês.

Max riu.

— A mamãe era tão delicada e linda, mas nunca nos deixava sair ilesos de nada.

— Eu me safei várias vezes — Ethan contou. No entanto, um pouco depois ele esfregou a orelha direita e admitiu: — Eu ainda sinto dor às vezes pela forma como ela me arrastava para o meu quarto.

— E você? — Mary perguntou a Jack.

Ele lhe lançou um olhar inocente.

— Eu era um anjo.

Os olhos azuis de Mary brilharam por uma fração de segundo por ele ter usado a palavra de carinho que sempre deixava escapar dos lábios quando a beijava, mas então ela balançou a cabeça e disse:

— Duvido.

— Você já percebeu bem quem ele é — Ethan disse, com uma risada, ao sentar-se à mesa com o irmão e a cunhada. — Quantas vezes você quase colocou fogo na casa com uma das suas invenções que deram errado, hein, Jack? Pelo que me lembro, os carros de bombeiro costumavam patrulhar a nossa rua regularmente, só por precaução.

Ian olhou para o tio, informando-o com voz solene:

— Carros de bombeiros são vermelhos.

Ele beijou o sobrinho no nariz.

— São mesmo. E quer apostar que sua camiseta vai ficar da mesma cor quando terminarmos de comer o espaguete hoje?

Passar o tempo com Ian sempre que podia durante os últimos dezoito meses fez Jack perceber quanto ele gostava de crianças. Mas só quando conheceu Mary é que ele começou a se perguntar como seria se tivesse os próprios filhos.

— Espaguete! — Ian saltou dos braços de Jack ao gritar a palavra, e todos riram; a alegria do garoto era contagiante.

Um pouco depois, Mary cortou a massa, pegou fatias finas e as colocou na água que já fervia no fogão. Max sentou-se para massagear os pés da esposa. Embora ela parecesse estar no céu, Claudia disse:

— Você tem certeza de que não precisa de ajuda com o jantar, Mary?

— Adoro cozinhar. É uma das coisas que não consigo fazer com frequência, pois sempre pulei de hotel em hotel no decorrer dos anos.

Mary começou a fazer um molho simples rapidamente cortando os tomates frescos que Claudia havia trazido. A cunhada de Jack perguntou:

— Você tem algum projeto excitante depois que a campanha do Jack for concluída?

— Na verdade — Mary disse ao olhar para Jack —, estou tentando pensar nisso neste exato momento. Fiquei para lá e para cá por tanto tempo que gostaria de criar raízes agora.

— Os destinos exóticos. As roupas. Os sapatos. — Claudia suspirou com um pouquinho de inveja. — Parece glamouroso.

— Sim. Tive muita sorte de ter visto o mundo e de ter trabalhado com fotógrafos, designers e maquiadores realmente surpreendentes. Foi o que eu sempre quis.

Jack via que Mary não queria desapontar Claudia com a verdade que via toda vez que a observava trabalhar. Eram longas horas de trabalho, as luzes eram claras e quentes demais, e ela tinha de ser linda todo santo dia sem falhar, independentemente do que estivesse acontecendo em sua vida pessoal. Então, apesar de seu trabalho ter mais brilho e glamour que a maioria, isso não significava que não era trabalho árduo.

Sabendo que ela jamais ia dizer nada disso, ele contou à família:

— Mary é tão boa no seu trabalho que faz parecer fácil. — Como nunca esteve em um estúdio de TV antes, Jack ficou fascinado pelo processo, pelas máquinas e pelas pessoas que administravam tudo, e explicou à família o que viu.

Enrubescendo pelo elogio, Mary virou a atenção para o molho fervendo no fogão. Jack via que os irmãos estavam fascinados por ela. Não só pela beleza estonteante — ele ainda perdia o fôlego toda vez que olhava para ela, e chegou à conclusão de que sempre perderia —, mas também porque ela ficava bem tanto em um desfile de alta-costura quanto brincando com uma criança e preparando o jantar para pessoas que havia acabado de conhecer.

Ainda mais impressionante, ela não parecia notar o efeito que causava nas pessoas. Não havia vaidade. Nenhum esforço para impressionar. Ela era simplesmente ela mesma.

E ele estava apaixonado por ela.

Jack apertou Ian com força demais, pois perceber isso foi como levar um soco no estômago. O garotinho puxou o cabelo dele para chamar a atenção.

— Tio Jack-Jack tá bem?

Ele deu um beijo na bochecha do garoto, depois desviou o olhar para Mary, que havia olhado para ele quando Ian fez a pergunta, e respondeu:

— Nunca me senti melhor.

— Ei, Jack — Ethan disse ao levantar-se da mesa da cozinha —, venha me ajudar a pôr a mesa.

Jack passou Ian para Max, e, quando os dois estavam com a porta da sala de jantar fechada, Ethan deu a ele uma pilha de pratos.

— Ainda estou tentando entender como meu irmão engenheiro, que passou a vida toda com a cabeça presa em uma placa-mãe, pegou a modelo mais gostosa do planeta.

Jack lançou ao irmão um olhar de advertência, cerrando os punhos ao segurar os pratos.

— Mary é muito mais do que uma modelo gostosa.

— Claro que é — Ethan concordou rapidamente —, mas a questão é que ela é muita areia para o seu caminhão. Você pode ter tido sorte ao encantá-la, mas vai ter que contar com muito mais do que sorte para mantê-la.

Nada como a família para esfregar a verdade na sua cara, não é mesmo?

— É bom saber que você está do meu lado — Jack resmungou.

Quando ele olhou, Ethan estava sorrindo para ele.

— Ela tem alguma irmã?

— Não. — Pensando nas jovens modelos que moravam com Mary, ele acrescentou: — E, antes que você pergunte, também não vou apresentar nenhuma das amigas dela.

— É em momentos como este que eu me pergunto por que eu te dava cobertura com a mamãe quando éramos crianças — Ethan disse enquanto arrumava os talheres ao lado dos pratos na mesa.

Mesmo no meio de toda aquela brincadeira, Jack podia muito bem ler nas entrelinhas da conversa a mensagem alta e clara: ainda que Ethan não conseguisse entender como o engenheiro e a modelo combinavam tão bem, o irmão estava feliz por Jack ter encontrado Mary... e esperava que as coisas dessem certo entre os dois.

* * *

Ficar com a família sempre foi o passatempo favorito de Jack, principalmente quando, depois de adultos, os empregos e as andanças dos irmãos pelo País significavam que eles não conseguiam se ver o bastante. Mas naquela noite, ao mesmo tempo que queria pôr a conversa em dia com todo mundo, Jack percebeu que estava inventando desculpas para que ele e Mary pudessem ficar sozinhos. E, quando ela tentou esconder um bocejo por detrás da mão, e ele percebeu que ela deveria estar exausta por causa do longo dia atrás das câmeras, sem falar no jantar que fez para todo mundo, Jack afastou-se da mesa e disse:

— Bem, por hoje é só, pessoal.

Ethan olhou para a casa, antes arrumada com primor, com desânimo. Entre a refeição e o forte de Ian feito com as almofadas do sofá, a casa estava uma bagunça.

— O que eu vou fazer com todos esses pratos e panelas sujas? Minha faxineira só voltará daqui a alguns dias.

Max sorriu para ele.

— Vamos empilhá-los bem bonitos na pia para você.

Um pouco antes Claudia havia colocado Ian no meio da enorme cama king-size de Ethan, fazendo apoio com os travesseiros para que ele não rolasse e se machucasse. Claudia começou a lentamente levantar-se para pegá-lo, mas, quando Mary se ofereceu para ir buscá-lo, Claudia assentiu e apoiou ainda mais o corpo em Max.

De onde Jack estava na sala de estar, dava para ver Mary entrar no quarto principal, parando na entrada. Perguntando-se o que a teria feito parar, ele foi ao encontro dela.

— Mary?

Ela levou o dedo aos lábios, mostrando que era para fazer silêncio, depois apontou para a cama. Ian espalhado de costas, com um dos braços e as pernas bem abertas. O outro braço junto ao corpo, com o polegar na boca, e as bochechas cor-de-rosa por causa do molho de espaguete seco e do esforço para conseguir dormir.

Jack foi cuidadoso a noite toda, tentando manter segredo sobre o que havia entre eles. Ele não tocou Mary. Não a trouxe para perto dele para roubar mais um beijo. Mas, naquele momento, ele entrelaçou os dedos com os dela e levou sua mão aos lábios.

Ela olhou nos olhos dele, e o que viu nos dela fez seu peito se apertar ainda mais com amor, mais forte ainda desta vez.

— Claudia e Max estão esperando por ele.

Relutantemente, Jack soltou da mão dela e a observou sentar-se delicadamente ao lado de Ian. Ela acariciou os cabelos dele para que não acordasse rápido demais, e Jack não ficou surpreso quando a primeira coisa que o sobrinho disse depois de finalmente abrir os olhos foi:

— Linda.

Mary sorriu para ele.

— A mamãe e o papai estão com saudade. Posso levar você para eles?

Quando o garotinho esticou os braços e Mary o pegou, aninhando o rosto em seu corpo quente e macio, o coração de Jack bateu ainda mais acelerado.

Onze

A noite estava tão clara que as estrelas pareciam estar fazendo um show para celebrar a beleza do inverno de São Francisco. Mary não se lembrava da última vez em que havia curtido tanto uma noite, e ela também não queria que aquele momento acabasse.

Depois de se despedir da família dele, Mary virou-se para Jack com um sorriso e sugeriu:

— Que tal a gente caminhar para queimar a massa?

Ela nunca se sentiu tão confortável, ou tão completamente viva, com mais ninguém. Era tão natural rir e conversar com Jack como era aproveitar uma noite silenciosa enquanto caminhavam pelas calçadas da cidade.

— Sua família é maravilhosa — ela disse ao entrelaçar os dedos com os dele.

— Eles obviamente pensaram o mesmo sobre você. Claudia ficou muito animada por não ser a única mulher no meio de todos os rapazes. E ela jamais se esquecerá de que você preparou o jantar para que ela pudesse ficar com os pés para cima por um tempinho.

— Seu irmão e a esposa parecem tão felizes juntos.

— Agora estão muito felizes, mas, como Claudia disse, no começo foi uma enorme confusão. Max ficou muito mal, apaixonou-se por ela, que estava noiva do melhor amigo dele. Ele perdeu o chão. Passei várias noites em claro com ele pelos bares da vida.

Ao mesmo tempo em que todos os homens da família Sullivan tinham a mesma bela aparência rústica, cada um dos irmãos tinha personalidade muito diferente. Max era o cara tranquilo. Ethan era, de alguma forma, mais durão, mais sombrio. E Jack, bem, ele não era apenas brilhante e focado como também era o único que fazia seu coração bater mais forte e seus lábios formigarem de prazer antes mesmo de pressionar a boca contra a dela.

Ela adorou ver como Jack era ligado aos irmãos. E, apesar das diferenças e dos desacordos que quatro irmãos de idades tão semelhantes possam ter tido no decorrer dos anos, era óbvio que fariam qualquer coisa uns pelos outros. E tinha mais: naquela noite ela se sentiu acolhida pela família dele sem reserva alguma... por isso ela estava com medo de que os dois fossem compartilhar mais do que apenas beijos.

— Eles têm tanto orgulho de você. — Cada vez que a invenção dele era mencionada durante o jantar, a família se mostrava extremamente animada, dando todo o apoio.

— Todos os meus irmãos sempre tiveram sucesso em suas carreiras, mas nunca tentaram fazer com que eu saísse da minha garagem empoeirada. Eles achavam que, se a visão que tive finalmente não desse certo, eu sabia que poderia contar com a ajuda deles.

— E foi por isso que você nunca precisou de ajuda — ela disse, admirada —, porque você sabia de fato que eles sempre o apoiariam. Não importando o que acontecesse.

— Sempre.

— Quando era pequena, eu também pensava assim em relação à minha própria família. Mas... — sem querer arruinar uma noite perfeita com autopiedade, ela tentou deixar o comentário para lá. — Olha só eu de novo, querendo parecer que ainda sou uma garotinha, quando já se passou tempo suficiente para eu superar tudo isso.

Jack apertou a mão dela.

— Nós todos queremos que nossas famílias nos aprovem e aprovem nossos sonhos.

— Por que você ainda não se casou, Jack?

Mary deu uma risada levemente constrangida. Ela não quis dizer aquilo em voz alta, mas, como ele não parava de dizer coisas doces, ela simplesmente não conseguia entender por que ele ainda não tinha sido laçado por ninguém.

— Não expliquei direito. Só quis dizer que você não tem apenas dois grandes exemplos de casamentos felizes como o dos seus pais e o do seu irmão, mas, a esta altura, a maioria dos homens já teria saído correndo para bem longe da acompanhante chorosa que parece não ter superado algo que aconteceu quando ela era adolescente.

— Embora eu perceba que meu irmão Max está feliz, e que meus pais têm algo muito especial em relação um ao outro, nunca me ocorreu procurar uma esposa para começar uma família. O trabalho sempre veio em primeiro lugar.

— Isso faz sentido — ela concordou. — O tempo tem que estar certo, ou você pode acabar perdendo a mulher com quem deveria estar, como quase aconteceu com o Max.

— Sabe de uma coisa? — Jack disse ao passar o polegar na palma da mão dela, fazendo disparar arrepios por todo o seu corpo que não tinham nada a ver com o ar frio da noite. — Não acho mais que a resposta completa esteja relacionada ao tempo certo ou errado.

Ela percebeu seus sentidos ganharem vida ao perguntar:

— Não está?

— Agora eu sei que, quando encontrar a mulher certa, não terei problema algum em arrumar tempo para ela. Na verdade — ele disse ao olhar nos olhos dela —, será a coisa mais natural do mundo colocá-la em primeiro lugar.

O coração dela se apertou no peito ao perceber que eles estavam na frente da entrada da casa dela. E, enquanto ela admirava a beleza rústica dele sob a luz da lua de inverno, Mary não conseguia parar de pensar no que Claudia tinha dito: *nós dois tentamos lutar contra o que sentíamos um pelo outro por muito tempo, mas no fim nenhum de nós conseguia mais lutar contra o que era para ser.*

Por que, ela tinha que perguntar a si mesma, ela ainda estava lutando tanto contra o que sentiu por Jack Sullivan desde o primeiro momento em que bateu os olhos nele?

E se eles estivessem destinados um ao outro?

— Não quero dizer boa-noite ainda — ela sussurrou.

— Nem eu.

Jack colocou os braços ao redor dela e a apertou com força contra ele para que seu rosto se afundasse no cabelo dela e a bochecha ficasse pressionada em seu peito. Ela poderia ficar ali, no aconchego dos braços dele, até o sol nascer.

Mas ela queria mais.

O que significava que ela finalmente teria coragem suficiente para colocar não apenas seu corpo em risco... mas seu coração também.

Levantando o rosto, ela se lembrou do que ele disse na primeira e última vez que tinha ido à casa dela: *na próxima vez que você me convidar para entrar, eu vou fazer amor com você.* Um arrepio de necessidade percorreu todo o corpo dela quando ela olhou para ele.

— Entre, Jack.

Os olhos dele brilharam com tanto fogo e desejo que ela quase perdeu o fôlego. Mas ele não se moveu.

— A campanha ainda não foi concluída, e eu fiz uma promessa a você.

— Adoro o fato de que você está disposto a manter a promessa que fez para mim, não importando como está sendo difícil cumpri-la. Mas não preciso dessa promessa hoje, Jack. Só preciso de você. — Ela fez as regras, e agora era ela quem iria quebrá-las, pelo menos por uma noite.

Apesar do quanto ele obviamente queria entrar e fazer amor com ela, ele não saiu de onde estava.

— Tem certeza, anjo? Porque, depois que eu entrar e a porta da sua casa se fechar, não vai mais ter volta. — As mãos dele se apertaram nas dela. — Para nenhum de nós.

Ela poderia ter tentado mentir para si mesma, acreditando que tudo não passaria de sexo, que ela e Jack estariam simplesmente aproveitando a noite para deixar a atração mútua chegar à conclusão inevitável. Mas Mary nunca foi uma mentirosa convincente... e, lá no fundo, uma voz que tinha ficado em silêncio por tempo demais disse a ela que fazer amor com Jack não seria o fim, e sim o começo de algo muito melhor, mais doce e mais surpreendente do que ela jamais havia sonhado.

— Depois de ver você com Ian... — A emoção a dominava inteiramente ao pensar em como Jack tinha sido doce carregando o garotinho. — Você foi tão bom com ele, e ele obviamente confia em você e te ama tanto.

— Observar você com a minha família me fez sentir exatamente as mesmas coisas. Querer você, precisar de você, me manteve acordado a noite toda. — Dava para quase sentir o gosto dos lábios dele nos dela, mas, em vez de beijá-la, ele disse: — Mas você precisa saber que vou querer isso por mais de uma noite.

Mais uma vez ele foi o homem mais honesto e mais direto que ela havia conhecido. Em vez de tentar seduzi-la para que ela abrisse logo a porta de uma vez e os dois caíssem na cama, ele deu a ela todas as razões possíveis para afastá-lo novamente por querer demais e de forma muito rápida.

— Vamos começar por aqui — ela disse suavemente. — Com a noite de hoje. Por favor, Jack, entre.

Ela segurou o fôlego e esperou que ele decidisse se a oferta era boa o suficiente.

Finalmente, ele levou as mãos dela aos lábios e as beijou.

— Vamos entrar.

Os nervos brigavam com a forte ansiedade enquanto ele a acompanhava na escada. Ele podia passar o dia todo trabalhando nos computadores em uma garagem enferrujada, mas Mary tinha consciência de como Jack sabia ser dominante, sabia ser alfa. Ela sentiu isso em seus beijos roubados, na forte pressão contra seu corpo quando ela jurou que ficar entrelaçada com ele era tudo o que ela queria. Mas, naquela noite, ela sentiu que ele a queria levar até onde ela quisesse, desde que dentro da sua zona de conforto... mesmo em se tratando de uma distância que ela honestamente ainda não conseguia calcular.

A casa dela estava tão silenciosa que ela imaginou se dava para ouvir como seu coração batia rápido e forte. Ele a ajudou a tirar o casaco, e, embora ela ainda estivesse totalmente vestida, ela sentiu como se já estivesse nua na frente dele no hall de entrada da casa.

— Então as meninas foram todas embora? — O hálito quente dele aquecia a curva nua do pescoço dela enquanto ele permanecia atrás com o casaco nas mãos.

Mary pegou os casacos dos dois e os pendurou antes de se virar e dizer:

— Temos a casa todinha para nós.

— Nunca quis ninguém da forma como quero você, Mary. Não pensei que fosse possível querer alguém assim.

Ele ainda não tinha se aproximado dela, não a tinha abraçado para um beijo. Mas, quando ele falava, o calor percorria a pele dela como se ele já tivesse feito tudo isso, e algo mais.

Mesmo assim, embora ela soubesse que Jack era diferente dos outros homens com quem tinha se relacionado, as duras lições que ela tinha aprendido na vida a faziam pensar se não queria de fato apenas o corpo dele, o rosto dele.

— Tenho certeza de que você já teve muitas mulheres bonitas antes. — E, meu Deus, ela rezava para poder se equiparar a elas.

— Nem ouse agir como se isso fosse a mesma coisa. — Havia certa fúria na voz dele. — Sim, você é bonita. E, sim, seu rosto é estonteante, seu corpo maravilhoso deve ter sido o que primeiro chamou minha atenção, mas não é só por isso que vou fazer amor com você hoje.

— Por quê, então?

— Você poderia estar em uma festa de Natal glamourosa cheia de astros do cinema e pessoas influentes. Você podia estalar os dedos e uma dúzia dos solteiros mais desejáveis do mundo viria correndo para dar tudo o que você desejasse e mais. Em vez disso, você passou a noite com a minha família e até fez o jantar para nós. Você riu com os meus irmãos. Você deixou minha cunhada à vontade, você brincou no chão com o meu sobrinho.

Desde que Mary havia se tornado famosa, os homens supunham que ela gostasse de brilho. Luzes e refletores. Somente Jack tinha percebido a verdade, que ela preferiria passar o tempo com uma família afetuosa em vez da fama e dos flashes.

E, em uma fração de segundo, ela parou de se sentir nervosa e se aproximou dele. Ele havia se barbeado naquele dia, mas a barba já estava por crescer. Delicadamente, ela correu os dedos no rosto dele enquanto ele deslizava as mãos nas curvas dos quadris dela.

— Minha vez de roubar um beijo seu hoje — ela sussurrou, passando os dedos pelo lábio superior dele. Ele era tão alto que ela teve de ficar nas pontas dos pés, mesmo de salto alto, entrelaçando os dedos aos cabelos negros dele para trazer sua boca para perto da dela.

E, quando ela o beijou, a respiração que Mary percebeu estar prendendo desde o momento em que conheceu Jack Sullivan escapou de seus lábios em um suspiro de felicidade.

Doze

Os lábios de Mary eram tão macios, sua respiração, um sussurro quente na boca de Jack. Cada beijo que eles compartilhavam era espetacular, mas nenhum o havia preparado para aquele momento. Ele havia roubado paixão dela antes, mas, agora que ela estava se entregando a ele sem fronteiras, a sensualidade fluía livremente... e de uma forma tão doce que as mãos dele tremiam ao pegar nos quadris dela.

Ela se afastou um pouco e murmurou:

— Seu gosto é tão bom, é como limão, açúcar e *você* — e logo voltou a beijá-lo novamente, passando a língua pelo lábio inferior dele. No meio do caminho a língua dele encontrou a sua, e ela emitiu um gemido de prazer.

Os pequenos sabores de Mary experimentados por ele na semana que se passou só o deixaram faminto por mais do que os poucos momentos passageiros no paraíso com ela. Ele queria conhecer cada centímetro do corpo daquela mulher incrível em seus braços. O que a fazia ofegar. O que a fazia implorar. O que fazia seus olhos se fecharem ao se entregar nos braços dele.

Lentamente, ele foi deslizando as mãos nas curvas dela, dos quadris às costas e aos ombros. Na hora em que entrelaçou os dedos ao seu cabelo sedoso, ela já tremia, e, conforme ele a beijou mais profundamente, as mãos dela apertaram seu ombro como se ela precisasse se segurar nele para manter o equilíbrio.

Inclinando a cabeça dela ainda mais, ele começou a beijar toda a extensão do seu maxilar. Atraído como um ímã pela rápida pulsação do seu pescoço, ele o cobriu com a boca. A pele dela era ainda mais macia ali, e ela tremeu quando ele roçou a barba cerrada em seu corpo. Quando ela se arqueou para trás, ele lambeu a base da garganta dela, antes de descer a pressão dos lábios para a pele nua de sua clavícula, afastando o suéter.

No calor da paixão, eles se moveram de forma que ele a pressionava contra a porta da frente, e, quando ele segurou o rosto dela com as mãos para beijá-la novamente, ela ergueu uma das pernas ao redor dos quadris dele para tentar trazê-lo para mais perto.

Deslizando a mão pelo cabelo dela até chegar ao corpo, Jack percebeu que nunca havia perdido o controle com tanta rapidez. Ele mal conseguia se concentrar em mais nada a não ser nos doces lábios dela, na sua pele macia, no perfume delicioso, em quanto amava os gemidos de prazer ao beijá-lo com um desejo que se equiparava ao dele. Ele sabia que, se eles não fossem logo para o quarto, estava prestes a possuí-la bem ali, na porta da frente. Ele lhe deu um último beijo quente e a pegou no colo.

Ele deveria saber que ela não iria perder nenhum momento quando aproximou a boca da dele novamente. De alguma forma, ele conseguiu seguir pela sala de estar, indo até a porta no final do corredor, sem derrubá-la no chão como um animal selvagem. Jack abriu a porta do quarto com o pé e cuidadosamente caminhou com Mary em seus braços, deitando-a delicadamente sobre a colcha.

Querendo se lembrar de cada momento da sua primeira noite juntos, ele deu um passo para trás e olhou para a beldade à sua frente. O cabelo longo de Mary se espalhava pelos travesseiros e o suéter verde-escuro e a linda pele enrubescida estavam maravilhosos e o atraíam ao vê-la deitada sobre a colcha de veludo vermelho.

— Venha para a cama comigo, Jack. — Ela se moveu na cama para chegar mais perto dele. — Por favor, preciso de você.

Ele prometeu em sua cabeça dar a ela tudo o que ela merecia, não apenas mais prazer do que ela tinha experimentado antes, mas também o amor que ele estava guardando lá no fundo da alma, só esperando pelo momento em que ela fosse aparecer em sua vida.

Os lábios de Mary se curvaram de alegria quando ele se deitou ao lado dela na cama. Ele não sabia dizer quanto tempo ficaram se beijando, rolando sobre o veludo macio na cama, deslizando as mãos um no outro, com as bocas famintas devorando uma à outra. A paixão dele se equiparava à dela, e ele se viu perguntando a si mesmo se uma vida inteira seria tempo suficiente para encher um poço tão fundo de necessidade.

E então as mãos dela foram aos botões da camisa dele, e ele não parou de beijá-la enquanto lhe mobilizava as mãos. Segurando-as de forma cativa, ele mordiscou o lábio inferior de Mary mais uma vez antes de levantar a cabeça para olhar bem para ela.

Ela era uma mulher estonteante, com as bochechas coradas e os olhos pesados de excitação. Não havia pintura nenhuma, vista nenhuma, maravilha nenhuma do mundo que se comparassem à beldade deitada na cama embaixo dele.

A respiração de Jack ficou presa no peito ao olhar para ela.

— O que foi que eu fiz de tão certo para merecer você?

— Tudo. Tudo o que você faz é exatamente certo.

Mudando-a de posição, ele encontrou a pulsação na lateral do pescoço dela mais uma vez e deixou seus dentes arranharem delicadamente sua pele sensível. A forma como ela arqueou o corpo contra ele colocou o voto que havia feito em sua mente, de ir devagar na primeira vez deles, fora de alcance.

Deslizando as mãos debaixo das costas dela, ele ergueu a barra do suéter. A respiração dela ficou acelerada, o peito começou a subir e a descer rapidamente sob a lã verde macia, enquanto ela movia os ombros para que ele pudesse erguer o tecido, revelando seus seios por baixo do sutiã de renda.

— Linda.

Esquecendo-se totalmente de retirar o restante do suéter, ele esticou as mãos para acariciar sua pele macia.

— Jack.

O nome dele saiu trêmulo nos lábios dela quando ele abaixou a cabeça para percorrer a extensão da pele dela com a boca. O perfume de Mary fez a cabeça dele girar, seus sons suaves de prazer faziam o coração dele bater mais rápido do que jamais tinha batido.

Quando ele roubou os beijos dela, sempre o fez de forma gentil. Mas naquele momento, ao segurar a maciez do suéter dela com os punhos, Jack não conseguia se controlar e agia de forma brusca o tempo todo. A excitação brilhava nos olhos dele quando ele tirou a calça dela, jogando-a no tapete colorido ao lado da cama.

Se ele ficou impressionado ao olhar para os seios da amada sob a renda, a calcinha de renda, então, sugou todo o restante de oxigênio de seus pulmões.

Por um longo momento Jack não conseguiu pensar, não conseguiu se mover, não conseguiu fazer nada a não ser admirar. Perdido na admiração por ela, não percebeu que Mary tinha entrelaçado suas mãos às dele até levá-las à altura dos lábios. Um beijo rápido nas articulações e então ela lentamente abriu as mãos dele e as foi deslizando pelo maxilar, pela clavícula, e então — Deus do céu, ele não tinha certeza de como ia chegar inteiro ao fim da noite — ela as posicionou sobre seus seios.

Ao deixá-lo sentir as batidas duras de seu coração, e ao tirar suas mãos de sobre as dele, Jack ficou sendo o único ainda a tocá-la. Ele sabia que ela não estava apenas dizendo a ele que queria que fizesse amor com ela... Mary também estava dizendo que confiava nele o suficiente, pelo menos naquela noite, colocando o coração nas mãos dele.

Notório pelas mãos firmes ao soldar fios em placas de circuito, Jack não conseguia fazer os dedos pararem de tremer ao abaixar as alças do sutiã pelos ombros dela. Ela tremia debaixo dele, tão insegura quanto ele, mas estava com ele o tempo todo, até ele finalmente descobrir um seio perfeito e depois o outro.

Foi puro instinto segurar a pele macia de Mary com ambas as mãos e abaixar a cabeça para tomar primeiro um mamilo e depois o outro com sua boca. Ela tinha o gosto muito melhor do que parecia, e, ao se aproximar dela com os lábios e com a boca, Mary arqueou o corpo sobre as mãos e a boca de Jack para deixá-lo ter ainda mais dela.

Esticando as mãos até as costas dela, Jack abriu o fecho do sutiã e o jogou no chão juntamente com as roupas dela. A pele estava rosada e úmida nos locais em que ele a havia beijado antes, e, quando ele roçou o maxilar sobre seus mamilos excitados, Mary ergueu os quadris, implorando silenciosamente por mais. Os músculos do estômago tremiam debaixo dos lábios dele enquanto ele enchia o centro do corpo dela de beijos. Quando a pele nua era substituída por renda, ele levou os dois à loucura ao passar os dedos e a língua na extensão da calcinha. Ela era mais macia ainda ali, e seu perfume girava ao redor dele.

A renda arranhava a língua de Jack ao cobri-la com sua boca, e em seguida lá estava ele sendo tão brusco com a calcinha como havia sido com o suéter em seu desespero para tê-la completamente nua e aberta para ele.

Mais uma vez, o nome dele saiu dos lábios dela em um sussurro ofegante e carente, e ele respondeu ao doce apelo roçando lentamente a língua sobre ela. Um pouco depois, seus dedos a encontraram quente e molhada, e, quando ela estremeceu e gritou o nome dele, Jack estava tão perdido pela pura sensualidade de seus movimentos embaixo dele que quase perdeu o controle ali, mesmo estando totalmente vestido.

Lentamente, ele beijou as pernas dela, desde a incrível pele macia das suas coxas internas aos pontos sensíveis atrás dos seus joelhos, depois os músculos torneados da panturrilha, até pressionar beijos suaves em ambos os pés dela. Com as mãos, massageou os músculos, fazendo-a gemer de prazer com seu toque. Ele poderia ter passado a noite toda explorando o corpo dela com as mãos e a boca, encontrando todos os pontos que havia perdido pelo caminho, mas, quando ela pegou as mãos dele com as suas, ele a deixou virá-lo para que pudesse ficar sobre ele.

Os beijos dela o deixaram tão zonzo que ela facilmente o virou, e logo ele estava deitado com ela maravilhosamente nua sobre ele. Silenciosamente, e com foco intenso, ela começou a desabotoar o restante dos botões da camisa de Jack. Quando ela abriu completamente o tecido, em vez de tirar a camisa sobre os ombros, ela se inclinou e pressionou-lhe um beijo macio sobre o coração.

Jack nunca conheceu uma mulher tão bonita, tão inteligente, tão graciosa quanto Mary. E ele nunca conheceu uma mulher que fizesse amor daquela forma também. Cada beijo e cada toque tanto de um quanto de outro faziam com que cada um se sentisse muito importante para o outro.

O beijo em seu peito foi o primeiro de um caminho de calor úmido feito sobre o peito, o pescoço e o maxilar de Jack, antes de chegar alto o suficiente para pegar o rosto dele com suas mãos. Quando ela balançou o corpo sobre o dele, e ambos gemeram na boca um do outro, ele ficou muito voraz por mais um de seus belos momentos de clímax para até mesmo conseguir pensar em levar as coisas adiante.

— De novo — ele a motivou, seguindo suas palavras com carícias que fizeram os olhos dela se fecharem enquanto ela se erguia sobre ele para balançar o corpo com mais proximidade, de forma mais rápida e mais dura contra ele. E, quando a respiração dela ficou ofegante nos braços dele, ela estava tão dolorosamente bela que ele sabia que ela era um anjo.

O *seu* anjo.

Jack poderia ter ouvido os doces sons dos seus orgasmos a noite toda, e ele teria feito isso mesmo se ela não tivesse pegado na fivela do cinto dele. O leve toque dos dedos dela em seu abdômen era quase demais para aguentar àquela altura, e ele teve de tensionar todos os músculos do seu corpo para não perder o controle quando ela finalmente desafivelou o cinto de couro e abriu o zíper.

Ela não o provocou ao tirar o restante das roupas dele junto com os sapatos e as meias, mas, quando sua mão elegante o tocou um pouco depois, um forte sussurro saiu por entre seus dentes cerrados.

Jack queria que seu ato de amor fosse uma aventura em todos os sentidos para os dois, algo que eles iriam fazer juntos, mas ele estava perto demais de chegar ao limite para deixá-la continuar tocando-o daquela forma. Com um rápido movimento, ela voltou a ficar debaixo dele, suas mãos nas laterais da cabeça dele enquanto a beijava.

Por uma semana, Mary tinha claramente acreditado que precisava lutar contra o que era para ser, e Jack se esforçou para manter o controle da sua paciência, que rapidamente se desintegrava, até sentir que poderia se entregar a ele sem reservas. Mas agora o tempo de espera já havia se passado havia algum tempo. Mesmo assim, enquanto ela sussurrava para ele que estava protegida, enquanto erguia os quadris para acolhê-lo dentro dela, no momento em que ele se moveu entre as pernas dela, Jack queria parar tudo para dizer a ela o quanto ela significava para ele.

Mas, em vez disso, naquela noite Jack sabia que teria de usar seu corpo para dizer a ela tudo o que sentia em seu coração.

O prazer construído em cada movimento, cada impulso, cada beijo. Pele úmida contra pele úmida, a respiração aquecida sobre a carne excitada. Eles eram parceiros perfeitos na paixão.

E, conforme se movimentavam juntos, com o desejo os levando a voar cada vez mais alto, Jack sabia que cada respiração, cada sonho, cada oração o haviam levado àquele lugar, ao calor dos braços de Mary.

* * *

A colcha de veludo e os lençóis entrelaçavam-se aos corpos deles, que se abraçavam firmes um no outro, ainda respirando fundo e com a cabeça de Mary aninhada nos braços de Jack. Do lado de fora da janela, o restante da cidade dormia. Quente e segura em sua cama, com o homem mais maravilhoso que já conhecera, o sono deveria finalmente ter vindo para Mary também. Mas tanta coisa havia acontecido naquela noite, muito mais do que o amor que fizeram e que a havia deixado sem fôlego. Demoraria muito tempo para que ela pudesse se acalmar, conseguindo o descanso de que tanto precisava.

Naquela noite, Mary havia confiado seu corpo a Jack, mas, embora isso pudesse ter sido suficiente para qualquer outro homem, ela sabia que Jack queria mais, muito mais.

Ele queria que ela confiasse nele também com seu coração.

Não só naquela noite, mas para sempre.

Por algumas horas, ela conseguiu baixar a guarda e permitir que o desejo tomasse o lugar das decisões. O toque de Jack e seus beijos fizeram com que ela ganhasse vida, de uma forma que nenhum outro homem havia feito antes.

Quando a manhã chegasse, ela teria de decidir se deixaria o que havia entre eles crescer... e correr o risco de se permitir apaixonar-se por ele.

Ela sabia desde o primeiro beijo que fazer amor com Jack seria maravilhoso. Mas nada a teria preparado para as extraordinárias sensações da boca de Jack em sua pele, da sensualidade das suas mãos ao acariciá-la... nem da perfeição de chegarem juntos ao orgasmo até que ela perdesse a noção de onde ela havia terminado e ele começado.

Nada poderia tê-la preparado para a surpresa de sentir que ele era o seu primeiro, seu único.

E nada poderia possivelmente tê-la preparado para a forma como o coração dela, antes tão cuidadoso, tinha se aberto como um coração inconsequente.

Felizmente, olhar para os dedos entrelaçados sobre o peito dele a ajudou a acalmar o coração acelerado. Como se ele pudesse ler a mente dela, levou as mãos aos lábios dele e suavemente, lentamente, beijou cada um dos dedos.

Erguendo o olhar para encontrar o dele, ela se surpreendeu com mais outra coisa. Jack não estava escondendo emoção alguma dela. E o que ela viu nos olhos dele ecoava o que sentia lá no fundo secreto do coração, que ela achava estar trancado, certa de que seria a única maneira de evitar magoar-se novamente.

Mary não conseguia mentir para si mesma, nem com o cérebro meio inebriado após tanto prazer. Desde o primeiro momento em que ele havia falado com ela, desde o primeiro beijo em seus lábios sob o visco, ela não teve escolha a não ser apaixonar-se por Jack Sullivan.

Subitamente, sentindo dificuldade de respirar, Mary tentou mexer os braços, mas ele não a soltou.

— Prometi que seria paciente — ele a lembrou delicadamente. — Não vou quebrar minha promessa.

Será que ele não sabia que o fato de não ter usado a palavra *amor* em voz alta não significava que seu corpo, sua expressão, seu coração batendo firme contra o dela não estivessem dizendo exatamente isso para ela naquele momento?

Mary viveu sozinha durante toda a vida adulta e trilhou uma carreira de sucesso em um campo extremamente difícil. Ainda assim, com Jack abraçando-a na cama, ela finalmente teve de encarar a própria fraqueza... e aceitar seus medos, que eram muitos e profundos. Medos que a assombraram desde o dia em que saiu do mundo que conhecia como adolescente.

Uma noite. Será que ela não conseguia fazer uma pausa dessas confusões, dessas dúvidas, por apenas uma noite?

Talvez não fosse justo pedir a Jack que lhe desse isso quando ele deu a ela todo o restante, mas Mary nunca se sentiu tão segura, tão apreciada, com mais ninguém.

Deixando os lençóis caírem, ela colocou a mão no peito dele, os músculos peitorais pulavam sobre a palma e os dedos dela quando ela acariciou as formas lindamente masculinas de seu maxilar e queixo. O desejo havia sido saciado minutos atrás e, mesmo assim, quando ela se aproximou para pressionar a boca na dele, as faíscas voaram novamente, ainda mais quentes e maiores desta vez. Agora que ela sabia exatamente como era bom fazer amor com Jack, a fome por ele queimava com mais força ainda. Mesmo tentando focar apenas no físico, ela sabia que havia uma razão importante para ela querer tão desesperadamente fazer amor com ele novamente.

Mary havia sido chamada de bela milhares de vezes em sua vida, mas ninguém realmente a tratara como se ela fosse especial *e* bela. Com a pele dele sobre a sua, com o calor de seus olhos negros que a observavam com tanto cuidado em todos os momentos para se certificar de que ela estava feliz, Jack se importava com ela.

E ela sabia em seu coração que ele jamais faria qualquer coisa para magoá-la. Os dois ficaram de joelhos na cama, e, quando ele moveu as mãos para trazer os quadris dela para perto dele, ela adorou como cada centímetro do corpo dele estava rígido. Ela já estava se viciando no carinho gostoso dos pelos do peito e das pernas dele contra sua pele macia, e da barba que roçava nela a cada beijo dado em seu rosto, pescoço, ombros e seios.

Mary ficou surpresa com a forma como ele foi controlado e paciente ao tirar a roupa dela mais cedo, deixando-a revelar-se para ele aos poucos ao mesmo tempo em que deixava as próprias necessidades em segundo plano. Ela nunca, jamais se esqueceria da beleza que ele mostrou a ela, de como ele foi delicado ao mesmo tempo em que a levava à loucura absoluta.

Mas, conforme a paixão renovada os envolvia como uma fita de veludo, a necessidade devoradora que ficava cada vez mais forte e maior a cada momento que passavam nos braços um do outro tomou o lugar da paciência e do autocontrole. E, quando eles se deitaram na cama novamente, entrelaçados um ao outro, Mary não teve chance de acompanhar o ritmo das mãos de Jack, da sua boca, das exigências feitas ao prazer dela.

Ofegante enquanto ele encontrava seus pontos frágeis novamente, precisando dar a ele o mesmo, eles se ajeitaram na cama de forma que ela pudesse percorrer o corpo duro e aquecido dele com as mãos e a boca.

E então ele a pegou pela cintura e a trouxe para perto dele, penetrando-a mais uma vez com uma única forte impulsão. Capturando sua boca com a dele, com baixos gemidos de prazer retumbando do peito dele ao dela, a cada batida do coração, indo cada vez mais alto juntos.

Dando e recebendo amor. Compartilhando.

Amando.

Quando Mary se estilhaçou em milhares de belos pedaços nos braços de Jack, tudo o que tentou trancar dentro de si por tanto tempo, todas as emoções que tinha tanto medo de sentir finalmente se libertaram.

Treze

Mary acordou com o calor da luz do sol sobre a sua pele. Os invernos claros eram uma surpresa que ela amava em São Francisco, principalmente quando podia facilmente ver neve em questão de horas apenas indo para as montanhas do Lago Tahoe.

Naquela manhã, contudo, a luz do sol não era a única razão pela qual ela se encontrava quente. Mary estava aninhada a Jack, suas costas pressionadas ao corpo dele, suas pernas entrelaçadas às dele.

Um flash súbito de terror ao pensar em quanto havia se entregado a ele na noite anterior ameaçava acelerar seu coração. Ainda assim, nada pareceu nem um pouco errado em relação à forma como ela segurava uma das mãos de Jack em seu peito, e a outra mão dele entrelaçava-se em seu cabelo, enquanto o calor da respiração dele fazia cócegas na pele da sua nuca. De fato, era verdade que nada parecia tão certo quanto acordar envolta nos braços de Jack como se fosse um presente precioso do qual ele não conseguia ficar longe.

A respiração dele estava estável, mas os dedos começaram a deslizar bem de leve na pele dela. Será que ele estava esperando que ela acordasse para que eles pudessem continuar sua aventura sexual naquele novo dia?

Ele foi direto na porta da casa dela ao dizer que uma noite não seria suficiente para ele, e talvez fosse errado deixar que uma noite rapidamente se transformasse em algo mais.

Mas como qualquer mulher no planeta poderia resistir a Jack Sullivan?

O mais leve movimento da boca de Jack a deixava arrepiada da cabeça aos pés. Com o cérebro em guerra com o coração sobre qual seria a coisa certa a fazer, seu corpo resolveu dar a resposta, arqueando-se o suficiente para que ele pudesse mordiscar a pele beijada com mais facilidade.

Rapidamente ela estremeceu de necessidade, e, quando ele levou as mãos ao peito dela para que as duas segurassem um dos seios, o nome dele escapou de seus lábios, e ela ficou surpresa em perceber como estava rouca.

Uma dúzia de visões sensuais da noite anterior surgiu em sua mente na mesma hora. Ela nunca foi uma dessas mulheres que sentiam que deviam dar um show na cama, mas, com Jack, não conseguia parar de dizer o nome dele em voz alta.

Ele se movia quente e com força, e só foi preciso um leve movimento das pernas e dos quadris dela para que ele a penetrasse novamente. Mas não tinha nada a ver com a pressa que tiveram em possuir um ao outro na noite anterior. Naquela manhã ele a torturava com carícias doces e lentas, como se quisesse guardar cada centímetro dela em sua memória.

Do seio à cintura, depois da cintura aos quadris, dos quadris à coxa, e então de frente para trás, antes de começar tudo novamente. Mary não sabia se elogiava ou amaldiçoava a paciência ilimitada de Jack ao afagar preguiçosamente sua pele nua e suas curvas. Nenhum homem tinha ido tão devagar e com tanto cuidado com ela antes. Enquanto ela se deleitava com as carícias, sua fome por ele ficou tão mais forte que ela teve de se virar e deslizar as mãos no cabelo dele para um beijo profundo e quente.

Ah, mas havia algo maravilhoso naquele homem que sabia dar a uma mulher o que ela queria... e quando dar a ela o que ela realmente precisava. Rápido e com força teria sido maravilhoso, mas, quando percebeu que ele não iria se apressar, e tudo o que tinha de fazer era relaxar nas mãos dele, nos beijos, nos carinhos de seus dentes contra a pele dela, Mary finalmente parou de tentar lutar, liderar... ou de se preocupar.

Os murmúrios de prazer foram seguidos pelos gemidos de satisfação conforme ele descobria cada um de seus lugares secretos. Beijos eram pousados como borboletas por toda a sua pele, até chegarem a seus lábios novamente. A alegria invadia seu corpo, cada vez maior e com mais brilho do que qualquer felicidade que ela havia experimentado antes de Jack.

E quando ele finalmente moveu os dedos entre as pernas dela, e Mary foi tomada pelo êxtase com o nome dele em seus lábios, nem mesmo nesse momento ele teve pressa de terminar o que havia começado. Pelo contrário, ele a rolou em seus braços para que ficasse por baixo dele e deslizou as mãos sobre ela para mantê-la bem firme enquanto ele a penetrava tão lenta e docemente que sua excitação aumentou muito mais novamente por causa do delicioso peso do corpo dele sobre o dela.

O coração de Jack batia forte contra o dela, os olhos dele estavam cheios de emoção. E, naquele momento, quando todas as muralhas haviam caído e ela se entregou completamente a ele, Mary sabia que também o amava.

* * *

Nos minutos que seguiram ao ato de amor mais extraordinário da vida de Mary, Jack permaneceu sobre ela, os olhos negros mostravam determinação ao olhar para ela. No que, ela se perguntou, ele estava pensando ao olhar para ela daquela forma?

Como se ele a estivesse vendo de uma nova maneira...

Esticando a mão instintivamente para arrumar o cabelo, ela percebeu que estava cheio de nós. Ela amou a forma como ele deslizou a mão em seu cabelo e entrelaçou os dedos nele enquanto faziam amor de forma selvagem. Mas, depois de toda a selvageria, ela sabia que sua aparência não devia estar nada boa.

— Acho melhor eu tomar um banho. E depois — ela disse, tentando sorrir naturalmente — vou preparar o café da manhã para nós. Você gosta de ovos?

— O café da manhã pode esperar — Jack disse, colocando um braço e uma perna sobre ela para segurá-la debaixo dele. — Ainda não acabei de olhar.

Mary tentou não rir.

— Tenho certeza de que estou toda desarrumada.

Como que para confirmar a frase, ela passou a mão pelo cabelo e o dedo ficou entrelaçado em um dos cachos.

— Você é sempre tão perfeita — ele murmurou. — Nunca vi você assim, amarrotada, com as marcas do travesseiro no rosto.

O coração dela afundou no peito ao perceber o erro que havia cometido. Ela ficou tão confortável com Jack, tão apaixonada por ele e por seus beijos, que se esqueceu completamente de manter a mística de ser *Marry Ferrer.*

Antes de Jack, ela teria se esforçado para rir graciosamente ou fazer um comentário perspicaz. Mas, depois da doce intimidade do ato de amor entre os dois, suas emoções estavam tão próximas da superfície que ela disse:

— Então é uma boa coisa o fato de eu ter uma mala enorme cheia de truques para ficar *perfeita* de novo.

A surpresa invadiu o olhar de Jack diante do tom defensivo dela:

— Qual o problema? O que eu disse?

Sua aparência sempre foi a porta de entrada para muitas aventuras por todo o mundo e para uma carreira glamourosa que superava todas as expectativas que teve quando era uma garota cheia de sonhos. Mesmo assim, às vezes ela odiava o fato de que, para manter a entrada sempre aberta, ela tinha de gastar tempo demais cuidando da aparência. Ela nunca comprou calças de moletom. Nunca saiu para uma xícara de café sem pelo menos passar rímel e batom.

Ela nunca achou que tudo o que aconteceu em sua vida foi só um golpe de sorte, mas, se tivesse sabido o preço que isso custaria, não só a perda do amor da mãe, mas também esse foco interminável de perfeição, poderia ter procurado sair mais devagar da adolescência para entrar na vida adulta.

Apesar de tudo que tinham compartilhado na noite anterior, será que Jack queria apenas a visão perfeita que tinha dela? Mary teve de fechar os olhos diante de toda a dor que a consumia com aquele pensamento.

Um pouco depois, ela sentiu a carícia delicada de Jack em seu rosto.

— Não me isole, anjo. Não agora.

Ela tinha sido corajosa o suficiente para dar a ele o seu corpo. Sabendo que deveria ter coragem de responder aos questionamentos, ela encontrou o olhar dele de cabeça erguida.

— Você tem razão quando diz que quase ninguém me vê dessa forma, ou como nada menos do que a modelo perfeita que esperam ver.

— Então isso faz de mim o homem mais sortudo do mundo. O que — ele acrescentou, com um sorriso sexy que fez o coração dela acelerar em seu peito — eu já sabia.

Mas, espere aí, o que foi que ele acabou de dizer?

— Sortudo? — ela repetiu. — Meu cabelo está cheio de nós e minha maquiagem ficou toda borrada no travesseiro.

— Toda vez que a vi em frente a uma câmera fiquei chocado pela sua beleza e pelo modo como você fazia o seu trabalho. Mas poder conhecê-la assim, um pouco bagunçada, com todas as suas características estonteantes um pouco fora de foco enquanto você ainda recupera o fôlego por ter feito amor comigo... — Ele pegou uma das mãos dela e a levou ao próprio peito. — Faz algo comigo. Bem aqui.

Sentir o coração dele bater forte e firme contra a palma da sua mão fez o mesmo com ela.

— Você é sempre linda para mim, Mary. Principalmente agora.

As doces palavras dele significaram mais para ela do que qualquer joia, qualquer presente caro, qualquer palavra poética.

Ninguém além de Jack jamais a quis verdadeiramente pelo que ela realmente era.

— Você tem razão — ela murmurou ao enlaçar os membros nus aos dele —, o café da manhã pode esperar.

* * *

Diferentemente de outras modelos, Mary seguia uma dieta saudável. A genética colaborava com uma parte para que ela se mantivesse magra o suficiente para as câmeras. A outra parte era que ela amava se movimentar. Caminhar, nada, dançar, fazer amor. Além disso, ela gostava tanto de comer que nem passava por sua cabeça desistir de comidas deliciosas.

Mas, ao sentar-se à mesa do café de frente para Jack, ela não conseguia nem mesmo dar uma mordidinha nos ovos, no bacon crocante e na torrada que ele havia acabado de preparar enquanto ela falava rapidamente com Janeen ao telefone. Mary supôs ser óbvio que um homem solteiro de trinta e poucos anos soubesse cozinhar se não quisesse morrer de fome, mas aquele era um café da manhã que em outras circunstâncias ela teria devorado.

Ela amou cada segundo que passou nos braços de Jack. Ele a fez se sentir desejada e segura ao mesmo tempo em que lhe dava um prazer jamais vivido antes. Ela nunca havia tido um homem como Jack, que não queria nada em troca, e dava tudo a ela, mesmo sem a certeza de que seria correspondido.

Mesmo assim, de alguma forma, ela ainda não sabia ao certo qual o próximo passo a seguir... e ela odiava a si mesma por isso.

Mas, só porque ela estava morrendo de medo de que ele a odiasse também, não era desculpa para ignorar o elefante imenso sentado no meio da sala. Ela nunca foi covarde antes e não começaria a ser agora; tinha respeito demais por Jack para magoá-lo intencionalmente.

— Você significa muito para mim — ela começou a dizer com a voz suave ao colocar o guardanapo no colo —, e a noite passada foi incrível.

A mesa do café da manhã era tão pequena que ele podia facilmente alcançar a mão dela.

— Ficar com você fez a melhor noite da minha vida — ele disse a ela, com a voz delicada e sincera. — Mas isso não significa que eu me esqueci do que você falou em relação a ir um dia e uma noite de cada vez. Nem sobre manter o que há entre nós apenas entre nós.

Na experiência dela, os homens ouviam o que queriam ouvir, independentemente do que ela realmente tivesse dito a eles. Ela tinha plena certeza de que Jack era diferente, mas, depois do que eles tinham vivido juntos, que homem não iria supor que ela tivesse mudado de ideia sobre ir devagar e não misturar negócios com prazer?

— Também não me esqueci do que você disse sobre querer mais do que uma noite. — Embora ele não parecesse nem um pouco bravo com ela, ela se sentiu péssima em aceitar a oferta dele quando ela mesma tinha dado tão pouco em troca. — Não sei o que há de errado comigo, porque eu...

— Não há nada de errado com você. — Ele a pegou no colo e disse:
— Você me faz feliz. Mais feliz do que jamais estive.

A forma doce como ele a aceitava como ela era fez seu coração bater estável e o nó em seu estômago se desfazer. Segurando o rosto dele com ambas as mãos, ela disse a Jack a única coisa que sabia com certeza.

— Você também me faz feliz.

Quatorze

Os dias seguintes foram uma confusão de reuniões e atividades promocionais, enquanto as noites eram uma agitação deslumbrante de atos de amor doces e pecaminosos. De alguma forma, Jack conseguiu manter a promessa a Mary, não apenas sobre manter o relacionamento em segredo, mas também por não dizer uma palavra pequena e significativa que ardia dentro dele.

Amor, sua mãe lhe disse uma vez, pode não ser fácil, mas qualquer dor ou dificuldade que vierem com ele valerá a pena se o amor for verdadeiro.

Jack viu essa verdade no casamento de seus pais. Agora ele entendia que durante todos esses anos estivera esperando por Mary. Ela era seu destino. E, quer ela estivesse ou não pronta para aceitar isso, ele já era dela.

Mas não é só porque estavam destinados um ao outro que ele devia simplesmente ficar parado esperando o curso natural das coisas. Ele queria dar tudo a ela, não só prazer, mas romance também. Com exceção da primeira noite na lanchonete, eles nunca saíram para namorar. E, embora estivessem extremamente ocupados com a campanha, isso era uma péssima desculpa.

À noite, acontecesse o que acontecesse, ele daria a ela não apenas flores, mas lembranças que extrapolariam paixão e calor também.

Quando Mary abriu a porta para ele naquela noite, estava tão linda e tinha um gosto tão bom que ele quase se esqueceu de seus planos. Os olhos dela se arregalaram diante das flores-do-natal vermelhas no vaso verde que ele segurava.

— Você me comprou flores — ela disse, levemente surpresa.

Eles dividiram momentos de máxima intimidade, mesmo assim ele estava nervoso com as flores nas mãos.

— Eu ia trazer rosas, mas, quando vi isto aqui, pensei em você.

Ela pegou o vaso das mãos dele e admirou as flores enormes.

— Quando eu era garotinha, havia centenas de plantas como esta por toda a cidade na época do Natal. — Ela ergueu os olhos para ele novamente; havia surpresa neles. — Como você me conhece tão bem?

Ele rezou para que ela já soubesse a resposta... mesmo tendo prometido não falar de amor em voz alta até que ela estivesse pronta para ouvir.

— Vou encontrar um ótimo lugar para este vaso — ela disse. Mas, em vez de mover-se pela sala, ela simplesmente colocou o vaso no chão, depois trouxe Jack para perto dela e fechou a porta. Seus lábios encontraram-se com os dele, e então ela lhe deu centenas de beijos na boca e no rosto, antes de mordiscar sedutoramente a orelha dele. — Senti sua falta hoje — Mary disse entre os beijos. — Muito.

Ele havia feito planos para uma noite romântica, e Jack Sullivan sempre seguia seus planos. Como ele podia impedir que suas mãos deslizassem pelas curvas dela?

— Não quero você apenas pelo seu corpo — ele disse a ela enquanto tentava manter o controle por tempo suficiente para poder levá-la para passear, como devia ter feito há muito tempo. — Quero dar a você uma noite romântica hoje.

Os olhos dela brilharam de surpresa e de óbvio prazer pelas intenções dele, mas, quando ela ergueu uma das pernas e a envolveu ao redor das coxas dele, beijando-o novamente, Jack percebeu que nos próximos minutos não teria outra coisa a fazer a não ser abandonar o tênue controle que tentava manter.

Suas mãos afundaram nos cabelos dela quando ele tomou a boca de Mary sobre a sua. Juntos, eles se moveram o suficiente para aninhar-se no tapete macio em frente à árvore de Natal. Ela tirou o suéter dele e ele soltou a faixa ao redor da cintura dela. A fivela do cinto se abriu ao mesmo tempo em que a seda deslizou pelos seus ombros. Ele soltou o fecho do sutiã quando ela terminou de desabotoar a camisa dele, abrindo-a totalmente.

Eles rolaram juntos no tapete, com Mary por cima, com as pernas abertas, espalhando beijos quentes por todo o peito dele. Momentos depois, era ele quem se movia sobre ela, passando as mãos pelo corpo da amada, fazendo-a gritar de prazer. Não havia ritmo para o amor naquela noite, não havia planos, não havia objetivos, pois os dois seguiam seus instintos selvagens e apaixonados.

* * *

Eles estavam deitados lado a lado no tapete, a mão dela sobre a dele, quando ele disse novamente:

— Eu tinha planos para nós hoje. — Ele ainda estava tentando recuperar o fôlego que ela havia roubado.

Os olhos dela ainda estavam nebulosos pelo pós-clímax, mas ela lhe lançou um olhar safado ao informá-lo:

— Eu também.

Ele sorriu para ela.

— Obviamente. — Mas, quando ela o ajudou a se levantar, suas sobrancelhas se arquearam pelo choque. — Estragar seu vestido não estava nos meus planos. Você me perdoa?

Ela ficou surpresa ao olhar para sua roupa. O corpete do elegante vestido de seda estava na cintura e o tecido delicado estava todo enrugado no local em que ele o agarrou com o punho para levantá-lo pela barra ao mover-se por entre as pernas dela para penetrá-la. Uma das meias ainda estava no lugar em sua coxa, mas a outra foi jogada em um canto do tapete durante o momento de paixão. Mary parecia ainda mais chocada pelo que havia feito com a camisa dele: uma das mangas havia sido rasgada e metade dos botões estava espalhada pelo tapete.

— Eu fiz isso? — Junto com a surpresa no rosto estava um pontada de orgulho sensual, que o deixou todo aquecido novamente.

— Aposto que é assim que você abre os presentes de Natal, não é? — ele provocou.

— Eu abriria se ganhasse um presente tão bom quanto você — ela devolveu a provocação.

Eles já estavam atrasados, mas, se ele não podia dizer-lhe que a amava, precisava dizer isso com um beijo. Os lábios dela ainda estavam quentes pelos beijos anteriores e sensíveis, agora por causa do sexo selvagem. Rapidamente o beijo começou a se transformar em algo mais, mas Jack cuidadosamente se afastou dela.

A voz estava rouca de emoção, e do desejo que crescia a cada momento, quando ele disse:

— Vá trocar de roupa para que eu possa levá-la a um passeio especial.

— Jack, é muito doce que você queira fazer algo romântico comigo hoje, mas você não sabe que tem feito isso desde o primeiro segundo em que o conheci.

— Torta com sorvete não é romântico. Muito menos jantar com a minha família.

— Romântico é quando eu estou com você. — Os olhos azuis dela estavam cheios de emoção ao dizer isso a ele.

Ele a amava. Amava tanto que a palavra estava bem ali na ponta da língua.

— Apresse-se ou vamos nos atrasar.

Ele pensou ter visto decepção nos olhos dela antes de ela se virar e ir até o quarto para trocar de roupa. Era quase como se ela secretamente quisesse que ele tivesse quebrado sua promessa e confessado seu amor por ela.

* * *

Mary não reconheceu o endereço que Jack deu ao motorista do táxi, mas ela sabia que a surpresa romântica seria impressionante. Como havia dito a ele antes, ele realmente a conhecia.

Mesmo assim, em vez de conseguir aproveitar completamente, ela sentiu o estômago revirar por dentro.

Ela nunca teve um relacionamento secreto antes. Sempre foi boazinha quando era adolescente, focada demais em seus sonhos para perder tempo com os garotos da cidade. Ela sabia que as pessoas achavam excitante ter um relacionamento secreto, mas Mary odiava não poder pegar na mão de Jack no táxi sem se preocupar se o motorista os veria, a reconheceria e acabaria contando para alguém.

Por que, ela se perguntou pela milésima vez, ela ainda estava agindo de forma tão cuidadosa, tão cautelosa? Qual o problema de as pessoas saberem que ela e Jack estavam se apaixonando? Maldição! Se ser cuidadosa fosse seu objetivo principal na vida, ela ainda estaria em sua cidade de infância, com bebês e crianças brincando aos seus pés enquanto ajudava a mãe a fazer vestidos para outras mulheres.

Porém, Mary sabia que se preocupar com a reação dos outros não era a razão principal pela qual ela não estava pronta para desistir do segredo. O verdadeiro motivo era bem mais complicado.

Jack era maravilhoso... tão maravilhoso que uma parte dela estava absolutamente aterrorizada.

E se ele logo percebesse que já tinha o que queria dela e decidisse virar a página?

E se o lançamento do produto não desse certo e ele não conseguisse separar o trabalho da participação dela?

Ou se ela o decepcionasse, tomando uma decisão da qual ele não conseguisse perdoá-la... exatamente como havia acontecido com sua mãe?

Quanto mais feliz Mary se sentia a cada momento em que estavam juntos, mais preocupada ficava com a ideia de uma separação, simplesmente porque Jack era importante para ela, mais do que qualquer outro homem.

Conforme o segredo continuava a consumi-la, ela tinha de se perguntar se o fato de jamais admitir publicamente o relacionamento com ele a faria perder ainda mais rapidamente.

O táxi parou, e, quando ela olhou pela janela, percebeu que estavam em frente a um belo cinema. As palavras indicando a exibição fizeram o coração dela saltar no peito.

— Está passando *Cantando na Chuva?* — ela se virou, surpresa. — Como você encontrou isso?

— Algumas coisas — ele disse suavemente — são predestinadas.

Ele estendeu a mão para ajudá-la a sair do táxi, segurando-a um pouco mais do que um amigo teria segurado, mas não por tempo suficiente a ponto de permitir que os estranhos começassem a pensar coisas... A menos que eles notassem a forma como os dois olhavam um para o outro juntamente com o rubor que se espalhava pelo rosto de Mary.

A névoa na baía estava espessa, e ela fechou mais o casaco ao olhar para a longa fila de casais esperando pelos ingressos. Mas, na mesma hora em que as pessoas começaram a olhar com mais atenção para ver se ela era quem pensavam que fosse, Jack delicadamente a colocou na direção da entrada e entregou os ingressos ao jovem na porta.

— Siga as escadas à esquerda até o final e lá estarão as suas poltronas.

Em vez de ir diretamente para as escadas, Jack a levou até o balcão da lanchonete.

— Espero que você goste de pipoca cheia de manteiga.

— Só se estiver cheia de sal também — ela disse, com um sorriso que não conseguia conter. Mary não teve muitos encontros de cinema-e-pipoca nos últimos treze anos. Ela se sentiu, por um momento, como qualquer garota em um encontro há muito esperado com o garoto com quem não conseguia parar de sonhar.

Um pouco depois, quando estavam cheios de doce e refrigerante e com um balde enorme de pipoca, eles subiram a escada estreita para o mezanino. Mary parou no alto, surpresa.

— Há apenas dois assentos aqui.

Jack parecia incrivelmente satisfeito consigo mesmo.

— Eu sei.

Ela não precisava de romance ou paquera para se apaixonar por Jack Sullivan. Mas, agora que ele dava isso a ela em uma bandeja de prata cheia de pipoca e bolinhas de chocolate com Coca-Cola gelada, Mary não tinha certeza de como ela algum dia pensou que conseguiria resistir a ele.

Em suas poltronas exclusivas particulares bem acima do restante do cinema, quando as luzes se apagaram e seu filme antigo predileto começou a passar, Mary não apenas parou de se preocupar com o segredo como percebeu que podia parar de se preocupar totalmente por duas horas.

Aninhada em Jack, amando ter o braço dele sobre seu ombro, ela enfiou a mão no balde de pipoca e soube que era a garota mais sortuda no mundo.

* * *

Pouco mais de duas horas depois, Mary ficou surpresa quando as luzes se acenderam. Ela havia se entregado completamente à fantasia de ser a garota de Jack e à incrível sensualidade dos dedos dele acariciando seu ombro, sua coxa pressionada contra a dela, seu hálito quente sussurrando em seu ouvido durante as partes favoritas do filme.

Ela não namorou muito quando era adolescente, e, já adulta, os homens que a convidavam para sair jamais sonharam em levá-la para ver um filme antigo com pipoca e bala. Assim como nenhum deles comprou torta e sorvete para ela em uma lanchonete.

Jack foi cuidadoso a ponto de comprar os ingressos com antecedência para que pudessem entrar no cinema rapidamente, e também pensou em reservar o mezanino particular para ter certeza de que o relacionamento deles continuaria de acordo com as regras dela. O que também significava que eles teriam de esperar até que o cinema ficasse vazio lá embaixo para que pudessem sair sem ser notados.

Mary pensou no final de *Cantando na Chuva*, quando a personagem de Debbie Reynolds, Kathy, ficou escondida atrás da cortina enquanto cantava, e que foi errado ela ter se escondido daquela forma.

Não era exatamente isso que Mary estava fazendo com eles ao forçá-los a manter seus verdadeiros sentimentos escondidos, não só dos estranhos no cinema como também das pessoas com quem estavam trabalhando?

O estômago dela revirou quando ela se forçou a encarar a verdade.

Não! Ela não queria soltar da mão de Jack quando chegassem lá embaixo. E ela definitivamente não queria fingir que ele não significava tudo para ela.

Era a hora de deixar tudo às claras, não só com o resto do mundo, mas com Jack e com ela mesma também.

Dane-se a precaução! Mary queria que todo mundo soubesse que ela era dele.

— Eu estava errada, Jack.

Ela sentiu o calor do olhar dele assim que as luzes se acenderam. E agora ele pegava as mãos dela e gentilmente perguntava:

— *Cantando na Chuva* não é um dos seus filmes favoritos, no fim das contas?

Ela estava focada em sua culpa e tentando ser corajosa. Só mesmo Jack para fazê-la sorrir em um momento como aquele.

— Não estou falando do filme. Eu ainda o amo, e vê-lo com você o tornou ainda mais especial. O que eu quis dizer é que eu estava errada sobre o nosso relacionamento.

Mesmo sabendo que ele não queria que os dois mantivessem o relacionamento em segredo, ele disse:

— Eu não trouxe você aqui hoje para tentar fazê-la mudar de ideia nem para fazer suas razões valerem menos.

— Você jamais faria isso, Jack. — Era por isso que ela tinha passado a se importar tanto com ele, e tão rapidamente. Esforçar-se para ignorar o frio na barriga só provou que ela não era nem um pouco corajosa como tentava parecer. Então ela declarou: — Estou cansada de deixar o passado mandar no meu presente. E no meu futuro.

O modo como ele olhava para ela fez Mary jurar que dava para ver exatamente através da sua alma.

— Vou esperar o tempo que você precisar esperar — ele disse, em voz baixa.

Será que alguém alguma vez se importou tanto assim com ela?

— Chega de esperar.

E então ela pressionou os lábios nos dele, em um beijo suave muito parecido com aquele primeiro beijo sob o visco.

Quinze

Mary apertou as mãos de Jack com força quando eles desceram as escadas. Naquele momento, havia apenas algumas pessoas no saguão para vê-los juntos, mas, como ela e Jack não se apressaram para pegar o táxi, vários fãs vieram pedir um autógrafo. Durante todo o tempo, enquanto Mary fazia questão de permanecer próxima a Jack, ela notou que ele ainda estava sendo cuidadoso para não tocá-la demais nem ser tão publicamente afetuoso. Era como se ele soubesse que um movimento errado tão perto da decisão dela de compartilhar o relacionamento com o mundo a faria se afastar.

Ela sempre ficava surpresa ao ver que ele a conhecia tão bem... e que ele havia entrado tão profundamente em seu coração desde o primeiro dia.

Será que ele sabia que ela estava se esforçando ao máximo para tentar ignorar a voz em sua cabeça que dizia que ela estava indo rápido demais? Será que ouvia o sussurro de advertência dentro dela que tentava avisá-la de que estava tomando decisões de forma selvagem demais no que se referia a ele? Será que ele via a preocupação dela de deixar o próprio coração vencê-la novamente e de que ela iria acabar pagando pelas tolas ideias românticas?

Uma parte dela desejava que ele a forçasse hoje, que a fizesse admitir todos os seus medos remanescentes: medo de confiar seu coração a ele, medo de que o amor não pudesse verdadeiramente durar para sempre, e até se ela importaria para ele ou para mais alguém quando seu rosto não estivesse mais nas revistas, nas telas de TV e nos outdoors.

Mas, na volta do táxi para a casa dela, Jack não a forçou a admitir nenhum de seus medos escondidos. Ele simplesmente a trouxe mais para perto e a abraçou.

Mary ficou com homens que gostavam de aparecer, de ser a vida nas festas, os cabeças nas filas, os primeiros na frente das câmeras, ao passo que Jack a fazia se lembrar do próprio pai. Estável. Quente. Forte.

Sólido, do coração à alma.

Quando o táxi parou na frente da casa dela, Mary entrelaçou os dedos com os dele.

— Não estou pronta para que a noite mais romântica da minha vida se acabe.

Claro que ela queria que ele entrasse e passasse a noite com ela, com doces horas de amor pecaminoso que roubava seu fôlego e acelerava seu coração. Todavia, mais que isso, depois daqueles momentos em que eles temporariamente saciavam sua paixão e ele a segurava em seus braços, ela queria viver a experiência da doce e profunda proximidade e alegria.

Os olhos negros de Jack jamais deixaram os dela enquanto ele pagava o táxi, e, então, quando estavam na frente da casa mais uma vez, ela agora entendia que eram dois amantes que nunca tiveram a chance de resistir à linda atração entre eles.

Que doce alívio permitir a si mesma ceder à vontade de beijá-lo em plena calçada sob a lua e as estrelas para todo mundo ver. E, quando a boca de Jack estava contra a dela e seus braços ao redor dele, era fácil ignorar os medos que se prolongavam, as preocupações que ela desejava que parassem de tentar trazê-la para a realidade.

— Obrigada pelas flores, pelo filme, pela pipoca e pela companhia. Foi tudo maravilhoso. — A cada palavra, ela o atraía degrau por degrau pela escadaria. — Eu ofereceria um café, mas tenho a sensação de que não lhe daria chance de bebê-lo antes que estivesse muito, muito frio.

Ela estava abrindo a porta quando ele disse, com aquela voz baixa que a deixava toda arrepiada:

— Vou tomar o café na cama... Depois.

Ah, sim. Depois.

Assim que entraram, Mary começou a tirar a jaqueta e a camisa de Jack, seus lábios imediatamente cobrindo cada parte de pele que ela desnudava. Ele fazia o mesmo com ela quando o telefone tocou.

Ela jamais ignorava o toque do telefone, mesmo quando o momento era tão ruim quanto aquele. E se fossem os pais dela? E se estivessem machucados ou doentes? E se a mãe finalmente estivesse pronta para falar com ela novamente?

Os homens com quem Mary se relacionara antes jamais entenderiam por que ela tinha de deixar tudo para atender o telefone, mas, quando ela olhou nos olhos de Jack com um pedido de desculpas na expressão e disse "Sinto muito, tenho que atender", ele não pareceu chateado.

Em vez disso, ela viu que ele entendeu automaticamente.

— Não vou a lugar algum. Vá ver quem é.

Ela deu um rápido, e agradecido, beijo em seus lábios antes de sair correndo para atender o telefone.

— Alô, Mary falando.

A voz animada de Yvette surgiu do outro lado da linha, e Mary teve de sorrir diante das palavras animadas da garota.

— Mais devagar, Yvette — ela disse, rindo. Ela olhou para Jack, que estava na cozinha fazendo café. — Comece novamente para que eu tenha certeza de entender todos os detalhes excitantes. Você estava jogando cartas com seu tio e sua tia na fazenda em Iowa quando recebeu um telefonema para fazer uma sessão de última hora na Suíça?

Mary tinha acabado de tirar os sapatos e estava sentada sobre as pernas para relaxar no sofá quando Yvette disse o nome que ela nunca mais queria ouvir novamente, muito menos conectado a uma de suas jovens amigas modelos.

— Romain? — O nome dele veio seguido de uma enorme dificuldade de respirar quando Mary confirmou mais uma vez. — Você vai trabalhar com Romain Bollinger na Suíça?

Yvette continuou a falar na orelha dela, enquanto as mãos de Mary ficavam dormentes ao telefone. Ela foi atingida por um flashback claro como cristal daquele dia horrível em que ela entrou na cobertura dele e o encontrou na cama com uma modelo bem mais jovem.

Uma jovem modelo que se parecia muito com Yvette e que não tinha durado muito mais tempo em sua cama, ou em sua vida, do que Mary. Modelos, elas todas aprendiam pelo caminho mais difícil, eram objetos dispensáveis para Romain. Ele era, na verdade, mil vezes mais fiel ao seu *chef* de cozinha francês do que a qualquer mulher que passava pela sua porta giratória.

Naquela noite em que Mary deveria estar se deleitando por ter encontrado um homem como Jack Sullivan, ela era forçada a lembrar como tinha sido tola quando se tratava de assuntos do coração. Ela acreditou em cada uma das falsas promessas, e estava tão desesperada por ter alguém que a amasse que transformou cada uma de suas belas mentiras e cada um dos seus beijos em muito mais do que realmente significavam.

Sentada no sofá, falando com Yvette ao telefone enquanto Jack estava na cozinha, Mary não conseguia impedir que seu passado e seu presente se entrelaçassem mais uma vez.

Jack e Romain, Mary e Yvette, amor e perda, coração partido e superação. Ela simplesmente não conseguia entender como separar essas coisas todas.

Tarde demais, Mary percebeu que Jack havia deixado a cozinha e se ajoelhava na frente dela. Os olhos dele estavam cheios de preocupação e de apoio silencioso.

Uma semana antes ela provavelmente teria saído correndo, teria feito tudo o que podia para afastá-lo e fugir de seus sentimentos, que eram fortes e assustadores demais. Mas, surpreendentemente, ao olhar nos olhos dele e sentir seu polegar sobre sua palma, ela de fato sentiu seu estômago revirar por dentro. Até que começou a perceber que Yvette não parava de repetir o nome dela, perguntando se ainda estavam conectadas ou não.

Esforçando-se para focar novamente os pensamentos da jovem vibrante e brilhante ao telefone, Mary sabia que precisava avisar Yvette para que tomasse cuidado com Romain. Ela não ia suportar se as garotas tão divertidas e vivas fossem atraídas pelas falsas promessas dele e acabassem magoadas e desiludidas. Ao mesmo tempo, contudo, Mary lembrou-se até bem demais de como era ser uma jovem cabeça-dura. Quando alguém dizia a ela para tomar cuidado, não havia nada que ela quisesse mais provar do que o fato de que poderia lidar brilhantemente com qualquer situação de risco em que fosse jogada.

Com muito cuidado, com a voz mais mansa que conseguia expressar, Mary disse a Yvette:

— Trabalhei com Romain e sua empresa há alguns anos. A sessão de fotos foi excelente, mas...

Ah, como ela queria poder encontrar as palavras certas para manter Yvette segura. Exceto entrando em um avião para a Suíça para assistir à sessão de fotos e se certificar de que ele não tentaria nada, era simplesmente impossível brincar de guarda-costas de jovens modelos que significavam demais para ela. E não era verdade que elas logo passariam a odiá-la por ficar fazendo rodeios?

Mary respirou fundo. Tudo o que ela podia fazer era contar a verdade sobre seus sentimentos para Yvette e então confiar nela para fazer o melhor que pudesse com a informação.

— Romain é bem conquistador. Eu sei disso porque não apenas trabalhei com ele — ela admitiu, esforçando-se demais para manter a voz firme. — Eu o namorei por um tempo também. — A mão de Jack na dela a mantinha quente e segura ao contar para Yvette. — Não terminou bem, e a razão foi porque ele me traiu. Para ele, eu não passava de um rosto bonito descartável. Eu jamais me perdoaria se algo assim acontecesse com você. Só queria que você soubesse.

— Ele parece ser um lixo — Yvette disse, com a voz apaixonada. — E burro também, por ter traído você. Que cara pode ser tão idiota com uma mulher tão maravilhosa quanto você?

Mary ficou mais do que surpresa ao quase rir diante da reação de Yvette.

— Além disso, não estou interessada em caras velhos como ele. — Dava até para ver Yvette torcer o nariz ao acrescentar: — Não mesmo!

Mary não conseguiu conter o riso ao concordar com uma palavra simples, mas de coração.

— Eca!

Há tantos anos, quando Mary contou à mãe sobre as grandes oportunidades de trabalhar como modelo em Nova York, tudo o que ela queria era que a mãe tivesse fé que sua filha tomaria boas decisões. Agora, ela percebia que era sua vez de fazer exatamente isso com Yvette.

Claro que Mary sabia o tempo todo que Yvette tinha a cabeça boa. E era por isso que ela realmente quis dizer cada palavra.

— Você vai colocar todos aos seus pés na Suíça, querida. Não vejo a hora de ouvir as novidades quando você voltar. E obrigada por ter compartilhado essa grande notícia comigo.

Quando Yvette disse a ela que era óbvio que tinha de ligar, pois Mary era sua família, seus olhos finalmente se encheram de lágrimas, mas não de medo nem de preocupação.

De alegria.

* * *

As mulheres sempre diziam no decorrer dos anos que ele não prestava muita atenção às necessidades e sentimentos delas, que ele ficava focado demais nos computadores e circuitos para entendê-las. E elas estavam certas, mas somente porque nenhuma havia conquistado seu coração para conseguir toda a sua atenção.

Mary, porém, sempre teve sua atenção total desde o momento em que ele bateu os olhos nela. Ele a viu mudar de uma conversa totalmente animada com Yvette para uma palidez de fantasma quando o nome *Romain* saiu de seus lábios. Ele imediatamente percebeu sua preocupação com a garota que estava sob a sua proteção.

Ao mesmo tempo, ele instintivamente sabia que as dúvidas e os medos de Mary sobre seu relacionamento voltavam à tona. Que melhor lembrete ela poderia ter sobre a necessidade de tomar cuidado com Jack do que ouvir sobre o imbecil outra vez?

Lá no cinema, significou tanto para Jack quando ela disse que não queria mais que o relacionamento deles fosse secreto. E, mesmo assim, após ter dito aquilo, ele sabia que ela ainda estava se controlando em relação a ele, caso algo acontecesse.

Jack sabia que ela havia sido muito magoada. Não apenas pelo fabricante de relógios influente da Suíça, mas também pela forma como a família dela a havia afastado da vida deles. E ele falara sério quando disse que esperaria por ela pelo tempo que fosse necessário.

Ela disse a ele naquele dia na garagem que levaria algum tempo para ficar completamente curada. Bem, ele era um homem muito paciente quando precisava ser... e continuaria amando Mary em meio às dúvidas dela, até que seus medos fossem todos embora.

Quando ela desligou o telefone, Jack sentou-se ao seu lado no sofá e perguntou:

— Você está bem?

Ela colocou a mão no rosto dele e a deixou ali.

— Sabe de uma coisa? Estou. — Ela acariciou levemente a barba dele. — Nunca pude contar com homem algum — ela disse delicadamente. — Não até você aparecer.

Naquele instante, todos os votos que havia feito a si mesmo para ser paciente se partiram.

Ela tinha de saber como ele se sentia.

Ela tinha de saber.

— Eu te amo, Mary.

Ela tinha piscado para ele sentindo dor e confusão minutos antes, quando o nome de Romain saiu de seus lábios. E, então, quando ela colocou a mão no rosto dele depois de ter desligado o telefone, ela o olhou com calor. Agora, estava claramente chocada pela súbita declaração.

Como engenheiro, Jack entendia de precisão e tempo melhor do que a maioria das pessoas. E, mesmo assim, ainda que ele estivesse ferrando com tudo naquele momento, simplesmente não conseguia controlar a profundidade do que sentia por Mary nem por mais um segundo.

— Não quero omitir jamais nada de você, anjo. — Agora era ele quem segurava o rosto dela com as mãos enquanto dizia: — Mesmo quando meus sonhos profissionais passaram de alguns anos para uma década, eu sempre me senti totalmente no controle. Conseguia ver um progresso estável, e tinha certeza de que nada me tiraria do curso de atingir meu objetivo. Mas daí eu conheci você, e desse momento em diante fui atingido por sentimentos incontáveis, e desejos, que nunca vi. Não só o desejo de beijá-la, de tocá-la, de fazer amor com você, mas a necessidade de construir uma vida ao seu lado. Quero saber que você é minha e eu sou seu, e que tudo o que fizermos daqui em diante faremos juntos. Quero que você se torne parte da minha família. Quero encontrar alguma forma de você se reconciliar com a sua família. E quero que nós dois possamos criar nossa própria família também.

Jack tinha a maior esperança de que suas palavras fizessem sentido, mas nunca havia sido tomado por uma tempestade de emoções como aquela. Somente Mary poderia ter liberado tal paixão de um homem que sempre foi muito racional.

— Não quero apressar as coisas se não se sentir pronta, e você já me deu muito mais do que eu jamais sonhei, mas...

Mary ergueu as mãos para tocar as dele, que estavam em seu rosto, e, naquele exato momento, a boca de Mary cobriu a dele, e seu beijo roubou o restante de suas palavras. O coração de Jack martelava em seu peito enquanto ela passava a língua sobre a dele. É claro que ele adorava beijá-la, mas naquele momento ele precisava entender o que o beijo significava. Será que ela estava tentando dizer que sentia o mesmo? Ou será que estava tentando fazê-lo parar antes que dissesse mais alguma coisa?

Gentilmente, ele se afastou dela, mas, antes que pudesse dizer qualquer coisa, ela olhava para ele com plena confiança e tanta emoção que as mãos dele estariam tremendo se ela não as estivesse segurando.

— Também te amo, Jack.

Nos primeiros segundos após as palavras dela, tudo o que ele conseguia fazer era olhar para a mulher mais bonita que havia conhecido e se sentir maravilhado, não apenas por ela estar ali com ele, mas também por ela ter dito as palavras mais doces que já havia ouvido.

Finalmente, quando ele achou ter encontrado sua voz novamente, ele disse:

— Você...

Ele parou, mais do que um pouco temeroso de repetir as palavras por medo de ela retirar o que dissera, quando ela finalmente percebeu que tinha dito tudo em voz alta.

— Eu falei sério hoje — ela disse com uma voz suave, mas firme. — Não quero deixar que o que aconteceu com Romain arruíne a melhor coisa que já me aconteceu. — Os olhos dela estavam mais azuis do que nunca. — Sei que você disse que iria esperar por mim, mas não quero que nenhum de nós espere mais. Principalmente porque eu sabia desde o primeiro momento que você era especial. Sinto que passei a vida toda correndo, saindo de uma cidade pequena para a cidade grande, pulando de um lugar para o outro durante anos até que todas as imagens ficassem misturadas em minha mente. E, bem quando decidi que finalmente era hora de parar de correr e estabelecer raízes, lá estava você. Meu novo começo. — Os olhos dela se encheram de lágrimas ao sorrir para ele, abrindo os braços para recebê-lo. — Meu amor.

Jack afundou no sofá com Mary, suas curvas macias embaixo dos músculos dele.

— Sempre serei seu anjo. Para sempre.

Jack jamais se esqueceria do primeiro beijo deles sob o visco, e jamais se esqueceria desse beijo também.

O primeiro depois do *eu te amo...*

Dezesseis

No dia seguinte, Jack surpreendeu-se ao ter tanta energia para ir de reunião em reunião, apesar do fato de nem ele nem Mary terem dormido muito, tendo passado a maior parte da noite descobrindo as novas alegrias de estarem um com o outro. Nem mesmo as longas reuniões daquele dia poderiam diminuir sua força quando ele sabia que Mary estaria esperando por ele naquela noite com os braços abertos.

Jack mal podia acreditar como ele tinha tido sorte de ver por acaso sua sessão de fotos na Union Square naquela tarde predestinada, em que toda a esperança da sua carreira quase tinha sido perdida. Como ela disse, aquele foi um novo começo para algo muito maior, muito mais doce do que qualquer coisa que ele pudesse ter imaginado.

Ele procurava um milagre para salvar sua empresa, mas em Mary ele achou muito mais que isso.

Naquela manhã, quando os primeiros raios de luz entraram pela janela, ele acordou com Mary aninhada em seu peito, com a mão dele sobre o coração dela, e a dela curvada na palma dele. Jack foi acometido por uma necessidade voraz de manter o amor dela só para si, só mais um pouquinho. Logo ele iria gritar dos telhados por aí que Mary era dele, mas só por mais algumas horas ele não queria ter de enfrentar perguntas que certamente viriam de todos os lados, das pessoas que eles conheciam e dos jornalistas que não conheciam, quando seu relacionamento fosse revelado.

— Sei que não estamos mais nos escondendo — ele disse suavemente ao virá-la em seus braços para que a cabeça dela se aninhasse em seu ombro com a mão de Mary sobre o coração dele —, mas não acho que estou pronto para dividir você ainda.

Ela sorriu para ele, sua pele oliva e os cabelos negros e longos fazendo um belo contraste com os lençóis marfim.

— Sabe o que dizem sobre beijos secretos, não sabe?

Ele deveria estar exausto devido ao amor da noite anterior, mas, quando ela deixou os lençóis deslizarem de seus ombros e moveu as belas curvas sobre ele, e então *mostrou* a ele exatamente como podiam ser os beijos secretos, Jack sabia que jamais ficaria saciado. Fazer amor também o ajudou a ignorar o alívio que passou pelo rosto de Mary quando ele disse que queria manter as coisas só entre eles por mais um tempo.

Mesmo assim, ele sabia que não poderiam manter seu amor em segredo para sempre. Em algum momento no futuro próximo, eles teriam de encarar a fascinação que surgiria pelo fato de uma celebridade internacional ter escolhido se estabelecer com um homem comum que trabalhava com eletrônica. Jack desesperadamente esperava que Mary estivesse pronta para isso quando acontecesse.

Com o trânsito parado na cidade naquela tarde, Jack decidiu que seria mais rápido dispensar o táxi até as Indústrias Walter e ir a pé até lá. Allen pediu para ver Jack, Larry e Howie naquela tarde, para que pudessem medir o progresso feito nas duas últimas semanas, certificando-se de que estavam todos alinhados em direção ao grande lançamento pré-Natal em alguns dias.

Ao passar por várias lojas de tecnologia, o brilho de luz de um anel na vitrine de uma joalheria fez com que Jack parasse.

Ele sempre ouviu dizer que a chave para o sucesso era nunca cometer o erro de deixar algo brilhante pelo caminho desviar a atenção do objetivo final. Mas, como inventor, Jack havia aprendido o enorme valor de prestar atenção aos pequenos vislumbres que chegavam e o surpreendiam. Às vezes você está tão ocupado procurando respostas que deixa de vê-las quando estão bem à sua frente.

Ele estava dentro da joalheria um pouco depois pedindo para ver o anel da vitrine. O diamante no centro do anel fino tinha sido cortado em um círculo perfeito e estava no centro de diamantes menores ao redor dele.

— Este é um tradicional anel de noivado italiano da nossa coleção — disse a mulher magra atrás do balcão. — Tem aproximadamente oitenta anos, e a mulher que nos vendeu disse que a avó o usou com muito amor durante toda a sua vida. — Os diamantes menores ao redor do diamante central simbolizam a eternidade do amor.

Por isso ele se sentiu tão atraído pelo anel. Não apenas por ser da Itália, mas por carregar a história de um grande amor.

A mulher discretamente mostrou-lhe o preço, e ele teve de piscar algumas vezes para processar o valor antes de dizer:

— Eu gostaria muito se você pudesse segurar esse anel por mais uns dias para mim. Não tenho dinheiro agora, mas terei.

— Posso segurar até a hora do fechamento, senhor.

— Voltarei antes disso — ele prometeu.

Fazia menos de vinte e quatro horas que eles declararam seu amor um pelo outro, mas Jack esperou a vida toda para encontrar Mary.

A maioria das pessoas levava um tempo entre "Eu te amo" e "Quer se casar comigo?". Mas, assim como ele não conseguiu esconder o amor que sentia por ela na noite passada, sabia que não seria capaz de esperar que o novo começo deles fosse oficializado.

Aquele seria o anel que ele daria a Mary quando lhe pedisse que fosse sua para sempre.

* * *

Quinze minutos mais tarde, Jack entrou no escritório de Allen, mal notando a vista espetacular da baía e da ponte pelas janelas do presidente.

— Ótimas notícias, Jack — Allen cumprimentou ao levantar-se da mesa para apertar a mão de Jack. — Já temos praticamente todos os principais varejistas conosco, e nem mesmo fizemos o lançamento oficial da campanha ainda. — Allen estava animado e satisfeito como Jack jamais havia visto. — O rosto de Mary e seu endosso pessoal à Agenda Eletrônica de Bolso foram puro ouro publicitário. Você estava certo em não perder a esperança na sua invenção. Tenho um pressentimento muito bom a respeito do que o Natal nos reserva.

Jack também tinha um bom pressentimento sobre as coisas, mas por motivos diferentes. Ao mesmo tempo em que estava feliz pelos negócios que iam bem, solidificar seu futuro com Mary agora era sua prioridade.

— Fico feliz de ouvir que as coisas estão indo bem — Jack disse, com seu jeito caracteristicamente direto, e acrescentou: — Preciso de um adiantamento dos meus ganhos, Allen. Hoje à tarde, na verdade.

— Você precisa de mais dinheiro hoje à tarde? — Allen arqueou uma das sobrancelhas. — Quanto?

Jack disse o número e Allen olhou para ele por um longo momento antes de finalmente concordar.

— Peço licença para ligar para meu banqueiro pessoal para ver se ele consegue um cheque ao portador com essa quantia para você imediatamente.

— Obrigado. — Jack nunca pediu dinheiro emprestado a ninguém antes, e raramente pedia favores. Mas seu orgulho iria ficar na gaveta por algumas horas. Mary era mais importante.

Depois de concluir a ligação, Allen sentou-se em sua cadeira.

— Você não me parece o tipo de homem que se mete em encrencas por causa de jogo, Jack. — Era óbvio que ele estava morrendo de curiosidade para saber os detalhes, mas no final acabou dizendo: — Onde quer que esteja planejando usar esse dinheiro, espero que valha a pena.

— Não tenho a menor dúvida sobre isso. — Jack decidiu que o voto de confiança de Allen nele merecia ser retribuído. — Vou pedir Mary em casamento. Seu generoso adiantamento nos lucros tornará possível a compra do anel que ela merece ter.

Os olhos de Allen se arregalaram.

— Você está com a Mary? A nossa Mary?

Quando Jack assentiu, Allen precisou de mais esclarecimentos.

— Mary Ferrer?

— Estou apaixonado por ela.

— Claro que está apaixonado por ela. Quem não está? — Allen respondeu, mas o choque já estava se transformando em admiração. — Eu mesmo não poderia ter escrito uma manchete melhor. Um Inesperado Romance de Natal Entre Nosso Brilhante Inventor e a Bela Modelo. Ela já era o toque de ouro de que precisávamos para essa campanha, mas, se ela disser sim ao seu pedido, vocês dois juntos serão a melhor história que jamais...

Jack interrompeu Allen.

— Agradeço o cheque ao portador, e a sua excitação para que as coisas deem certo entre mim e Mary. Mas gostaria de manter as coisas entre nós o máximo possível.

O presidente havia feito um enorme favor emitindo o cheque, mas a gratidão de Jack não se estendia a ponto de vender sua "história de amor" para a imprensa, principalmente considerando o passado de Mary com Romain.

— Eu *jamais* exploraria nosso relacionamento para aumentar os lucros.

Depois de um longo silêncio, Allen falou:

— Poucas pessoas se impõem para mim nesta altura da vida. Sou mais rico, mais esperto e mais poderoso que todas elas. Mas você me surpreendeu desde o início, Jack.

Allen subitamente sorriu, parecendo dez anos mais jovem ao se despedir de Jack.

— Vá pegar o anel e a garota. Desejo-lhe boa sorte, mas tenho a sensação de que você não vai precisar dela.

Jack agradeceu Allen mais uma vez, e estava se dirigindo ao elevador quando Howie e Larry saíram de dentro dele.

— Aonde você vai? — Howie perguntou. — O Allen não está esperando por nós no escritório?

— Dá para fazer essa reunião sem mim. Vejo vocês amanhã na sessão final.

Aonde ele esperava chegar como um homem recém-comprometido.

* * *

Mary realmente gostou da mistura de fotos com entrevistas durante o trabalho na campanha de Jack, mas aquela noite estava sendo seu momento predileto até então. A agência de publicidade tinha reservado a ela uma parte da cerimônia de acendimento das luzes na Union Square, e ela deveria distribuir vinte e cinco Agendas Eletrônicas de Bolso como presentes antecipados de Natal para o público.

Mary já havia localizado várias pessoas que iriam se beneficiar com o presente. Uma jovem mãe tentando simultaneamente segurar as mãos de três crianças barulhentas. Um homem de negócios que chegou tenso e nervoso, mas, quando viu os filhos no meio da multidão, imediatamente jogou a pasta no chão para receber seus abraços. Mesmo a adolescente com a mochila pesada que estava claramente sonhando com o término do semestre para poder apreciar as férias de inverno com os amigos.

O ar noturno estava fresco e o céu estava claro com as estrelas brilhando. A única coisa que poderia deixar a noite de Mary melhor seria se Jack estivesse ali com ela.

Pela décima vez naquele dia, ela se esforçou para deixar para lá essa espera impaciente, especialmente quando faltava apenas uma hora para se encontrar com ele em sua casa.

Apesar de a noite estar fresca, lembrar do amor que fizeram na noite anterior fez Mary se sentir toda aquecida. Como Jack tinha sido doce ao sussurrar “Eu te amo” sobre cada centímetro do corpo dela, com beijos aquecidos que roubavam todos os pensamentos racionais de seu cérebro. Eles se amaram repetidas vezes, até finalmente adormecerem um nos braços do outro. Acordaram em lençóis entrelaçados e com uma fome sensual que não estava nem perto da saciedade. Mary nunca conheceu um prazer tão doce, tão aparente, tão impressionante.

Lá no fundo, seu coração ainda parcialmente cauteloso tentava avisá-la para não deixar a felicidade cegá-la diante da possibilidade de dor futura. Mas ela se recusava a ouvir.

Jack era diferente. Sim, eles estavam trabalhando juntos na campanha, mas em todas as etapas ele reafirmava que seus sentimentos por ela não tinham nada a ver com os negócios.

E que ele a amava.

Mesmo assim, nada acalmava seus medos mais do que os braços de Jack. Ela ainda esperava que ele estivesse...

— Anjo.

Mary olhava para o rosto mais bonito que já tinha visto.

— Jack, você está aqui! Achei que estivesse em uma reunião com Allen.

O sorriso dele ao trazê-la para perto de si era ao mesmo tempo quente e cheio de desejo.

— Eu não conseguia ficar mais nem um minuto longe de você.

Foi ele quem pediu um pouco mais de privacidade para eles naquele dia pela manhã, mas, apesar das dezenas de observadores avidamente interessados, como conseguiria ficar sem beijá-la?

Mary ia enlaçar os braços no pescoço dele quando uma menininha apareceu no meio deles.

— Aqui estão as velas para a cerimônia.

Logo Mary lembrou a si mesma quando se separaram para cada um deles pegar uma vela da garota, ela e Jack estariam sozinhos novamente, e então ela poderia beijá-lo para alegrar seu coração, sem interrupções.

Quando suas velas foram acesas, um garoto veio na direção de ambos no palco ao lado da árvore e começou a cuidadosamente recitar um poema de Natal que havia escrito sobre Rodolfo, a rena, e Papai Noel. No escuro, Jack deslizou a mão sobre a de Mary e ela se aproximou de seu calor, amando como ele era sempre forte e firme. Quando o garoto terminou o poema, a árvore de Natal ganhou vida, brilhante e colorida.

— Não é linda? — Mary disse ao apertar a mão de Jack com mais força.

— A mais linda que já vi — ele concordou. Mas não estava pensando na árvore.

Ele só tinha olhos para ela.

Um coral infantil começou a cantar *Ouça! Os anjos mensageiros cantam*, e, quando Jack se juntou a eles, com a voz entoada de forma profunda e verdadeira, o coração de Mary encheu-se de amor.

Dezessete

— Não participo de uma celebração natalina desde que era criança — Mary disse quando terminaram de distribuir as Agendas Eletrônicas de Bolso ao público. Ela explicara como o equipamento funcionava para a mãe, o homem de negócios e a estudante, e então todos ficaram emocionados e foram para casa brincar com seus presentes inesperados.

Pouco tempo antes ela tinha encontrado Jack naquele mesmo lugar na Union Square, e ele a havia convidado para comer torta e tomar sorvete. Agora era ela quem dizia:

— Eu conheço uma ótima lanchonete que fica ali na esquina. Você me acompanha na melhor torta da cidade?

Estranhamente, ele lançou a ela um olhar nervoso que a confundiu. Mary nunca havia visto Jack tão ansioso antes. Será que estava nervoso por causa dos dias muito longos de preparação para o lançamento do Natal? Ou será que havia mais alguma coisa acontecendo?

Antes que ela pudesse perguntar se estava tudo bem, ele finalmente lançou a ela um dos seus mais lindos sorrisos.

— De fato, é uma ótima ideia — Jack acrescentou ao pegar a mão dela para começarem a andar até a lanchonete. — Acho que torta e o sorvete na lanchonete devem sempre fazer parte da nossa tradição pós-acendimento-das-luzes-de Natal.

Tradição.

Mary pensou que tinha deixado a tradição para trás quando saiu da Itália. A ideia de começar uma nova tradição com ele era ao mesmo tempo aterrorizadora e maravilhosa, pois significava que ele realmente tinha a intenção de continuar a amá-la depois desse primeiro Natal, quando tudo entre eles era tão novo e excitante.

Ela se esqueceu da reação estranha dele quando começaram a conversar com facilidade sobre os dias agitados enquanto caminhavam. Não eram apenas amantes, eram amigos também. Melhores amigos que fariam absolutamente tudo para deixar o outro feliz.

Apesar de estar bem vazia, a lanchonete era aconchegante e quente. Dessa vez, os dois sentaram-se do mesmo lado da mesa e dividiram um enorme pedaço de torta. A noite dela não tinha como ficar mais perfeita, sentada ao lado do homem que amava enquanto ele lhe dava cerejas quentes cobertas de sorvete de baunilha que derretia. Eles simplesmente gostavam de estar um ao lado do outro.

Ela sabia que sua vida não era perfeita, e havia coisas que sempre iria desejar ter feito de forma diferente, mas pela primeira vez em muito tempo ela se sentia em paz.

— Mary...

Algo na voz de Jack quando disse o nome dela a trouxe de volta de seu devaneio. Lá estava de novo o tom de ansiedade que ela havia sentido antes na voz dele.

— Jack? O que foi? — Ela já tinha visto o olhar intenso dele antes, mas nunca *daquele jeito.*

— Acho que deveríamos voltar para sua casa agora.

Ele colocou uma nota de vinte dólares na mesa e se levantou, rapidamente entregando-lhe seu casaco e cachecol. Um pouco mais tarde já estavam na calçada, e ele estava praticamente empurrando Mary pelas ruas na direção da casa dela.

O pânico passou a percorrer sua espinha. Logo quando ela finalmente começava a se sentir relaxada, será que tinha algo errado?

— Jack. — Ele era muito maior que ela, mas ela era forte o suficiente para conseguir fazê-lo parar. — Me diga o que está errado. Por favor, me diga.

— Estou fazendo tudo errado — ele xingou em voz baixa enquanto passava a mão pelo cabelo.

Ela balançou a cabeça, confusa.

— O que você está fazendo errado?

Antes que ela se desse conta, ele se ajoelhou na frente dela.

Ela ficou boquiaberta. De fato, abriu uma boca enorme ao olhar chocada para Jack se ajoelhando na frente dela.

— Eu estava planejando surpreendê-la com pétalas de rosa e champanhe e várias outras coisas românticas em que consegui pensar. Mas não consigo esperar nem mais um segundo para pedir a você que seja minha esposa.

A cabeça e o coração de Mary começaram a rodopiar tão rápido que ela precisava ter certeza de ter ouvido a coisa certa.

— Você quer que eu seja sua esposa?

— Não tenho muito para dar a você, e você merece absolutamente tudo. Riquezas. Lindos presentes. Não posso dar nenhuma dessas coisas a você. Pelo menos, não ainda. Tudo o que posso dar é o meu coração. E cada pedaço da minha alma.

Ele levou a mão trêmula ao bolso interno do blazer azul e tirou uma pequena caixa preta embalada em veludo. Quando abriu a tampa, ela ofegou diante do brilho dos diamantes sob a luz do poste acima deles.

— E este anel.

Mary instantaneamente reconheceu um clássico anel de noivado italiano. Simbolizando o amor por toda a eternidade.

— Case-se comigo, anjo, e faça de mim o homem mais feliz do mundo.

— Sim — a palavra voou de sua boca antes que ela pudesse pensar, antes que ela pudesse processar qualquer coisa além de quanto o amava. Ela o levantou para que pudesse abraçá-lo, amassando o anel e a caixa entre eles. — Sim, eu me caso com você.

Suas bocas se encontraram em um beijo tão apaixonado, tão doce, tão cheio de amor que ela mal podia acreditar que era tudo real. Tinha acontecido tão rápido, encontrar Jack e se apaixonar por ele, e lhe entregar seu coração e sua alma.

Quando eles finalmente se separaram, ele pegou a mão esquerda dela e colocou o lindo anel de noivado no quarto dedo. Mary olhou maravilhada para o anel, pensando no quanto a mãe dela teria amado esse momento. Se ao menos ela pudesse ligar para ela e contar a notícia maravilhosa...

Subitamente, pensar na mãe trouxe mais do que uma pontada de saudade da sua família distante. Também fez renascer os medos de Mary.

— Não... — Ela engoliu fundo ao se forçar a encarar Jack. — E se eu não souber ser uma esposa? E se eu não for boa em ser a outra metade de alguém? Eu sempre vivi sozinha, toda a minha vida adulta.

— Eu também — ele disse, com a voz suave —, mas só porque estava esperando pelo beijo da mulher mais bonita do mundo sob o visco. O que quer que tenhamos que aprender, vamos aprender juntos.

Fácil. Ele fazia soar tão fácil. E, porque ela queria tanto acreditar que seria, ecoou as palavras dele:

— E eu estava esperando por você também.

* * *

Mary e Jack paravam para se beijar a cada esquina, então o caminho de volta para a casa dela demorou duas vezes mais do que deveria. Na hora em que chegaram à porta da frente, ela estava mais do que pronta para repetir o ato de amor selvagem da noite em que ele a levou para ver *Cantando na Chuva*.

Mas, em vez de arrancar as roupas dela assim que eles entraram, Jack colocou as mãos em seu rosto e a segurou com delicadeza.

— *Minha.*

Ele disse a palavra suavemente, mas ela ouviu a posse, e a admiração, na simples palavra que saiu de seus lábios.

— *Sua* — a emoção desestabilizou sua voz. — *Sempre.*

Lentamente, respeitosamente, ele passou os dedos pelas sobrancelhas dela, pelas bochechas, pelos lábios e pelas orelhas. Na hora em que chegou ao pescoço dela e à clavícula, ela estava mais do que desesperada por ele.

— *Jack, por favor.*

Ele se aproximou e esfregou a barba no rosto macio dela.

— Sei que não fiz o pedido da maneira certa — ele murmurou em seu ouvido —, mas esta parte eu vou fazer certo. Prometo.

— Tudo o que você faz é exatamente certo — ela insistiu, assim como tinha feito na primeira noite em que ficaram juntos, mesmo que ela soubesse que, quando Jack Sullivan colocava uma coisa na cabeça, especialmente quando tinha a ver com dar prazer, nada poderia detê-lo.

Depois de tirar o cachecol e o casaco dela e o dele, ele deslizou os dedos nos dedos dela e a levou para o quarto. Por tanto tempo sua cama pareceu ser tão grande, mas ela tinha o tamanho perfeito para os dois.

— Tirar a sua roupa é um dos maiores prazeres da vida.

Ele foi para trás dela para levantar seu cabelo sobre o ombro e começou a abaixar o zíper que ia do pescoço ao centro das costas dela. Dava para sentir o calor das pontas dos dedos dele pela camisa de seda que ela estava usando.

Lentamente, tão lentamente que fez o fôlego dela ficar preso nos pulmões, ele deslizou a lã dos ombros dela, de forma que ficou amontoada em sua cintura antes de finalmente puxar de forma impaciente cintura abaixo. Um pouco depois, Mary sentiu a pressão quente dos lábios dele contra seu pescoço, e então ela estava arqueando o corpo diante do seu toque conforme as mãos grandes deslizavam sobre sua cintura até as costelas, chegando aos seios. Ela ofegou quando os polegares dele pousaram sobre os mamilos intumescidos.

Virando a cabeça de forma que a sua boca encontrasse a dele, ela poderia ter ficado beijando-o para sempre se as mãos dele não a deixassem tão sem fôlego. Mary teve de impulsionar o corpo para trás para puxar o ar de que precisava em seus pulmões.

Segurando-a com uma das mãos enormes em sua barriga, ele deslizou a outra entre suas coxas, roçando os dedos pela pele nua no alto das meias. Em seus sonhos de amor de menina, e depois mais tarde, em sua experiência de paixão da vida real, ela nunca esperava sentir tanto assim... ou *querer* tanto assim. Mas, toda vez que Jack a tocava, ela sentia faíscas que se transformavam em chamas e depois se derretiam por ele.

Lentamente, sedutoramente, Jack moveu a mão cada vez mais até alcançar a umidade entre as pernas dela, depois deslizou os dedos para dentro dela ao sussurrar a doce palavra de carinho.

— *Anjo.*

Ela estremeceu, depois se despedaçou quando ele a levou a voar mais alto com um beijo que mexeu totalmente com ela com a mesma profundidade com que o carinho com as mãos havia mexido.

Quando se deu conta, ela estava em suas mãos e ele estava se deitando com ela na cama. Depois de rapidamente abrir o zíper das botas dela, ele desencaixou as ligas para tirar uma das meias. A respiração dela se acelerou quando ele tirou sua outra meia.

Ele ainda estava de calça e casaco, e ela se sentiu deliciosamente travessa somente de sutiã e calcinha ao ajoelhar-se para tirar a jaqueta dele.

— Um dos maiores prazeres da vida — ela concordou ao desabotoar a camisa dele. Até o barulho do cinto sendo aberto a excitava, assim como as carícias das mãos dele sobre a sua pele quando ele tirou os últimos pedaços de renda do corpo dela.

Necessidade alimentou necessidade, desejo saciou desejo, e amor abasteceu amor quando eles caíram na cama nos braços um do outro.

* * *

Um pouco depois, Mary estava aninhada no peito de Jack, esforçando-se para recuperar o fôlego, enquanto ele acariciava o cabelo dela, acalmando-a ao mesmo tempo em que a excitava novamente.

— Eu te amo.

Ela se aninhou ainda mais perto, amando a forma como a voz dele reverberava do peito dele ao dela quando estavam tão próximos assim.

— Também te amo.

O anel brilhava em sua visão periférica, e a felicidade a inundava por dentro. Tudo era tão bom, quase perfeito, contanto que ela não pensasse...

Como se ele pudesse ler a mente dela, Jack disse subitamente:

— Acho que você deveria ligar para sua mãe e seu pai para contar sobre nós. Eles têm que saber como você está feliz.

Mary estava tentada, tão tentada a pegar o telefone e dividir sua alegria com as duas pessoas que haviam sido o centro da sua vida por dezenove anos. O coração dela se acelerou só de pensar nisso.

— Não — ela finalmente disse, balançando a cabeça negativamente contra o peito dele. — Não posso.

— Por que não?

Os pais sempre esperaram que ela fosse a garotinha perfeita que sonhasse apenas os sonhos que eles lhe permitiam. Os clientes e os fotógrafos esperavam que ela fosse impecável e equilibrada.

Somente Jack, Mary acreditava, a amava por quem ela realmente era.

— Porque, se eu ligar e eles não ficarem felizes por mim, isso vai estragar nossa noite perfeita. E não quero que nada nos atinja hoje. — Mary levantou a cabeça e mudou o peso do corpo, ficando em cima dele de forma que suas coxas estivessem nas laterais do corpo de Jack e seus seios pressionados contra os pelos negros do peito dele. Ela abaixou a boca até a altura da dele e sussurrou: — Esta noite é só para nós. Só para o amor. — E então ela deixou a paixão e a alegria de saber que ele era a única pessoa na Terra que a amava por quem ela era dominá-la por inteiro novamente.

Dezoito

Mary sentiu como se estivesse flutuando na manhã seguinte, quando ela e Jack saíram de mãos dadas na frente do estúdio onde iriam fazer a última sessão de fotos para a campanha. Ela pensou que já tivesse se apaixonado antes, mas agora sabia que nunca havia chegado nem perto disso. Só de ficar perto de Jack seu coração se acelerava e cada centímetro do seu corpo se aquecia. E, embora tivesse se passado uma hora desde a última vez que haviam feito amor, quando ele pegou a mão dela e gentilmente roçou o polegar na palma, ela sentiu como se ainda estivesse abraçada a ele de forma quente, forte, segura, com os dois nus e saciados.

E amados.

Mary era conhecida por nunca se atrasar para suas sessões, diferentemente de muitas modelos que entravam ao estúdio quando queriam. Contudo, naquele dia, ela e Jack chegaram uns bons quinze minutos depois de todo mundo, e ela não se importava que estivessem atrasados. Não quando cada momento nos braços de Jack era sempre precioso.

Jack gentilmente tirou o cabelo dela da testa e disse:

— Eu te amo — a voz dele era tão macia, mas ah, tão firme ao levar os lábios perto dos dela. — Não vejo a hora que todo mundo saiba que você concordou em ser minha esposa. Está pronta?

Ela se recusava a tomar conhecimento dos nervos que pulavam dentro dela ao dizer "Sim".

Era tão fácil perder-se nele, ela pensou quando ele a beijou. Mas, antes que pudesse sentir mais um gostinho dele, a porta se abriu e Howie descobriu o enorme segredo antes do grande anúncio.

Mary ficou feliz ao ver mais deleite do que choque no rosto do sócio de Jack quando ele os guiou para dentro do prédio com alegria. O lindo anel de diamante na mão esquerda dela chamava a atenção, e, antes que Mary pudesse perceber, Howie já lhe dava um beijo no rosto para parabenizá-la, batendo nas costas de Jack.

— Pessoal — ele chamou. — Creio que Jack e Mary têm um anúncio muito importante para fazer!

Tudo aconteceu tão rapidamente, um redemoinho desde a torta com sorvete com Jack até jurar que não ia misturar negócios com prazer, e então não conseguir cumprir suas próprias regras ao se apaixonar perdidamente por ele. Mais de uma vez ela se preocupou por estar muito envolvida e com a rapidez com que tudo tinha acontecido, mas a cada vez a constância de Jack a reconfortava. Durante todo o percurso ele foi tão doce, tão paciente com ela, mesmo quando os dois chegaram ao limite da loucura e do desejo.

Como, ela se perguntava, quando estavam prestes a anunciar não apenas seu relacionamento, mas também o noivado, esses medos havia tanto estabelecidos podiam ressurgir novamente?

O amor, em sua experiência, sempre foi condicional. Mas Jack não era assim; ele jamais a trataria dessa forma. Trataria?

— Mary?

Embora todos estivessem esperando pelo grande anúncio, Jack olhava para ela como se os dois fossem as duas únicas pessoas na sala.

Ela se lembrou da forma como havia se sentido na Union Square na primeira vez que o viu em meio à multidão de estranhos. Desde o primeiro momento sentiu como se o conhecesse. E ela soube que ele era especial.

Só porque outras pessoas no passado a tinham desapontado não significava que ele iria fazer isso também. Além disso, Mary o viu com a família dele, viu a forma como ele e os irmãos sempre apoiavam uns aos outros, não importa o que acontecesse.

Dizendo a si mesmo que confiar em Jack não tinha como ser a decisão errada, Mary apertou a mão dele e deixou o calor que emanava da pele de seu amado acalmar seus nervos.

— Vamos contar a eles, Jack.

Em todos os seus sonhos de amor, ela nunca vislumbrou que um homem como ele pudesse existir, um homem que fosse completamente aberto em todos os momentos em relação aos seus sentimentos por ela. Mary nunca foi de demonstrações públicas de afeto. No ramo do entretenimento isso é quase sempre falso, mas agora ela não conseguia resistir à vontade de beijá-lo.

Quando ela se afastou, Jack a trouxe para perto de novo, e então finalmente disse ao grupo:

— Sinto-me muito feliz em dizer a todos vocês que Mary aceitou se casar comigo.

Em seguida, Allen abriu uma garrafa de champanhe e foi servindo todo mundo. Como, ela se perguntou, ele já tinha uma garrafa de champanhe a postos?

Percebendo que era apenas o lado cético dela que não parava de tentar aparecer para arruinar tudo, ela notou que não seria totalmente impossível que Allen tivesse champanhe no gelo para celebrar o fim da campanha bem-sucedida e o lançamento que se aproximava.

— Estou tão feliz por você ter encontrado o amor verdadeiro — Gerry disse ao dar-lhe um abraço bem apertado.

Quando lhe ocorreu que Gerry era o único ali que pareceu ter ficado inteiramente surpreso diante do anúncio de Jack, ela supôs que era porque Gerry era o único que conhecia sua história e sabia o quanto ela havia sido magoada antes.

Quando ele se afastou para terminar de arrumar as câmeras, embora ela só tivesse dado uns golinhos, Mary já sentia o champanhe subir em sua cabeça, então desistiu de continuar bebendo.

Ela estava prestes a entrar no camarim para arrumar o cabelo e a maquiagem para as fotos quando Larry disse:

— Ei, agora que você e Jack estão noivos, por que não tiram umas fotos dos dois juntos com a Agenda Eletrônica de Bolso?

Mary sentiu um aperto no estômago diante da sugestão de usar imagens dos dois como casal para vender a invenção de Jack, mas, ao mesmo tempo em que ela estava tentando se livrar desse mal-estar, Jack já balançava a cabeça negativamente.

— Mary é o rosto do nosso produto. É ela que as pessoas querem ver usando a Agenda Eletrônica de Bolso, não um engenheiro que trabalhou dentro de uma garagem nos últimos dez anos.

— Na verdade — Howie disse, esfregando o queixo —, vocês dois ficam muito bem juntos. Muito bem. Layla até disse isso para mim depois daquela noite no bar. Eu não ficaria nada surpreso se as pessoas reagissem muito bem vendo vocês dois como reagem vendo só a Mary. E talvez a cara feia do Jack possa fazer com que mais mulheres se tornem compradoras.

Mary sentiu-se dividida. Os medos antigos gritavam dentro dela, avisando-a para não ser tão estúpida uma segunda vez ao tirar fotos para uma campanha em que se apaixonar pelo fundador da empresa tivesse qualquer coisa a ver com isso. Mas ela amava Jack e queria o melhor para ele. E sua experiência com publicidade nos últimos treze anos dizia a ela que fotos dos dois juntos cairiam muito bem. Muito bem mesmo.

Ela olhou para Jack e sorriu.

— É uma boa ideia. Vamos fazer isso.

Jack a pegou nos braços, claramente preocupado com a decisão que ela tinha acabado de tomar.

— Vamos ficar com o plano original, Mary. Não quero que você se arrependa de nada. Nem agora nem nunca.

Só para que ele ouvisse, ela disse:

— Seu sonho é tão importante para mim quanto para você. Acho que devemos isso a todos os anos de trabalho na sua garagem para convencer as pessoas a darem uma chance à sua invenção. — Ela levou a mão ao rosto dele e sorriu. — Além disso, como Howie disse, as mulheres vão ficar loucas com você.

Gerry pegou a câmera e se aproximou deles na esperança de capturar o momento pungente.

— Mary? Jack?

Finalmente, Jack fez um tímido aceno de cabeça. Larry deu a eles a Agenda Eletrônica de Bolso, e ela se segurou tanto em Jack quanto em seu sonho quando os flashes da câmera começaram a disparar.

* * *

Várias horas depois, Gerry declarou que eles tinham fotos mais do que suficientes, e foi revelá-las imediatamente na câmara escura para criar o anúncio final a tempo para o lançamento.

Mary percebeu que nunca havia se divertido tanto na frente da câmera antes. Ela sempre conseguiu se apresentar com as pessoas observando-a, mas, quando estava nos braços de Jack, tudo e todos pareciam ter verdadeiramente desaparecido. Foi totalmente diferente da sessão de fotos que fizera com Romain. Foi divertido, nada sério. Improvisado, nada planejado.

Jack era, como ela suspeitava, natural na frente da câmera. Gerry ficou praticamente babando em cada foto que fez de Jack, e ela tinha a impressão de que o fotógrafo não foi o único. Homens maduros e rústicos como Jack eram sempre muito exigidos na indústria publicitária. Era óbvio que, se ele algum dia desistisse da engenharia, podia ter uma lucrativa carreira na frente das câmeras. Claro que ela sabia que ele jamais desistiria de seu trabalho, não quando sua mente brilhante estava sempre correndo em direção à próxima invenção.

Mary foi para o camarim mudar de roupa e estava voltando quando ouviu Larry e Howie conversando excitadamente, suas vozes viajando pelo corredor até ela.

— Dá para acreditar que tudo está indo tão bem? — Larry disse para Howie. — Graças a Deus passamos pela sessão de fotos de Mary naquele dia na Union Square.

Ela sorriu, concordando com eles. Encontrar Jack naquele dia mudou a vida dela, do jeito *mais* maravilhoso.

— E graças a Deus que ela aceitou o pedido de casamento de Jack — Howie acrescentou. — Allen estava completamente certo quando nos disse ontem à tarde que a imprensa ia devorar o assunto do encontro dos dois e o fato de terem se apaixonado durante a campanha. Ele até já fez umas pesquisas e parece que vai haver muito interesse. Deve ser por isso que ele saiu tão rápido da comemoração hoje de manhã, para dar todos esses telefonemas para confirmar a notícia agora que ela está usando o anel.

Allen sabia sobre ela e Jack ontem à tarde? Ele falou com Howie e Larry sobre isso e agora a imprensa ia amar ver o anel de Jack no dedo dela?

Mas ele só pediu Mary em casamento à noite. Além disso, eles concordaram em manter o relacionamento apenas entre eles. Na verdade, Jack foi o único que disse que queria manter as coisas em sigilo um pouco mais assim que declararam o amor que sentiam um pelo outro.

Então, como eles já sabiam de tudo?

— O plano foi perfeito desde o começo — Larry concordou com alegria.

Plano. Mary sentiu como se seu coração estivesse sendo rasgado ao meio ali mesmo. *Tinha sido o plano perfeito*.

Ela se segurou na parede e se forçou a respirar fundo. Agora que ela sabia como havia sido tola, seria mais fácil correr, partir, entrar em um avião para algum lugar, qualquer lugar, e nunca mais ver Jack.

Entretanto, maior que a vergonha de ter sido facilmente enganada era a sua raiva. E, naquele momento, a fúria era tudo o que havia entre ela e a dor amarga de um coração partido.

Ela caminhou rapidamente pelo corredor, onde Jack estava com vários membros da diretoria das Indústrias Walter, e disse:

— Precisamos conversar.

Ela não conseguiu esperar pela resposta dele ao voltar para o camarim. Quando ouviu a porta se fechar atrás dela, rodopiou.

— Quando foi que você contou a todo mundo que estávamos juntos? Você ficou se gabando da primeira vez que nos beijamos? Você deu a eles todos os detalhes sobre a primeira vez que transamos? Vocês todos brindaram por terem conseguido me convencer a ser o rosto tanto do produto quanto do seu joguinho? Dois pelo preço de um?

— Mary? — Ele começou a estender as mãos para ela, mas ela recusou e ele as abaixou. — O que está havendo? O que aconteceu?

— Como você ousa agir como se não soubesse o que está acontecendo? — As palavras dela mais pareceram um rosnado. — Pensei que você fosse um cavalheiro, que fosse um dos raros homens que realmente se importavam com o que eu queria. Com o que eu precisava. Pensei que eu fosse mais do que um rosto bonito, mais do que alguns dígitos para acrescentar aos seus resultados finais. — O peito dela estava tão apertado que mal podia respirar. Mary deu vários passos para longe dele, como se isso fosse ajudá-la a encontrar oxigênio. — Quando você iria pedir o anel de volta? Você ia esperar até que as vendas se firmassem o bastante até não ser mais importante para ninguém o fato de não estarmos juntos?

— Droga, Mary, do que você está falando? — Um músculo saltava no maxilar dele. — Por que eu iria querer o anel de volta?

Ele começou a caminhar na direção dela novamente, mas Mary sabia que, assim que ele pusesse os braços nela, iria se esquecer de se proteger, cederia ao coração tolo e continuaria amando Jack mesmo assim.

Entrando em pânico, sentindo o temperamento italiano se elevar e encobrir o bom senso, Mary tirou o anel de noivado e o jogou nele.

Dezenove

Que diabos havia acontecido ali?

Jack estava no meio do camarim de Mary, surpreso com os gritos dela, que diziam que ela o havia usado, atingindo-o na cabeça com o anel de noivado que ele tinha dado a ela.

Ele nunca foi um homem nervoso, nunca brigara na escola nem erguera os punhos por nada além do treinamento de boxe na academia. A maioria das desavenças, ele pensava, podia ser resolvida com uma ou duas conversas racionais. Mas Mary nem tentou conversar com ele, e era isso que o incomodava. Ela surtou completamente.

Embora ele sempre visse e sentisse as chamas do fogo entre eles quando faziam amor, nunca a tinha visto daquela forma. Tão furiosa e tão magoada, e parecia ter se fechado completamente para ele.

A sobrancelha dele pulsava no local onde o anel havia sido atirado, mas não era nada comparado ao nó no estômago só de pensar que ela poderia deixá-lo.

A mão dela já estava na maçaneta quando ele a pegou. O medo de perdê-la dificultava o pensamento, por isso não conseguiu fazer nada além de puxá-la pela cintura e trazê-la para perto dele abruptamente.

A respiração dela acelerou de surpresa diante da forte pressão dos braços dele nela.

— Diga-me o que aconteceu que a deixou tão chateada. — A fúria dela misturava-se à dele, mas ele se esforçou para manter a voz tranquila. Ela tentou se soltar dos braços dele, mas ele não deixou. — Me diga o que houve de errado.

— Você me *usou.*

A frase dela terminou em um soluço, e, embora ele soubesse que ela estava furiosa, teve de lhe dar um beijo na cabeça. Quando ela sofria, tudo o que ele queria era ajudá-la. Amenizar a dor dela. Mesmo sendo ele a última pessoa na Terra que ela quisesse que fizesse isso.

— Passo tanto tempo olhando para placas de circuito e telas de computadores que sei que sempre deixo de notar o que está acontecendo na vida real. — Gentilmente, ele a virou em seus braços para olhar nos olhos dela. Jack pôs a mão em seu queixo e levantou o rosto dela para que ela olhasse para ele. — Se eu cometi um erro com você, quero mais do que qualquer coisa corrigi-lo. Por favor, me diga o que eu fiz para que eu possa consertar.

Mas, quando ela olhou para ele, seus olhos se arregalaram.

— Você está sangrando. — Ela cobriu a boca com a mão trêmula, e seus olhos se encheram de lágrimas.

Houve uma batida na porta, e ela se abriu antes que Jack pudesse avisar quem quer que estivesse lá fora para ficar lá.

— Aí estão vocês. — Larry estava muito excitado com o sucesso para perceber qualquer coisa errada. — Um jornalista e um fotógrafo do *San Francisco Chronicle* tinham esperança de tirar umas fotos e entrevistar vocês dois. Imaginei que os pombinhos estivessem passando um tempo a sós.

Jack não tirou os olhos de Mary ao responder:

— Vamos sair em alguns minutos.

— Ah. — Larry olhou para os dois e franziu a testa subitamente. Parecendo extremamente desconfortável, ele recuou. — Claro. Tudo bem. Ótimo. — Ele fechou a porta atrás dele.

A boca de Mary tremia ao olhar para o corte na sobrancelha de Jack.

— Meu Deus, sinto muito. Não queria machucar você.

— Estou machucado — ele disse ao pegar as duas mãos dela —, mas não porque você jogou o anel em mim. O que me magoa mais que tudo foi você ter duvidado até mesmo por um segundo de que o amor que sinto por você seja real.

Ela suspirou fundo.

— Preciso saber por que você não esperou até o produto ser lançado para me pedir em casamento.

— Tive que pedir porque eu não conseguia esperar nem mais um segundo para saber que você seria minha. Para sempre. Sei que o momento foi péssimo, que já há tanta coisa acontecendo...

— Espere aí — ela disse, interrompendo-o —, você não achava que o momento era perfeito? — Ela gesticulou em direção à porta. — Assim poderíamos fazer essa sessão de fotos e as entrevistas hoje para vender sua invenção como um casal.

De repente, ele sentiu ter tomado uma martelada na cabeça e tudo ficou claro. Embora Jack a amasse mais do que jamais amou ou amaria ninguém, ele queria sacudi-la.

— Você acha que eu estou usando você como Romain a usou.

Os olhos dela piscaram com um turbilhão de emoções. Medo. Esperança. E algo meio parecido com vergonha.

— Todo mundo parecia tão feliz por nós hoje, e isso foi adorável, mas então comecei a juntar as peças. Allen já tinha o champanhe. Você aceitou posar com a maior facilidade. E depois ouvi Howie e Larry falando que o momento foi perfeito, e que a notícia do noivado de conto de fadas entre a modelo e o engenheiro faria ainda mais pressão e venderia mais unidades do que eu teria vendido ao representar a invenção sozinha. Que mais eu podia pensar?

— Que eu te amo. E que jamais magoaria você como um sacana imoral fez.

Mary ganhou a vida com seu belo rosto expressivo por mais de uma década. Ela sabia mudar o olhar de feliz para triste e para pensativa entre uma foto e outra. Mas ela nunca escondeu as emoções de Jack, e era por isso que ele conseguia facilmente ler a esperança no rosto dela junto com o medo contínuo.

— Mas, na primeira vez em que você me viu, na primeira vez em que você falou comigo, você me queria para o seu negócio.

— Naquele dia em que a vi na Union Square, senti como se um raio tivesse me atingido. Eu sabia que você seria perfeita para a Agenda Eletrônica de Bolso, mas, mais importante, eu sabia que você seria perfeita para mim. — Ele segurou o olhar, forçando-a a reconhecer a verdade com isso. — Eu sei que me precipitei na lanchonete e fiz tudo errado, mas os negócios nunca vieram em primeiro lugar. *Nunca.* E eu *sempre* quis você por você.

— Mas você nem me conhecia naquele primeiro dia.

— Sim, eu conhecia. Sempre conheci você, Mary.

— Como? — ela perguntou em um sussurro, como se ainda não fosse possível acreditar que ele a amava.

Ontem à noite, depois que ele fez o pedido e ela aceitou, ela disse: "Não acredito que você me ama. Não acredito que isso seja real".

Preso aos beijos dela, ao calor entre eles, ele não quis prestar muita atenção, não quis admitir que havia alguma coisa errada.

Mas agora ele sabia. Ela ainda duvidava do amor dele.

— Eu conheço você, anjo, pois toda vez que você sorri eu vejo um calor honesto em seus olhos. E naquele primeiro dia na Union Square, quando você pegou a garotinha que correu pelo set e riu com ela, eu vi que sua beleza era muito mais profunda que a superfície. Todo momento que passei com você desde então fez com que eu te amasse mais.

— Mas eu acabei de acusá-lo de me magoar e joguei o anel em você e magoei você. — Ela olhou para o corte na sobrancelha dele com arrependimento profundo. — Como você pode me perdoar?

— Porque eu te amo.

— Pensei que minha mãe me amasse também, mas ela nunca me perdoou pela forma como eu me comportei. Pelas coisas que eu disse.

Tudo ficou claro em um instante. Disseram a Mary que a amavam e ela retribuiu esse amor com o coração aberto e honesto, primeiro com a mãe, depois com Romain, somente para que seu amor fosse jogado fora como se fosse inútil.

— Não me importo com seus gritos — ele disse. — Não me importo com as coisas que você jogar em mim. Não vou a lugar algum, Mary. Nem agora nem nunca. Amei você desde o primeiro momento e vou amá-la até o último.

Ela segurou o rosto dele com as mãos.

— Foi por isso que doeu tanto pensar que o que você sentia por mim não era real, pois eu sabia que isso nunca mudaria o que estava no meu coração. Porque eu sabia que iria continuar amando você. E ao mesmo tempo que não posso prometer que não vou gritar às vezes, nem estourar, nem fazer suposições totalmente erradas por estar com medo, posso prometer que jamais vou tirar esse anel novamente.

Por favor — ela disse delicadamente —, você o colocaria de novo no meu dedo?

Sem quererem se soltar um do outro, eles se moveram juntos para que ele ainda pudesse segurar a mão dela enquanto pegava o anel no chão.

Ele olhou fundo nos olhos dela e colocou o anel no lugar.

— *Para sempre.*

Ela ecoou as palavras nos lábios dele. Teria sido mais fácil continuar beijando Mary, perder-se em seu calor, em sua maciez, e deixar todo o resto para depois. Mas ele sempre foi honesto com ela, e sempre seria.

— Você precisa saber por que Allen sabia que eu ia pedir você em casamento. — Jack nunca se preocupou com o orgulho, mas pela segunda vez em vinte e quatro horas se viu engolindo fundo. — No momento em que vi este anel, sabia que tinha que ser seu, e queria que você o usasse como um símbolo do amor que sentíamos um pelo outro.

Ele balançou a cabeça negativamente, odiando ter de admitir que não tinha dinheiro suficiente para o anel. Dinheiro nunca pareceu tão importante antes, não quando tudo o que ele tinha era suficiente para manter um teto sobre sua cabeça e comprar os equipamentos de que precisava para sua pesquisa e desenvolvimento.

— Fui até o Allen pedir um empréstimo, que esperava ser um adiantamento dos lucros. Quando ele me perguntou por que eu precisava do dinheiro, contei a ele que estava apaixonado por você e queria pedi-la em casamento.

— Ah, Jack, eu amei o anel, mas você poderia ter comprado um anel de uma loja de brinquedos que eu teria amado do mesmo jeito.

— Sei que você não precisa de joias elegantes, que você deve ter centenas, mas não foi por isso que eu quis dá-lo a você. Um diamante

— ele disse suavemente enquanto ela acariciava seu peito bem próximo ao coração, que sempre bateria mais forte quando ela estivesse por perto — é quase impossível de ser quebrado, não importa o quanto você tente.

Ela ergueu o olhar para ele e completou:

— Assim como nós.

Vinte

Nas horas que seguiram, Mary e Jack foram de uma entrevista a outra, respondendo perguntas não apenas sobre por que a Agenda Eletrônica de Bolso era um item necessário entre os presentes de Natal daquele ano, mas também sobre seu romance explosivo. Allen estava certo sobre a imprensa não se satisfazer com sua história de interesse humano.

Não importa o quanto as pessoas sejam diferentes, todas elas têm uma coisa em comum: o sonho de encontrar *a cara-metade.*

Mary contou aos jornalistas que havia olhado para Jack na Union Square naquela que supostamente seria sua última sessão de fotos, e que soube instantaneamente que tinha se apaixonado por ele. Mas o que ela não disse a ninguém era que tinha se tornado convicta no decorrer dos anos de que jamais encontraria alguém como Jack.

No tempo todo em que estiveram ali, Jack não soltou a mão dela. Ela se perguntou se ele havia notado o quanto a havia tocado enquanto falava. Seu rosto, seu cabelo, sua testa contra a dele quando riram juntos. Ele era tão livre com sua afetividade, tão destemido em doar-se tanto.

Ela já havia aprendido muito com ele, não apenas a amar, mas também a perdoar.

Um pontada familiar ressoou em seu peito ao pensar na mãe e em como ela ficaria feliz por ver um anel de noivado no dedo da filha, finalmente. Claro que Mary sabia que a mãe ficaria até mais feliz em relação ao homem com quem sua filha iria se casar. Jack era um homem tão bom. Um homem tão sólido.

Um homem tão bonito, por dentro e por fora.

Hoje. Ela iria ligar hoje para casa para dar a boa notícia. E, mesmo que a mãe ainda não estivesse pronta para perdoá-la, Mary disse a si mesma que seria suficiente apenas saber que o noivado dela era a notícia que a mãe tanto esperava.

Quando o último jornalista deixou o recinto, os olhos de Jack estavam quentes ao sorrir para ela.

— É melhor a gente sair correndo antes que Allen traga mais uns vinte jornalistas.

Eles pegaram os casacos e ela se sentiu como uma garotinha novamente, tentando sair de fininho do quarto para brincar quando deveria estar tirando uma soneca.

Mary estava acostumada a esse tipo de agenda intensa de fotos e entrevistas, mas, considerando que tudo era novo para Jack, ela achou que ele havia se segurado extremamente bem. Principalmente considerando que o grande lançamento seria no dia seguinte, e Mary sabia que seria até mais agitado. Mas ela não tinha problema algum em trabalhar duro, especialmente quando o homem que amava iria colher os méritos.

Allen pegou o casal antes que eles pudessem escapar pela porta lateral.

— Vocês dois foram maravilhosos hoje. Estou muito feliz por vocês. E admito que bem satisfeito pelo fato de seu noivado ser um sonho realizado para as relações públicas — ele acrescentou com um sorriso.

Mais cedo naquele dia, as palavras de Allen teriam espalhado medo por todo o interior de Mary. Mas não mais. Não agora, quando finalmente acreditava que o amor que ela e Jack compartilhavam era verdadeiro.

— Adoraria levar os dois para jantar, se não estiverem muito cansados por causa das entrevistas.

Mary agradeceu a oferta, mas, depois de um longo dia de campanha, o que ela queria era ficar sozinha com Jack antes de começarem tudo de novo no dia seguinte com as festividades do lançamento. Como haviam feito as pazes depois de ela ter jogado o anel nele, Mary queria mostrar com mais do que palavras que ela sentia muito por ter duvidado do amor dele e que nunca mais agiria daquela forma novamente.

— Obrigado pelo convite, Allen — Jack disse. — Mas vou levar a Mary para casa para ela descansar um pouco até amanhã. E obrigado novamente por ter dado enorme apoio à Agenda Eletrônica de Bolso. Nós nos veremos amanhã bem cedo no lançamento.

Embora Mary fosse forte o suficiente para não precisar da ajuda de homens poderosos, ela ficou emocionada em deixar Jack guiá-la para fora do edifício, a mão grande em suas costas pequenas.

Ele chamou um táxi e, quando se sentou ao lado dela, ela não podia esperar mais nenhum segundo para fazer o que desejava desde o momento em que ele havia colocado o anel mais uma vez em seu dedo. Segurando sua barba por fazer com as duas mãos, ela trouxe o rosto dele para perto do seu e o beijou. Apesar do frio, os lábios dele estavam quentes e mais deliciosos cada vez que os experimentava.

— Eu te amo — ela sussurrou nos lábios dele entre os beijos, e ele sussurrou as mesmas palavras de volta para ela.

Parecia que nunca chegariam à casa dela. Ela queria estar tão próxima dele quanto pudesse. Queria arrancar as roupas dele, depois as próprias roupas, e enlaçá-lo em seus braços... e nunca mais soltar.

Eles pagaram o táxi e foram se beijando em cada um dos degraus, movimentando-se apenas por intuição. De alguma forma, ela conseguiu encontrar a chave na bolsa, sem se separar dele, e abrir a porta.

No segundo em que entraram e se viram sozinhos, Jack a pressionou contra a porta e levou ambas as mãos ao cabelo dela. Os beijos de antes deixaram o coração dela acelerado e o sangue bombeando no táxi, na calçada e nos degraus.

Mas aquele beijo acendeu um fusível em sua alma.

Durante cada foto que tiraram e cada entrevista dada naquele dia, ela sonhou em cair na cama com Jack. Mas não tinha como conseguirem chegar tão longe.

Mary apoiou as mãos no peito largo de Jack para desabotoar a camisa, e uma das mãos dele deslizou até a coxa dela para abrir o fecho da liga. Cada toque, cada suspiro de prazer na pele nua que encontrava pele nua era absolutamente perfeito. Principalmente quando Jack começou a beijar todo o seu corpo, da boca ao maxilar e do pescoço e à clavícula, indo para a nuca. Ela estava inclinando a cabeça para dar melhor acesso a ele quando o telefone tocou.

— Droga — ele resmungou em sua pele, soltando-a para atender ele mesmo o telefone. — Já falei, Mary não vai mais trabalhar hoje. — Mas ao ouvir a pessoa do outro lado da linha sua expressão mudou em um instante. — Espere um pouco. — Ele cobriu o bocal e estendeu a mão livre para ela. — Acho que é seu pai. — A preocupação o fez franzir a testa. — Ele parece chateado.

O coração de Mary se apertou e a pele, que estava tão quente segundos antes, ficou subitamente gelada.

— *Papa*?

As palavras do pai saíram de forma angustiada. Ela se esforçou para se manter calma para ouvir os detalhes, então disse ao pai em italiano:

— Vou pegar agora mesmo o voo noturno. Estarei em casa amanhã.

O telefone teria caído da mão dormente dela se Jack não o tivesse pegado.

— Minha mãe está doente. *Papa* ligou do hospital. — Mary levou as mãos ao estômago, que se apertava. — Ela nunca fica doente. Nunca. — O pai não ficou ao telefone tempo suficiente para dizer muito mais, apenas que a mãe de Mary estava tossindo tanto que ele decidira levá-la para o hospital. — Preciso voltar para ela. Para eles. Hoje.

Ela começou a se mover na direção do quarto para arrumar as malas, mas suas pernas tremiam tanto que Jack a levou para o sofá e a fez se sentar. Ela não tentou lutar contra.

Ele se ajoelhou na frente dela.

— Primeiro, vou pegar uma bebida para acalmar seus nervos, e então vou reservar nosso voo e fazer sua mala.

Mais uma vez, ela estava chocada demais para discutir, para fazer qualquer coisa além de aceitar o copo de uísque que ele entregou a ela segundos mais tarde. Mas, assim que começou a erguer o copo para levá-lo à boca, ela percebeu o que ele havia dito: *nosso voo*.

Jack já havia pegado o telefone e estava discando para a companhia aérea quando ela parou de beber e foi até ele.

— Jack, você está planejando ir comigo?

— Claro que sim!

Ele disse como se nunca duvidasse que iria, mas ela ficou sozinha por tanto tempo que imediatamente supôs que faria isso sozinha também.

Só que ela não estava mais sozinha, estava? Não agora que Jack a amava.

Mas, embora a viagem de volta ao lar da infância pudesse ser mil vezes mais difícil sem Jack ao seu lado, foi o seu amor por ele que a fez tentar tirar o telefone da mão dele.

— Seu lançamento é amanhã. Sinto muito por não poder estar aqui, por não estar lá para celebrar a realização do seu sonho, mas não posso deixar você *perder* isso. Não quando você trabalhou tanto e tão duro por esse dia.

— Meu sonho se realizou no dia em que encontrei você, Mary. E nós dois sabemos que a família é o que importa. Nós vamos juntos ver seus pais.

Ele a beijou em seguida, uma leve pressão em seus lábios, ao mesmo tempo compassiva e apaixonada. Depois ele colocou o telefone de volta no ouvido e reservou duas passagens para Roma.

* * *

Mary achou que não fosse conseguir dormir nada no avião, mas, com Jack sentado ao seu lado, quente e firme, com os braços dele segurando-a, ela dormiu quase assim que fechou os olhos. Na hora em que acordou, eles já sobrevoavam Roma. De mãos dadas, Mary e Jack saíram do avião com sua bagagem de mão.

O medo de que fosse tarde demais a levou ao primeiro telefone público que encontrou no aeroporto. Mas, quando Mary ligou para o hospital, uma velha amiga de infância que agora era enfermeira lhe deu uma notícia muito acolhedora. A mãe havia sido diagnosticada com pneumonia e tinha passado a noite no hospital, mas havia recebido alta pela manhã.

Mary disse a Jack:

— Meus pais deixaram o hospital faz uma hora.

Jack deu-lhe um beijo na boca.

— O que quer que você tenha dito, estou feliz por ser uma boa notícia.

Ela ficou tão feliz com a notícia que se esqueceu de voltar para o inglês após desligar o telefone.

Mary repetiu o que tinha acabado de dizer em inglês.

— Eles diagnosticaram uma pneumonia, e sei que ainda é perigoso, mas não a mandariam para casa se ela não estivesse bem o suficiente para se recuperar sozinha, não é?

— Por tudo o que você me contou, sua mãe me parece uma mulher forte.

Ele tinha razão. Lucia Ferrer era muito forte para deixar uma doença abatê-la. Por outro lado, Mary pensou, sentindo o pânico se instaurar novamente, ela era tão teimosa que poderia muito bem ter deixado a infecção durar tempo demais.

Jack a trouxe para perto e deu um beijo na sua cabeça. Ele não disse um monte de palavras vazias às quais ela não prestaria atenção mesmo por estar muito nervosa. Simplesmente lhe disse com o calor do seu corpo, assim como tinha feito uma centena de vezes desde que se conheceram, que ele estava ali por ela.

Agora e sempre.

Quando ela se sentiu mais forte e mais calma, eles encontraram um táxi para levá-los até sua cidade. Mary esteve na Itália muitas vezes nos últimos treze anos, mas nunca teve coragem suficiente para ir até Rosciano. Uma vez, duas vezes, ela chegou perto. Mas toda vez o medo e o orgulho a fizeram retornar.

Dessa vez ela não ia voltar.

Mary segurava tão forte a mão de Jack no banco de trás do táxi que ele deveria se queixar, ou pelo menos tentar se soltar. Ele não fez nada disso, simplesmente a manteve ali, fazendo com que ela soubesse que ele estaria verdadeiramente lá quando ela mais precisasse dele.

Tentando não entrar em pânico, ela olhou para o relógio e calculou a diferença de fuso horário.

— O lançamento acabou de começar em São Francisco. Talvez devêssemos parar em outro telefone para ligar para os escritórios de Allen e ver como estão as coisas.

Pelo olhar de Jack, ela via que ele sabia exatamente o que ela estava fazendo.

— Não precisamos parar. Não precisamos telefonar. Tenho certeza de que tudo em São Francisco está indo muito bem sem nós. — Ele apertou a mão dela delicadamente. — Sua cidade natal é linda, exatamente como você descreveu. Um dia, em breve, gostaria que minha mãe visse esse inverno no país das maravilhas.

Mary forçou a si mesma a olhar para fora do táxi, a parar e ver de fato a cidade de onde ela vinha.

O Natal em Rosciano sempre foi o evento do ano. Desde as luzes que cobriam a cidade até a linda cena do presépio montada no centro, cada centímetro se transformava em luz e cor. Quando criança, ela passava onze meses do ano esperando ansiosamente pelo décimo segundo, e, embora não fosse mais criança, não estava imune a toda essa maravilha das festividades.

Tudo parecia exatamente como sempre foi. Os meninos e as meninas pegando bandejas de doces folhados na *pasticceria* para os almoços da família, que se prolongavam por horas. As jovens, algumas saindo da adolescência, ninando bebês nos braços ao se encontrar com amigos na fonte por alguns preciosos momentos antes de terminar de fazer as compras e voltar para casa para as tarefas familiares na casa da sogra. Os homens se encontrando no bar, primeiro para um expresso e depois para um copo de vinho, para falar de antigos sonhos enquanto apostavam em times que traziam seus novos sonhos de glória. Os edifícios de pedra estavam no mesmo lugar de centenas de anos. Os vinhedos logo depois dos edifícios eram preparados para o inverno, e o céu era de um azul-claro e ondulado.

Mary sentia ter piscado os olhos aos dezenove anos e acordado treze anos mais tarde no mesmo lugar. Como, ela se perguntava, podia sentir como se nada tivesse mudado quando ela mudou tanto e de tantas formas?

Ela deixou a Itália como uma menina ingênua em busca de experiência de vida. A beleza que viu e as emoções que viveu ao ir de um lugar do mundo a outro de longe extrapolavam seus sonhos. Mesmo assim, o tempo todo ela ainda estava procurando, desejando, algo que nunca tinha sido capaz de encontrar ao pegar outro avião ou ver outro local espetacular.

Como se pudesse ler sua mente, Jack acariciou o cabelo e os ombros dela.

Amor.

Era tudo o que ela sempre quis verdadeiramente, a *única coisa que poderia fazer com que ela se sentisse inteira novamente quando estava quebrada* fazia tanto tempo.

O amor de Jack preencheu tantos lugares vazios dentro dela. Mas aquele vazio bem no centro que havia começado a habitar sua alma quando ela percebeu que jamais seria o que sua mãe queria que fosse ainda estava lá.

Finalmente, o táxi parou na frente da sua casa de infância. E, quando Jack a ajudou a sair do banco de trás e pegou as malas, tudo o que ela conseguia pensar era *"Ai, meu Deus, essa é uma péssima ideia. Por que eu voltei? Por que eu não aprendo?"*.

Mary queria mergulhar no táxi para que ele a levasse embora pela rua de paralelepípedos, para longe de tudo o que ela tinha medo de encarar.

— Estou com medo. — Ela pegou nas mãos de Jack e as levou ao peito, como se de alguma forma ele pudesse fazer seu coração parar de bater tão rápido. — E se a minha mãe me vir e me mandar embora de novo? E se a minha volta, a volta a esta casa, tornar as coisas piores em vez de melhorá-las? — Mal fazia uma hora que eles estavam no País e o sotaque italiano dela ficava cada vez mais forte. — E se... — Os medos se empilhavam em sua mente um sobre o outro, de forma tão rápida que ela nem mais conseguia dar voz a eles. — Cometi tantos erros, Jack. Agora eu percebo isso. E se for tarde demais para consertá-los?

— Todo mundo comete erros. Mas essa é a magia da família, saber que, por debaixo de qualquer coisa que você disser ou fizer, você ainda é amada. E que você sempre será, não importa o que aconteça.

Jack esteve certo sobre tudo até agora. Ela queria desesperadamente acreditar que ele estava certo sobre isso também.

Sabendo que precisava ser corajosa para descobrir, ela levantou a mão, que não conseguia fazer parar de tremer, para bater na porta. Antes que pudesse fazer contato com a velha porta de madeira, um homem grisalho a abriu.

O rosto do pai era exatamente como ela se lembrava, com talvez algumas rugas a mais, mas sua expressão era a de um homem que havia acabado de testemunhar um milagre.

Ah, como ela tinha sentido a falta dele todo santo dia desde que havia partido.

— *Carissima,* finalmente você está em casa!

Com um soluço de alegria, Mary jogou-se nos braços abertos do pai, ainda, e sempre, como se fosse sua garotinha.

Vinte e um

— *Papa*, este é o Jack. Jack Sullivan. Ele é o homem que eu amo. Vamos nos casar.

Apesar de ela ter falado em italiano, Jack não pareceu surpreso quando o pai o agarrou pelos ombros e o beijou nas duas bochechas.

— Sua mãe vai ficar muito feliz. — Ele colocou as duas mãos nela e disse: — Venha vê-la.

Os pés de Mary pareciam estar carregando chumbo.

— *Papa?* Quando você pediu que eu viesse vê-la, ela... — Mary parou de falar quando viu o olhar de culpa no rosto do pai. — Ela não sabe que você me ligou, sabe?

— Sua mãe é muito orgulhosa. Assim como você. Seu silêncio já durou tempo demais. Venha, está na hora de vocês se falarem de novo.

Talvez o pai tenha errado em não contar nem para Mary nem para a mãe o que tinha feito, mas ele havia ficado no meio das duas por muitos anos. Então, quando levou Mary pela sala e pelo corredor que dava para o quarto que dividia com a mãe, ela deixou que o fizesse. Mas, como ela sabia que não conseguiria fazer isso sem Jack, ele estendeu a mão que estava livre para que os três fossem juntos, como elos de uma corrente.

O pai bateu suavemente na porta antes de olhar dentro do quarto.

— *Tesoro*, tem alguém aqui que quer vê-la.

Meia dúzia de perguntas passou pela cabeça de Mary quando o pai lentamente abriu a porta. De que forma será que os anos e a doença haviam mudado a mãe? Será que a mãe veria a filha como mulher e não mais como menina? Será que ela veria meiguice nos olhos da mãe? Ou será que o olhar dela seria tão frio quanto o daquele dia horrível tantos anos atrás?

Quando Jack apertou a mão gelada de Mary com sua mão quente para mostrar apoio, ela sabia que só havia uma forma de descobrir. Respirou fundo e jogou os ombros para trás, recorrendo aos anos de poses em frente à câmera para passar pelo momento mais difícil de sua vida.

Lucia Ferrer sempre foi uma mulher bonita. Treze anos haviam transformado os cabelos negros em grisalhos, mas a pele ainda estava relativamente sem marcas de expressão, a boca era carnuda, os membros, longos e firmes. Mary era uma menina quando partiu, mas, agora que era adulta, ela viu na mãe os mesmos olhos, nariz e queixo que via em si toda vez que se olhava no espelho. Como ela poderia ter se esquecido de como eram parecidas, não somente em temperamento, mas na aparência também?

Mary não conseguia se lembrar de alguma vez ter visto a mãe doente quando era criança. Ela havia herdado isso dela também, genes bons e saudáveis, o que significava nunca faltar ao trabalho por motivo de doença. Para Lucia passar qualquer parte do dia na cama, era porque realmente não estava bem.

— *Mama*.

A palavra curta e simples soou estranha e incerta pela falta de uso. A mãe pareceu chocada, tão surpresa pelo retorno súbito da filha a sua vida que mal conseguia falar.

Como Mary desejou sair correndo pelo quarto para abraçá-la. Mas Lucia ainda precisava dar algum sinal de estar feliz por ver a filha, e o seu temperamento começava a vir à tona dentro de Mary, como havia acontecido tantos anos antes.

Só que ela não era mais a garota tola e cabeça-dura com somente sonhos e aventuras à sua frente. Dessa vez, Mary era uma mulher que tinha transformado alguns sonhos em realidade e visto outros desmoronar. Ela conhecera a terrível decepção amorosa e tivera sorte suficiente de ter encontrado o amor verdadeiro que duraria para sempre.

E, mais importante de tudo, por treze anos ela sentiu a falta da família que deixou para trás.

O pai tinha razão. O orgulho a manteve longe por tempo demais. Se a mãe não estivesse pronta para vê-la novamente, bem, que pena. Já tinha passado da hora de essa bobagem acabar.

Tomada a decisão, Mary rapidamente andou pelo quarto, olhando nos olhos da mãe o tempo todo. Mas, antes que ela pudesse dar mais alguns passos, a alegria pura tomou conta do rosto da mãe, e seus braços se ergueram das cobertas, bem abertos para a filha.

As emoções dela vieram à tona, e Mary sentiu um alívio incrível ao correr pelo quarto para abraçá-la. Sentadas na cama, Mary sentiu o aroma familiar do perfume da mãe e que seus braços ainda eram fortes e quentes.

As lágrimas então caíram, não apenas por todos os anos perdidos, mas porque, entre ela e a mãe, Jack e o pai, o pequeno quarto transbordava de amor.

Mary e a mãe se abraçaram por um bom tempo, e, quando finalmente se soltaram, Lucia segurou o rosto da filha com as mãos e disse:

— Deixe-me olhar para você, minha linda menina.

Havia tanto que Mary queria dizer à mãe, e ela tinha certeza de que pelo menos havia o mesmo tanto que a mãe queria dizer a ela, mas, por enquanto, só estar perto dela novamente era suficiente.

— Você não é mais uma menina. — Mary conseguia ver o arrependimento da mãe por ter perdido todos aqueles anos com a mesma clareza com que via como ela estava orgulhosa de ver a mulher que ela havia se tornado. — Você é uma mulher agora.

Mais uma lágrima rolou pela face de Mary. De todas as coisas que ela precisava dizer, duas estavam acima de quaisquer outras:

— Eu te amo.

— Também te amo. Mais do que você jamais imaginou.

O coração da filha estava tão cheio que ela achava que ia explodir. Mary disse:

— Jack veio comigo para casa, para conhecer você e o *papa*. Eu o amo.

Ao ouvir seu nome, Jack se aproximou. Mary pegou a mão esquerda dele ao mesmo tempo em que ele estendia a direita para cumprimentar a mãe dela.

— Muito prazer em conhecê-la, *Signora* Ferrer.

Mary ficou surpresa ao ouvi-lo falar italiano, por mais inseguro que tivesse soado. Será que havia alguma coisa que ele não faria por ela?

Enquanto a mãe analisava Jack cuidadosamente, Mary quase conseguia ler a mente dela. Ele não era italiano, nem um dos homens do vilarejo, mas era claramente sólido e bonito o suficiente para fazer até mesmo o coração de uma mulher casada bater mais rápido.

Mas, em vez de pegar a mão de Jack, Lucia falou:

— Preciso que você me prometa que sempre será um bom marido para minha pequena. Que jamais irá magoá-la. E que vai amá-la mesmo quando ela cometer erros.

Mary enrubesceu ao traduzir as exigências da mãe. O tempo todo, Jack jamais tirou os olhos de Lucia, e seu olhar permaneceu tão sério quanto o dela.

— Amo sua filha — ele disse em inglês, pausando dessa vez para que Mary pudesse traduzir. — Sempre colocarei Mary e a nossa família em primeiro lugar. — Novamente ele fez uma pausa enquanto ela traduzia o doce voto com uma voz cada vez mais embargada de emoção. — E prometo que nunca, jamais, irei magoá-la.

Finalmente, Lucia sorriu. Mas, em vez de pegar a mão dele, ela abriu os braços e o abraçou como se ele já fosse seu genro.

Foi aí que a mãe começou a tossir, um chiado profundo que apertou o coração de Mary.

— *Mama*, você precisa descansar.

— Não, preciso de você aqui. Preciso que você fique.

Foi isso que sua mãe disse treze anos atrás, mas, em vez de se sentir presa por suas palavras, dessa vez Mary sentiu apenas o doce calor de saber que era amada.

— Não vou a lugar algum, prometo — disse, tirando o cabelo da mãe da testa como ela costumava fazer com a filha quando estava doente. — Descanse agora, e, quando você acordar, terei feito *pastina in brodo*. Vamos comer juntas.

— Não quero sopa. Quero falar com você. *Preciso* falar com você — a mãe tossiu de novo, o ataque de tosse foi mais longo dessa vez, e ela obviamente estava exausta demais para brigar. — Preciso dizer tudo o que o meu orgulho não me deixou falar antes.

Nesse momento, os dois homens saíram do quarto.

— Amo você, *mama* — Mary repetiu. — Nunca deixei de amar você, nem mesmo por um segundo. Como eu poderia?

Mary deu um beijo na bochecha macia da mãe. Dava para ver os frascos de antibióticos e xaropes ao lado da cama, mas, ao mesmo tempo em que rezava para que curassem a infecção no pulmão da mãe, havia uma coisa que ela sabia que provavelmente seria mais poderosa do que qualquer droga para sua recuperação.

— Preciso que você esteja saudável e feliz para o meu casamento.

— Seu casamento! — A mãe sorriu e finalmente se apoiou no travesseiro, deixando Mary ajeitá-la na cama. A voz de Lucia estava bem sonolenta quando disse: — Sim, daremos a você e ao seu Jack um casamento perfeito, um dia antes da véspera de Natal. — Dava para ver o brilho de orgulho nos olhos da mãe ao declarar: — Você será a noiva mais linda do mundo!

* * *

Quando Jack viu que Mary e a mãe iam ficar bem, seguiu o pai de Mary, Marco, até o jardim de inverno. Embora ainda fosse meio-dia, quando o pai dela lhe entregou uma taça de prosecco, Jack aceitou com um sorriso.

O pai dela ergueu a taça.

— *A l'amore!*

Jack conseguiu traduzir facilmente.

— Ao amor!

Era surpreendente o quanto podia ser dito com poucas palavras. Jack via e sentia como o pai de Mary amava a filha, e Marco via claramente a mesma coisa em Jack.

Mary encontrou os dois sentados sob o sol de inverno, dividindo uma bebida amigavelmente.

— Claro que eu devia saber que vocês dois iam se dar muito bem — ela disse para Jack quando se aproximou e lhe deu um beijo na testa, fazendo o mesmo com o pai. — Vou até a cidade pegar umas coisinhas para fazer uma sopa para a *mama*. Dá para ver que meu pai está gostando de ter mais um homem em casa. Fique com ele, volto logo.

Jack sabia que ela precisava de um pouco mais de tempo sozinha para processar tudo. Não só o fato de ter feito as pazes com a mãe, e ter visto o pai, mas o de ter voltado para a sua casa de infância. Ela tinha passado pela primeira barreira, mas Jack sabia que ainda não havia terminado. O perdão foi dado de bom grado, graças a Deus, mas tanto a mãe quanto Mary ainda precisavam explicar e entender o comportamento uma da outra nos últimos treze anos para que as velhas feridas não se abrissem acidentalmente.

Pensando um pouco em todo mundo lá na Califórnia, Jack percebeu que a Agenda Eletrônica de Bolso agora estava oficialmente à venda. Finalmente as pessoas iriam usar a invenção que ele e seus sócios haviam criado. E ele esperava que ela fosse um presente encontrado debaixo de muitas árvores de Natal.

De um jardim de inverno ensolarado na Itália, Jack Sullivan brindou silenciosamente à esperança de que as vendas fossem boas e que os clientes ficassem satisfeitos com o valor da nova aquisição. Em seguida, virou-se para o pai de Mary e continuou a conversa extremamente agradável, baseada em gestos simples e risos.

Vinte e dois

Mary envolveu o casaco de inverno em seu corpo ao sair andando pela cidade. No dia seguinte, ela mostraria a Jack todos os seus lugares favoritos da infância, mas naquele momento ficou grata por ele entender que ela precisava vê-los sozinha primeiro.

Crianças brincando na fonte pararam a brincadeira para apontar para ela. Elas conversavam animadamente sobre as botas dela, sobre sua roupa e seu cabelo. Os meninos queriam saber o que havia de mais nisso. Quando ela sorriu para as meninas e acenou para os meninos, as bochechas deles coraram e eles rapidamente voltaram ao jogo.

Ela já desejava ter garotinhos com o sorriso e o foco de Jack, e garotinhas com sua paixão e determinação. O amor veio rapidamente para ela e para Jack. Ela esperava que a família também viesse.

Mary levou a mão à barriga. Ele e Jack nem tinham dito "sim" ainda, mas Mary nunca soube esperar quando queria algo.

O pai dela, ela pensou com um sorriso, provavelmente já estaria preparando quartos separados para os dois naquele exato momento. Bem, ela havia se especializado na arte de sair de fininho do quarto quando era garota. À noite, ela decidiu com uma onda de ansiedade, ela ia sair do quarto do outro lado da casa dos pais para seduzir o noivo.

O açougue seria sua primeira parada, e ela mal chegou à porta quando Antonio gritou de alegria. Mary teve receio de que as pessoas ficassem ressabiadas com ela; afinal de contas, ela havia partido sem olhar para trás treze anos antes, e foi preciso a mãe ficar doente para ela finalmente voltar. Mas cada parada feita durante o passeio fazia com que ela sentisse que os anos em que ficou fora estavam desaparecendo um a um.

Do açougue à banca de legumes e à florista e depois à loja de queijos, nenhum dos proprietários a deixou pagar pelo que precisava. Recebeu meia dúzia de convites para tomar café e jantar e ficou emocionada por ver os bebês das amigas e também por admirar os filhos mais velhos delas. Quando voltou para casa, seu coração estava tão cheio quanto as sacolas de comida e as flores que carregava.

Jack estava jogando escopa, um jogo parecido com buraco, com o pai dela na sala de estar, e seu coração se apertou no peito ao ver que aquela imagem daria uma bela foto, os dois homens que mais amava no mundo.

Jack rapidamente baixou as cartas para pegar as sacolas e levá-las à cozinha. Quando Mary tirou o casaco, ele pegou nas mãos dela e a trouxe para perto.

— Você parece feliz.

— Estou. E amanhã vou apresentá-lo para todo mundo na cidade. Contei a eles sobre o meu lindo e brilhante noivo americano. Eles não veem a hora de conhecer você.

A boca de Jack era quente sobre a dela, e, quando ele soltou as mãos dela para abraçá-la, ela entrelaçou os dedos em seus cabelos negros macios e o abraçou ainda mais forte. Ela nunca havia beijado um garoto na cozinha dos pais antes, e, quando ouviu os passos do pai, batendo os pés com força de propósito, ela tinha certeza, porque ele sabia o que ela e o noivo estavam aprontando, ela abafou o riso.

— Espero que você não esteja tão cansado do voo — ela disse para Jack com voz baixa —, pois não sei se vai dormir muito esta noite.

Os olhos dele ficaram mais negros de desejo, e do amor que ela sentia por ele a cada momento, que ela até perdeu o fôlego quando ele sussurrou:

— No seu quarto ou no meu?

Ah, então ela estava certa sobre o pai ter preparado quartos separados para o casal solteiro.

— No seu.

O pai entrou na sala, e na hora que se seguiu Mary cozinhou e traduziu a conversa do inglês para o italiano, e vice-versa. A mãe havia levado tantas refeições na cama para ela quando ficava doente na infância... Esta seria a primeira vez que ela faria o mesmo para a mãe.

Um pouco depois, assim que arrumou os pratos na frente de Jack e do pai, Mary pegou uma bandeja com sopa e uma xícara de chá quente e saiu em direção ao quarto dos pais. A mãe se mexeu quando ela entrou, como se estivesse simplesmente deitada na cama esperando pelo retorno da filha.

Ajudando Lucia a se sentar de forma mais confortável com alguns travesseiros altos atrás dela, ouvindo os protestos da mãe de que não estava com fome, Mary disse:

— Você precisa comer um pouco para ficar mais forte.

A mãe tomou um pequeno gole de sopa.

— Tem o mesmo gosto que a minha. Talvez — Lucia disse após mais uma colherada — esteja até melhor.

Era impressionante que um pequeno elogio pudesse significar tanto.

— Aprendi com a melhor.

A mãe abaixou a colher.

— *Cara*, tenho tanto a me desculpar.

Mary foi quase dizendo de uma vez tudo o que queria contar para a mãe, mas ela não havia aprendido somente o amor incondicional com Jack; ela também aprendeu a ser paciente.

— Eu também — Mary disse, com a voz suave —, mas hoje tudo o que você precisa fazer é comer e descansar. De manhã, quando estiver mais forte...

— Estou forte o suficiente para dizer o quanto senti sua falta. O quanto seu pai sentiu sua falta. Estou forte o suficiente para dizer o quanto nós dois amamos você e que, se eu pudesse voltar o relógio no tempo para o dia em que você tinha dezenove anos, eu teria feito melhor dessa vez. Eu teria agido certo.

A mãe começou a tossir, e Mary entregou-lhe a xícara de chá.

— *Mama*, não consigo dizer o quanto significa para mim ouvir essas coisas, mas juro que sei que você me ama, porque eu te amo da mesma forma. Não quero que você se canse. Teremos tempo para conversar sobre isso mais tarde, quando você estiver melhor.

— Já perdemos muito tempo — Lucia insistiu, e Mary teve de sorrir diante da expressão de teimosia tão similar à que ela mesma fazia. — Eu vou falar e você vai ouvir.

— Está certo, *mama*.

— Antes de conhecer seu pai, eu tinha sonhos como você... Viajar e receber aplausos das pessoas enquanto eu cantava e dançava no palco.

De todas as coisas que Mary pensou que a mãe lhe diria naquela noite, descobrir que elas dividiram os mesmos sonhos não fazia parte de lista alguma de possibilidades. Lucia sempre cantava quando trabalhava na cozinha e no jardim, e Mary viu os pais valsando juntos sob a luz da lua mais de uma vez quando era criança, mas nunca percebeu que ser uma artista tinha sido o sonho da mãe. Mais uma vez, elas eram mais parecidas do que ela jamais havia percebido.

— O que aconteceu? Por que você não foi atrás dos seus sonhos?

A mãe levou a mão ao rosto de Mary.

— Achei um novo sonho. Seu pai era tão lindo, tão mais excitante do que qualquer palco, que me fazia voar. E logo veio você, exatamente nove meses depois que nos casamos. Minha maior realização. Minha maior alegria. Vi esses sonhos em você, observei-os ficar cada vez maiores. Sua beleza era tão estonteante que as outras mães faziam comentários invejosos às vezes. Você sabia que estranhos que passavam pela cidade sempre paravam na rua para tirar uma foto sua?

Mary balançou a cabeça negativamente.

— Não, eu não sabia.

— Você era bonita demais para que os bons rapazes da cidade tivessem coragem de se aproximar de você, mas eu vi o jeito como os perigosos te olhavam. Fiquei aterrorizada de pensar que você pudesse se apaixonar por um homem que não fosse bom como seu pai. Ele sempre me dizia que você tinha uma cabeça boa, mas não sabia o que era ser uma garota, especialmente uma que queria tanto, que desejava tudo o que a vida pudesse lhe dar. Tudo o que eu queria era que você encontrasse o amor verdadeiro e tivesse uma família que lhe desse tanta alegria quanto seu pai me deu. Mas quando você veio para casa naquele dia dizendo que tinha sido descoberta por um agente e que queria ir para Nova York com ele...

— Todos os seus medos se concretizaram.

— Com todas as palavras horríveis que atirei em você, como se estivesse olhando para mim mesma a distância, sabendo que, quanto mais tentasse segurar você, mais longe você iria.

— Sinto muito — disse Mary. — Sinto muito por nós duas termos nos machucado tanto.

Lucia gentilmente limpou as lágrimas do rosto de Mary.

— Vá até o armário e me traga a caixa vermelha na prateleira de cima. — A caixa era do tamanho de uma caixa de chapéu e era bem pesada. — Olhe o que tem dentro.

Dentro da caixa havia um álbum que a mãe havia montado com fotos da infância de Mary. Ela sorriu e olhou para a foto na capa. Era ela, rechonchuda e bochechuda quando bebê. Seu primeiro pensamento foi que Jack iria adorar ver aquilo.

— Você e seu Jack vão ter lindos filhos. Meninas espertas, vivas e apaixonadas e garotos que vão encher seus braços e corações de alegrias sem fim.

Conforme foram vendo as fotos uma a uma, Mary observou a si mesma se transformar de bebê em criança, depois na garota em idade escolar com os joelhos esfolados, na adolescente magricela e em uma jovem mulher. As últimas poucas páginas do álbum estavam vazias, e o coração dela se apertou novamente quando ela fechou o livro de capa de couro.

— Jamais parei de colecionar fotos do meu bebê — a mãe disse ao erguer um divisor espesso de dentro da caixa, revelando centenas de capas de revistas de moda e outras fotos.

Mary ficou mais do que surpresa ao encontrar uma foto da sua primeira sessão.

— Onde você conseguiu esta?

— Seu agente, Randy, enviou pelo correio para nós. A princípio para garantir que ele não faria mal algum a você. Mas, quando seu pai escreveu para ele dizendo o quanto tínhamos apreciado, ele passou a nos mandar um pacote toda semana.

— Não acredito que ele nunca me contou nada. — Por outro lado, se tivesse contado, não seria possível que ela tivesse insistido para que ele parasse porque ela estava com raiva e magoada havia tanto tempo que não conseguia enxergar além?

— Eu devia ter voltado há muito tempo, *mama*. — Como Jack disse a ela, era a família que importava. Tanto ela como a mãe fizeram o que sentiram que *tinham* de fazer, e as duas cometeram o erro de ser teimosas e guardar rancor sobre decisões que tomaram simplesmente por serem verdadeiras consigo mesmas. — Nunca quis ficar longe tanto tempo.

Mais uma vez a mãe enxugou as lágrimas de Mary, embora ela também estivesse chorando.

— Você está em casa agora. — Lucia subitamente sorriu em meio às lágrimas, mais feliz do que nunca por ver Mary. — Estive pensando em seu casamento — ela começou a falar, e dessa vez Mary sabia que nem iria adiantar fazer a mãe poupar o fôlego e descansar.

Lucia Ferrer estava esperando fazia mais de uma década por aquele casamento, e Mary sabia que sua excitação e alegria sobre a celebração iriam curar a doença de forma mais rápida do que a medicação e as horas na cama curariam.

Vinte e três

A lua estava cheia no céu de inverno na hora em que todos na casa se aprontaram para dormir. Mary esperou impacientemente o pai finalmente se cansar, unindo-se à mãe no quarto principal.

Fazia menos de um mês que ela havia conhecido Jack no centro de São Francisco, mas não havia dúvida na mente de Jack de que ela estava total e completamente viciada nele. Ela adorou passear sozinha pela cidade e o tempo em que passou reconectando-se com a mãe, mas, apesar de ter sido apenas uma questão de horas desde que Jack a abraçara no avião e no táxi, parecia uma eternidade. E, se ela não estivesse enganada, pela forma como ele olhou para ela na sala de estar quando seu pai insistiu em mais uma rodada de cartas, ele estava igualmente viciado nela também.

Naquela noite, ela contou a ele e ao pai sobre a conversa com a mãe, sobre ver as fotografias que seus pais colecionaram sobre ela no decorrer dos anos. O pai deixou escapar algumas lágrimas de alegria, que ela também derramou o dia todo. Os olhos de Jack, e a mão dele sobre a dela, estavam cheios de tanto amor que ela mal podia pensar no que tinha feito de tão certo na vida para tê-lo encontrado.

Agora Mary havia saído do banho fresco, se secado e vestido o roupão macio que estava em sua mala. Sentindo-se como uma adolescente travessa, em vez de ir para o próprio quarto, caminhou na ponta dos pés pelo corredor, passando pela cozinha e pela sala de estar, até chegar ao quarto de hóspedes, do outro lado da casa. O coração dela batia com força com a deliciosa ansiedade ao colocar a mão na maçaneta.

Certificando-se de abrir a porta silenciosamente para que as dobradiças não chiassem e a entregassem, ela quase se esqueceu de fechar a porta ao olhar maravilhada para o lindo homem esperando por ela na cama, os lençóis sobre os quadris deixando o peito gloriosamente nu. Jack sorria para ela, mas o desejo fervia bem acima da superfície.

— Pensei que meu pai nunca mais fosse deixar você vir para a cama. Esse tempo todo eu pensava que minha mãe era quem estava desesperada para que eu me casasse. Agora percebo que meu pai estava bem mais desesperado para ter um genro.

Ela falou sussurrando, mas ela e Jack estavam em tanta sintonia que ela sabia que eles poderiam ter lido os lábios um do outro, ou a mente, se precisassem.

— Seu pai é um bom homem. Ele concordou em me ensinar um pouco de italiano. Quer ouvir o que eu já aprendi? — Ela riu delicadamente diante da lista de termos esportivos que ele repetiu com perfeito sotaque italiano.

Quando Mary ficou em pé na beira da cama e tirou o roupão, ele disse:

— Mas ele se esqueceu de me ensinar como se diz "Você é linda".

— *Sei bellissima.*

Depois que Jack repetiu as palavras que ela tinha acabado de lhe ensinar, ele se aproximou dela e disse:

— Venha para a cama, anjo.

Entrar debaixo das cobertas para os braços abertos dele fazia um dia maravilhoso ficar ainda melhor.

— Você e meu pai são muito engraçados juntos, principalmente quando se comunicam com gestos cada vez mais selvagens.

— Engraçado você mencionar as mãos, pois eu tenho uma ótima ideia do que poderia fazer com elas hoje. — Jack lentamente deslizou as enormes mãos quentes sobre as curvas dela, dos seios aos quadris.

Mary estava a uma palpitação de se perder de tudo menos da sensação de quanto o amava. Forçando-se a manter os olhos abertos de prazer só mais um pouco, ela falou:

— Minha mãe está tão animada com você quanto meu pai. Na verdade, ela espera que a gente...

— Se case.

— Bem, claro que ela espera isso — Mary disse, batendo um dedo no anel de noivado. — Mas, mais do que qualquer coisa, ela gostaria que a gente...

— Se casasse aqui na Itália.

Será que um dia ele pararia de surpreendê-la e satisfazê-la na mesma medida?

— É exatamente isso que ela espera. E seria um sonho realizado para ela se decidíssemos fazer a cerimônia...

— Um pouco antes do Natal.

Ela finalmente começou a entender.

— Meu pai deve ter dito algo para você, não é mesmo? Ele fez o desenho de uma noiva e um noivo em pé em frente a uma árvore de Natal?

Jack sorriu.

— Na verdade, fui eu quem fez o desenho. Parece que sua mãe e eu tivemos exatamente a mesma ideia sobre como deixar esse Natal perfeito.

O coração de Mary bateu acelerado quando ela se virou para olhar nos olhos dele.

— Você fez o desenho?

Jack ficou com a expressão séria.

— Sei que acabei de convencê-la a usar o anel de noivado, e a maioria das pessoas espera um ano entre o noivado e o casamento, mas esperei por você a vida toda. — Ele acariciou a bochecha dela. — Não quero esperar mais.

— Também não quero esperar.

— Então você quer ser minha noiva natalina?

As lágrimas ameaçavam rolar até mesmo enquanto ela brincava com ele:

— Contanto que você prometa não usar terno vermelho e barba branca durante a cerimônia.

Em seguida, ela estava deitada na cama sobre o corpo forte e grande dele.

— Como você sabia que era isso que eu planejava fazer no nosso casamento? — ele brincou também.

— Você não é o único que sabe ler a mente das pessoas.

— Que tal fazermos um pequeno experimento científico, então? — ele perguntou, a pele queimando pela sensualidade subliminar. — Diga-me, no que estou pensando agora?

Ela fingiu estar refletindo ao passar as mãos nos ombros largos, no abdômen bem definido e nos quadris dele.

— Você está pensando em me beijar bem aqui — ela disse ao levar uma das mãos ao rosto e tocar levemente a ponta do indicador no centro dos lábios dela. — Acertei?

— Sim.

Passando as mãos em suas curvas nuas, ele as deslizou pelo cabelo dela. Ao abaixar a boca até a dela, ela o encontrou no meio do caminho, mais desesperada por um beijo do que jamais esteve na vida.

O primeiro toque de seus lábios foi gentil. Doce. Mas as longas horas de separação mexeram com os dois, e, embora o puro amor estivesse no coração de cada momento compartilhado, e eles sabiam que precisavam fazer amor da forma mais silenciosa possível na casa dos pais dela, as necessidades do desejo não podiam ser ignoradas.

Mary não sabia dizer quem mordeu quem primeiro, só sabia que precisava de algo que fosse maior do que gentil e doce. Ela precisava devorar e ser devorada, precisava encher os sentidos com o máximo de Jack que conseguisse naquela noite. Com línguas e dentes, os dois pegaram tudo de que precisavam tanto. Não havia limites nem regras entre eles, a paixão era tão pura que os dois davam mais do que tomavam.

Os dois estavam sem fôlego quando finalmente se separaram. Ele estava quente e rígido contra o corpo dela, e foi tão fácil, tão bom, apenas abrir-se para recebê-lo dentro dela. Mas, quando ele perguntou "No que mais estou pensando", ela sabia que seria ainda melhor esperar um pouco mais até que a ansiedade atingisse o pico.

— Você está pensando como seria passar a língua sobre os meus seios... — ela passou o dedo levemente sobre a pele dela — ... daqui até aqui.

Concordando com um gemido, ele abaixou a cabeça até o peito dela. A língua quente e molhada deslizando pela pele sensível enviava arrepios de emoção por sua pele, e ela se segurou nos ombros dele, tentando trazê-lo ainda mais perto. Mas, em vez de lamber os seios apenas uma vez, ele seguiu o mesmo caminho de trás para a frente e de frente para trás, até que ela estivesse quase delirando de necessidade.

— Jack.

Ele ergueu a cabeça para olhar para ela, suas pupilas dilatadas com a própria vontade.

— Se você conseguir adivinhar meu próximo movimento, vou lhe dar um prêmio especial.

O cérebro dela estava confuso, os membros pesados pelo desejo. De alguma forma, ela conseguiu responder.

— Gosto de prêmios. — As mãos dela tremiam enquanto, sentindo-se mais travessa, ela as deslizou até os seios e os segurou juntos. — Você está pensando em usar mais do que a língua agora, mas está ficando louco tentando decidir o que sentir primeiro.

— Você deve ser clarividente mesmo — ele murmurou ao cobrir as mãos dela com as dele. E então a língua dele desenhou um oito incrivelmente sensual ao redor dos mamilos dela, aproximando-se cada vez mais sedutoramente. Quando ele soprou de leve sobre a pele úmida e fortemente intumescida, ela não conseguia se lembrar de algum dia ter se sentido tão excitada assim.

Quando os lábios dele se fecharam sobre os mamilos, Mary quase não se lembrou a tempo de abafar os gemidos de prazer enquanto ele usava os polegares para acariciar a pele macia com as mãos ao mesmo tempo.

Balançando o corpo quase à beira do orgasmo, ela ofegou.

— Esse é o meu prêmio?

— Não — ele disse ao descer pela extensão do corpo dela, dando um beijo atrás do outro sobre sua pele superaquecida. — Este.

A boca dele era quente e faminta ao abaixar-se até o meio das pernas dela. Ao mesmo tempo em que a sensualidade do que estavam fazendo juntos mexia com ela, ele encontrou as mãos dela com as dele e entrelaçou os dedos.

Se ela estava perto de desmoronar antes, foi o amor que ele deu a ela até mesmo durante o sexo mais travesso que a levava agora à beira do abismo. Seus pulmões queimavam quando ela ofegava por ar; sua pele estava melada de suor, e seu coração acelerava como se tivesse corrido de uma cidade a outra.

A intensidade de sua última foto em São Francisco com Jack, combinada com a aflição do telefonema de seu pai, o voo noturno até a Itália, e então o encontro emocionante com a mãe e a viagem até a cidade, deveriam tê-la deixado sem energia e exausta. Mas, em vez de o clímax usar sua última carga de energia, ele fez com que Mary se sentisse mais forte que nunca.

Pegando as mãos de Jack, ela o trouxe mais para perto, então rolou os dois para que ele ficasse debaixo dela. Imitando os beijos que ele tinha lhe dado, ela começou com a boca dele e foi se movendo até o peito, descendo cada vez mais até imitar a forma como ele havia lhe amado minutos antes.

— Anjo.

Ela passou a língua sobre ele e os dedos dele se apertaram enquanto ela pegava, experimentava, entregava-se. Ela amava saber que o levava até o limite, que podia fazer com que ele perdesse o controle a cada pressão dos lábios sobre sua rigidez aquecida.

Mas, conforme ele a virou de volta sem esforço algum para que seu corpo pesado estivesse sobre ela mais uma vez, ela sabia que o tempo de provocações, de ficar ansiosa por percorrer alturas maiores, já havia passado.

Ela ofegou quando ele deslizou para dentro dela, então perdeu totalmente o fôlego ao arquear-se para fazê-lo entrar ainda mais fundo. O nome dela estava em seus lábios, um sussurro carinhoso pela pele quente sob a luz da lua que penetrava pela janela.

Seu clímax uniu-se ao dele, sentindo-se segura, confortada e amada, com as mãos de Jack nas suas e seus olhos apaixonantes, negros e intensos presos aos dela. Mary saboreou a beleza perfeita de saber que finalmente estava em casa.

Não somente em Rosciano e com sua família, mas com o homem mais maravilhoso do mundo.

Nas primeiras vezes em que fizeram amor, ele era seu amante secreto, depois seu namorado. Agora, ele era seu noivo. Em poucos dias, ela pensou maravilhada ao levar as mãos ao coração, seria seu marido.

Ela tinha sido Mary Ferrer por trinta e dois anos.

Não via a hora de ser Mary Sullivan pelo resto da vida.

Um pouco depois, quando os primeiros raios de sol da manhã começaram a entrar pela janela do quarto, ela deslizou para fora dos braços fortes de Jack, fechou o roupão e caminhou na ponta dos pés de volta para o seu quarto. Um sorriso travesso e cheio de prazer permaneceu em seu rosto por toda a manhã, quando ela entrou de cabeça na ideia de usar o vestido de Natal que sua mãe sempre sonhou para ela.

Vinte e quatro

As primeiras lembranças de Mary eram estar sentada no chão aos pés da mãe, cercada pelo que pareciam ser quilômetros de renda e seda enquanto Lucia transformava sonhos em realidade. As amigas dela sempre fantasiavam com o dia em que a mãe de Mary, uma costureira brilhante, fosse fazer o vestido de casamento delas, e, antes de Mary deixar a Itália, ela teve o prazer de observar suas amigas mais próximas se casarem com lindos vestidos que a mãe dela tinha costurado artesanalmente com todo o amor.

Finalmente, sua vez havia chegado.

Com o braço ao redor da cintura da mãe para dar-lhe apoio, Mary caminhou lentamente até a sala da noiva, no fundo da igreja. O pai havia trazido para ela o vestido mais bonito e ela o tinha pendurado em um gancho forte no meio da parede de pedra.

— Sente-se, *mama*. — Mary ajudou a mãe a se sentar na cadeira mais confortável, ainda preocupada por ela estar fraca demais devido à doença.

Lucia deveria ter passado os dias que antecederam o casamento descansando, mas, apesar das inúmeras vezes que Mary havia tentado tirar a agulha e a linha de seus dedos, ela não teve sucesso. Mary não tinha a incrível habilidade da mãe, mas era hábil o suficiente para trabalhar no forro do vestido, que ninguém veria. Juntas, as duas se sentaram ao lado da lareira da sala de estar e trabalharam no vestido de casamento dela, feito de peças combinadas do casamento da mãe e de um novo tecido para criar um estilo que seria só de Mary.

Elas preencheram as horas com histórias ocorridas nos últimos treze anos. A mãe perguntou sobre as várias celebridades que ela havia encontrado, e Mary certificou-se de não deixar escapar nem um só detalhe glamouroso. Da mesma forma, a mãe mencionou todos os acontecimentos da cidade, e, conforme velhos amigos e vizinhos vieram uns atrás dos outros para visitá-la, ela ficou surpresa com a facilidade de reavivar os relacionamentos, como se tivessem se passado apenas treze semanas, em vez de treze anos.

E, é claro, todo mundo adorou Jack. Enquanto Mary e a mãe trabalhavam no vestido, Jack e o pai dela faziam de tudo para melhorar o italiano de Jack. Ela sabia que seu noivo era um homem brilhante, mas isso não a deixou menos surpresa ao perceber que ele estava realmente conversando em italiano com uma garotinha de quatro anos, que morava na casa da frente e que veio trazer um panetone feito pela mãe dela. Por um momento, Mary se perguntou se o cansaço do voo havia finalmente dominado seu cérebro.

O uso de sua língua nativa por Jack ainda era hesitante, claro, e ele teve de pedir à garota para repetir o que ela havia dito meia dúzia de vezes, mas a todo momento o homem que ela amava continuava a surpreendê-la. A garotinha arregalou os olhos ao ver Mary se aproximar dele, beijando-o bem no meio da sala com o panetone nas mãos e o sol do meio-dia penetrando pela janela.

Naquela noite, quando ela entrou de fininho no quarto dele, ensinou-lhe algumas frases românticas e sensuais que seu pai havia deixado de fora. E, quando Mary e Jack se amaram, carinhos em italiano e em inglês saíam dos lábios dele em uma mistura de culturas e experiências.

Ela não percebeu que estavam em pé olhando para o vestido de casamento até que a mãe lhe disse:

— Hora de colocar o vestido, *cara*.

Mary não conseguia mais imaginar sua vida sem Jack, e, ainda assim, até a semana passada, medos e mágoas do passado a impediam de ter certeza se poderia dar seu coração inteiro a ele. Ela disse a ele, naquela noite na garagem cheia de computadores e circuitos, que ainda estava esperando para que as feridas em seu coração fossem curadas, mas ele fez muito mais do que curar um coração partido.

Ele deu a ela seu coração também.

A alegria percorreu seu corpo quando ela tirou e dobrou as roupas que usava em uma pilha organizada. Mary pegou o lindo vestido que ela e a mãe haviam feito juntas, e cuidadosamente o deslizou pela cabeça e pelos ombros. A mãe levantou-se para ajudá-la com as dezenas de pequenos botões de pérola que percorriam a extensão da sua coluna.

Depois de ajudar a mãe a se sentar, Mary foi até o espelho grande. Ela usara muitos vestidos de noiva como modelo durante sua carreira, mas eles eram apenas fantasias usadas na frente das câmeras.

Ao olhar para o vestido no qual seria prometida para sempre a Jack, Mary finalmente entendeu por que as mulheres gastavam tanto tempo, dinheiro e energia com seus vestidos de noiva.

Um dia, no futuro, será que sua própria filha usaria aquele vestido?

Como se pudesse ler sua mente, Lucia disse:

— Você é uma linda noiva, e será uma mãe sensacional.

— Espero que sim. — Tanto ela quanto Jack queriam uma família grande, cheia de risadas e amor. Ela já conseguia vislumbrar sua família, garotinhos cheios de energia e travessuras, garotinhas que dariam as mãos para todo mundo com olhos grandes e muito riso.

As mãos de Mary tremiam de emoção, Mary pegou o véu, mas a mãe disse:

— Ainda não. Traga-me aquela caixa primeiro.

Mary tinha se perguntado se a caixa de porte médio amarrada com uma fita vermelha e dourada seria um presente de casamento deixado ali em vez de ser deixado na recepção, onde deveria estar mais tarde. Agora ela percebia que era um presente dos pais dela.

Da mesma forma que fez tantas vezes quando garotinha, era natural para ela ajoelhar-se na frente da mãe enquanto colocava a caixa no colo.

— Seu Jack me contou sobre o primeiro beijo de vocês.

Mary sentiu o rosto corar diante da forte lembrança dos lábios de Jack contra os seus no bar em São Francisco, sob o visco.

— Desde o primeiro momento em que nos encontramos, mesmo que eu estivesse assustada pelo que sentia por ele, acho que já sabia que o amava. Mas quando ele me beijou...

Os lábios da mãe curvaram-se em um suave sorriso.

— Quando conheci seu pai, ele tinha dezoito anos e era tão seguro de si. Eu era uma cabeça-dura de quinze anos que mal conseguia esperar para ter meia dúzia de homens aos meus pés. Era véspera de Natal, e, quando nos encontramos na frente da fonte, o beijo que ele me deu foi o melhor presente de Natal que eu poderia ganhar. — Lucia colocou a mão no rosto de Mary. — Seu primeiro beijo de amor verdadeiro é algo que vai guardar com carinho para sempre. Seu pai e eu esperávamos que você quisesse usar isso no seu casamento.

Ao abrir a caixa com todo o cuidado, ela não fazia ideia do que encontraria lá dentro, só que era algo para lembrar o primeiro beijo muito especial entre ela e Jack.

O que Mary viu sobre uma camada de veludo vermelho era uma linda tiara feita de visco com os frutos brancos ao redor das folhas verdes brilhantes em um padrão muito elaborado.

Com mãos firmes, a mãe tirou a tiara da caixa e a colocou na cabeça de Mary.

— Hoje, quando seu verdadeiro amor beijá-la sob o visco, será para sempre.

— Eu te amo, *mama*.

A mãe a abraçou e disse:

— Eu te amo, *cara*.

* * *

Jack estava em pé na frente da igreja lindamente decorada, o coração dele batendo rápido e com força ao olhar para a multidão. A cidade natal de Mary não apenas a acolheu de volta de braços abertos como abriu os braços para ele.

Em toda a conversa que teve com os amigos e vizinhos dela na semana que se passou, Jack pôde conhecer um pouco mais sobre a mulher que amava. Ela cresceu cercada de tanto amor que ele não se surpreendia ao ver o amor transbordando dela.

Lucia Ferrer estava recebendo os convidados na frente da igreja, brilhando de alegria ao ver o sonho que teve para a filha finalmente tornar-se realidade. Jack havia aprendido a amar muito a futura sogra e o futuro sogro durante os dias que passara na casa deles, tanto que estava tentado a ficar na Itália por um tempo. Larry e Howie ficaram felizes por saber que a mãe de Mary estava bem e que ele e Mary haviam decidido se casar antes do Natal. Assim que eles lhe contaram sobre as vendas incríveis e a repercussão da Agenda Eletrônica de Bolso, Mary pegou o telefone dele e prometeu que Jack estaria de volta à Califórnia e atrás do computador no dia 2 de janeiro.

Os pensamentos de Jack voltaram ao presente quando seu olhar foi para o movimento na entrada da igreja, onde a garotinha do outro lado da rua acenava para ele. Como daminha, ela estava orgulhosa em seu lindo vestido branco com um monte de pétalas de flores-de-natal em suas mãozinhas robustas.

Várias vezes durante a semana Jack se viu sonhando com os filhos que ele e Mary teriam. A mãe dela fez um álbum com fotos de Mary quando criança para ele, do nascimento até a partida dela em busca da carreira de modelo, e ele claramente via a si mesmo erguendo uma garotinha nos braços que seria a cara da mãe.

Todos na igreja estavam usando suas melhores roupas, com flores decorando cada um dos bancos. Ele sabia que as crianças deviam estar contando as horas até a véspera de Natal para poderem abrir os pacotes debaixo das árvores. Mas, considerando toda a excitação, elas eram extremamente bem-comportadas.

Nesse momento, Ethan, irmão de Jack, entrou pela porta lateral com um enorme sorriso no rosto. Jack havia telefonado para a família avisando sobre o casamento, e, embora não esperasse que nenhum dos irmãos conseguisse vir para a cerimônia, por pura sorte Ethan já estava em Londres e prometeu ir para a Itália para abraçar Jack em seu grande dia. Como sempre, Jack pensou, também sorrindo, Ethan chegou em cima da hora.

A *Marcha Nupcial* de Mendelssohn tocava alto no órgão acima dos bancos, e Jack instantaneamente voltou o olhar para a porta da frente da igreja.

A daminha saltitava pela nave central jogando as pétalas da sua cesta, e então todo mundo suspirou admirado ao ver Mary entrar de braço dado com o pai.

Todo mundo e tudo deixaram de existir, com exceção de Mary e do amor do fundo da alma que sentia por ela. Jack estava maravilhado ao vê-la percorrer o caminho de pétalas de braço dado com o pai.

Ela estava impossivelmente bela no vestido de noiva, um anjo de cabelos negros, vestida de renda e seda. Mesmo através do véu, dava para ver todo o amor em seus olhos quando ela sorriu para Jack, sua alegria expressava vida. Ela vestia uma coroa feita de folhas e frutos, e, quando ele se esforçou para recobrar os sentidos, foram necessárias mais algumas batidas do coração para perceber que era uma coroa de visco.

Eu te amo, anjo. Eu sempre vou te amar.

Ele sabia que não precisava dizer as palavras em voz alta para ouvi-las passar do seu coração para o dela.

No último banco, o pai de Mary deu-lhe um beijo no rosto, mas ela não tirou os olhos de Jack. Descendo os degraus que os separavam, Jack estendeu a mão para sua noiva, e, quando ela a pegou, em vez de levá-la para o local onde o padre esperava por eles, ele não conseguiu se conter e levou a mão dela aos seus lábios.

Um pouco depois, os braços dela estavam ao redor do pescoço, e a boca de Mary era macia contra a dele em uma promessa de amor que não tinha nada a ver com padres e vestidos de noiva. Eles tinham chegado até ali, desde o primeiro beijo sob o visco, quando eram dois estranhos um para o outro, até aquele belo dia, quando fariam seus votos para sempre.

Todos esperavam ouvir aqueles votos, mas Jack decidiu que eles podiam esperar um pouco mais ao pegá-la ruborizada para aprofundar o beijo. Quando finalmente se soltaram, com brilho nos olhos e rostos corados, ficaram diante do padre e da multidão escandalizada e feliz.

Assim que Jack pegou suas mãos na dele, o padre os guiou pela cerimônia tradicional que haviam praticado durante as aulas de *matrimônio* que haviam frequentado nos últimos dias, quando o padre os preparou para o casamento e para os votos que fariam um ao outro. Jack apreciava cada respiração, cada tremor, cada rubor de calor na pele macia de Mary.

Tirando a simples aliança de ouro do travesseiro elaboradamente costurado que o padre segurava em suas mãos, Jack colocou-a no dedo de Mary.

— *Tu sei tutto per me, la luce dei miei occhi, sei mia per sempre* — ela era o mundo inteiro dele, o coração do seu coração.

Quando duas lágrimas rolaram pelo rosto dela e ele gentilmente esticou a mão para enxugá-las, Mary pressionou o rosto contra a palma da mão dele em um gesto de confiança ilimitada.

— Durante toda a minha vida sonhei com uma aventura, e pensei que todos os meus sonhos já haviam sido realizados — Mary disse delicadamente ao colocar o anel de ouro no dedo de Jack. — Mas então eu encontrei você e percebi que você era o sonho pelo qual esperei toda a minha vida. *Ti amo dal profondo del cuore e non vedo l'ora di cominciare quest'avventura con te, amore mio.* — Todos na igreja suspiraram ao ouvir Mary dizer que o amava com todo o coração e toda a sua alma e que não via a hora de começar a aventura de viver com ele.

Eles já estavam se beijando para selar os votos na hora que o padre os declarou marido e mulher, e, enquanto os aplausos soavam pela igreja secular, Jack sabia que o amor deles transcendia o tempo.

Vinte e cinco

A recepção do casamento de Mary e Jack foi gloriosa, com música, risos, abraços, danças e mordidas no bolo, e dezenas e dezenas de beijos roubados de seu marido que faziam seus lábios formigarem e seu coração acelerar de alegria. Durante toda a celebração, Jack quase nunca soltou a mão de Mary, e, conforme o sol se abaixava no céu, o olhar dele ficava cada vez mais aquecido e cheio de amor toda vez que ela olhava com admiração para o homem que havia acabado de se tornar seu marido.

Jack estava mais do que lindo de terno escuro e gravata, e Mary não podia culpar todas as mulheres em seu casamento, até mesmo as casadas, por olharem para ele com tanta atenção. Ele havia se lembrado de se barbear naquela manhã, mas seu rosto já estava coberto pela barba que crescia.

Quando o viu esperando por ela no altar, Mary sentiu as pernas trêmulas e teve de se segurar no pai para não perder o equilíbrio. Um momento mais tarde, ela queria segurar na barra da saia e sair correndo para se jogar nos braços dele.

Agora, quando estavam rodeados por todos em sua cidade natal, e ele acariciava suas costas passando levemente pela curva do quadril pelo vestido de casamento, ela queria muito entrelaçar as mãos no cabelo dele e puxar sua gravata até que os dois estivessem sem fôlego.

Mary Sullivan. O amor deu a ela não apenas um novo nome, mas um novo futuro também. Os Sullivans eram determinados, amorosos e incentivadores. Era perfeitamente certo querer embarcar em seu novo futuro sendo uma Sullivan, e que os filhos que eles esperavam ter em um futuro próximo crescessem sabendo que eram amados e apoiados por eles, acontecesse o que acontecesse.

Mary ficou feliz pelo irmão de Jack, Ethan, ter conseguido vir quando eles diziam seus votos, mesmo sendo um paquerador irrepreensível, que deixaria alguns corações partidos para trás na Itália quando voltasse para Londres, no dia seguinte. Depois de uma vida toda sendo filha única, ela não conseguia acreditar como era abençoada agora com uma irmã e quatro irmãos, e não via a hora de conhecer os pais dele e ser apresentada como nora.

Com as mãos de Jack na dela e o amor dos amigos da cidade natal em cada sorriso, abraço e aperto de mão, Mary se esforçou para deixar de lado a impaciência por querer estar sozinha com ele. A celebração era extremamente importante para a mãe e o pai dela. Era óbvio que ela podia continuar a sorrir e conversar com todo mundo por mais algumas horas sem fazer contagem regressiva a cada segundo até que pudesse estar sozinha com Jack novamente.

Respirando fundo, Mary se certificou de que seu sorriso permanecesse firme no lugar quando uma das velhas amigas da escola veio na direção deles. Mas, antes mesmo que a amiga estivesse na metade do caminho da recepção, Jack ergueu Mary nos braços.

Foi somente por pura força de vontade que ela não riu alto. O marido — *ah, essa palavra não era linda?* — não parou para falar com ninguém, não agradeceu mais ninguém nem cumprimentou mais ninguém, só a carregou nos braços para fora do salão e pela escada até chegar à rua de paralelepípedos lá embaixo.

— Eu esperava que sua paciência acabasse logo — ela confessou quando ele praticamente desceu a rua correndo até a pequena hospedaria onde passariam a primeira noite como marido e mulher. Segurando-se bem apertado nele, Mary aninhou o rosto na curva do seu pescoço. Ele tinha cheiro de iguarias e o calor e do homem sem o qual ela não poderia viver.

Durante a cerimônia, ela adorou como ele foi doce e gentil. Naquela noite, ela adoraria sua paixão exigente quando ele colocou a chave na fechadura e abriu a porta com tudo, fechando-a com um chute atrás deles.

Apesar da necessidade que ela sentia retumbar por todo o corpo do marido, Mary ficou em pé no chão com o maior cuidado. Cada centímetro do corpo dela pressionado contra o dele doía demais.

— Este é o vestido mais bonito que eu já vi — ela disse, com a voz rouca de emoção. — A única razão pela qual não vou rasgá-lo hoje à noite é para que nossa filha possa usá-lo um dia.

— Já estou bem mais habilidosa com agulha e linha. Posso costurar tudo.

Os olhos dele se aqueceram, mas, em vez de arrancar o tecido com um movimento, ele gentilmente a virou em seus braços para que ela ficasse de costas para ele. O roçar dos dedos dele em suas costas e ombros ao erguer os cabelos negros diante da longa fileira de botões de pérola a fez estremecer.

Ele abriu um dos botões.

— Linda.

Mais dois botões se soltaram, e ele se aproximou para pressionar os lábios na pequena porção de pele nua.

— *Sei bellissima.*

Mary ofegou enquanto ele abria toda a fileira de botões com mãos firmes que a acariciavam e provocavam. Como, ela se perguntava, ela iria terminar sua primeira noite inteira diante de toda aquela sedução?

Finalmente — *finalmente!* — ele deslizou o corpete pelos ombros dela e suas mãos largas e fortes acariciaram seus músculos, afagando cada centímetro da pele dela.

Precisando de mais, precisando de *tudo*, Mary ergueu o dorso e os braços para que o vestido caísse cintura abaixo. Enquanto gemia na curva do pescoço dela, as mãos de Jack imediatamente encaixaram-se em seus seios. Arqueando a cabeça no ombro dele, ela virou o rosto para que suas bocas se encontrassem em um beijo aquecido. Seus seios pareciam pesados e sensíveis na ponta dos dedos dele até que, *Graças a Deus*, ele a virou em seus braços mais uma vez com as mãos nos quadris dela e abaixou a cabeça até a altura do peito dela para pegar um e depois o outro seio com a boca. Um amor doce e selvagem vinha do marido para a esposa e da esposa para o marido enquanto ela se aproximava ainda mais.

Mesmo com seus lábios fazendo magia em seus seios, os dedos hábeis trabalhavam rapidamente nos botões de pérola dos quadris, e um pouco mais tarde o lindo vestido de seda e renda estava aos seus pés.

— Você estava... — Ele correu as mãos pelos quadris nus e pela liga branca delicada que segurava as meias de seda. Ele estava obviamente surpreso, e extremamente excitado, diante da percepção de que ela não estava usando calcinha por baixo do vestido de noiva. — Você não estava...

Embora eles não fossem abrir os presentes que dariam um ao outro até o dia seguinte, Mary quis dar a si mesma para Jack como presente adiantado.

— Feliz Natal.

Ele a pegou com força no mesmo momento em que sua boca se encontrou com a dela. E então os dois caíram na cama, e as bocas e mãos pareciam estar por toda parte ao mesmo tempo.

As palavras afetuosas escaparam de seus lábios em uma mistura de inglês e italiano.

— Adoro você.

— *Ti amo.*

— Você é meu.

Eles trocaram o primeiro beijo sob o visco. Usando apenas uma tiara de folhas e frutos de visco, Mary aproximou-se de Jack e o trouxe com força contra ela enquanto os dois chegavam juntos ao orgasmo pela primeira vez como marido e mulher.

* * *

Quando ela acordou, aninhada nos braços dele, horas mais tarde, havia uma pequena caixa embalada em seu travesseiro. Do lado de fora das cortinas, a luz da lua brilhava sobre eles, e a brisa fria do inverno soprava as folhas das árvores de limão e laranja pelo pátio da suíte.

Jack as deslocou para que os travesseiros estivessem atrás dela ao lhe entregar a caixa.

— Você me deu o presente antes, agora é minha vez de dar o meu presente para você. — Quando ela rasgou o papel, ele riu e disse: — Então eu estava certo, é assim que você abre os presentes.

Mary abriu a caixa e, quando viu o presente, as lágrimas que mal conseguiu controlar o dia todo finalmente escorreram pelo seu rosto. Tirando o delicado enfeite de Natal da caixa, ela ficou admirada diante do trabalho artesanal e artístico utilizado para criar o anjo de porcelana.

— Aquele dia na lanchonete, quando você me chamou de *anjo* pela primeira vez — ela olhou para ele em meio às lágrimas que se acumulavam em seus cílios —, eu já era sua.

— E eu já era seu.

O relógio na praça bateu meia-noite quando eles se aproximaram um do outro para começar o primeiro dia como marido e mulher com calor, paixão... e amor incondicional.

Um amor que duraria para sempre.

Epílogo

Janeiro

Mary riu alto quando Jack a girou em seus braços fortes na calçada em frente à nova casa deles em Palo Alto, um subúrbio a trinta minutos ao sul da cidade e a cinco minutos do seu novo escritório, no coração do Vale do Silício. Ela enlaçou os braços ao redor do pescoço dele e ficou maravilhada, pelo que parecia ser a milésima vez, com o fato de ele ser realmente dela.

— Nossos novos vizinhos estão provavelmente olhando por detrás das cortinas pensando coisas sobre o novo casal maluco do quarteirão.

— Malucos de amor — ele disse, antes de *realmente* dar aos vizinhos algo para poderem comentar ao beijá-la apaixonadamente.

Ofegante no momento em que ele afastou sua boca da dela, foram necessários alguns minutos para perceber que ele a estava carregando pela entrada da frente. Jack pegou a chave da mão dela e abriu a porta.

— Pronta para entrar, Sra. Sullivan?

Deus, como ela o amava... e como ficava emocionada toda vez que percebia que agora era uma Sullivan também.

Dessa vez era ela quem beijava Jack em plena vista da vizinhança.

— Leve-me para casa, Jack.

Seu coração se encheu de alegria ao ser carregada pela entrada da casa até a sala de estar. Lentamente, ele a colocou no chão, certificando-se de que suas curvas deslizassem contra seus músculos em todos os lugares possíveis.

— Quando a mudança chega? — ela perguntou com a voz rouca da necessidade que ficava cada vez mais forte a cada dia que estavam juntos.

— Em uma hora.

Ela começou a tirar a camisa dele e dizer:

— Temos tempo suficiente para batizar nossa casa adequadamente.

As mãos de Jack também ficaram ocupadas tirando as roupas dela, e os dois estavam quase nus quando ela se lembrou de trancar a porta e fechar as cortinas. Conforme ele se movimentava pela sala para chegar até ela, mais uma vez Mary ficou surpresa por sua incrível beleza masculina. Toda vez que ela via seus ombros largos, os músculos abdominais bem modelados, as pernas fortes, perdia um pouco mais do autocontrole.

Um pouco depois que ele chegou perto dela, Mary pulou em cima dele, enlaçando braços e pernas ao redor do amado. Ele reagiu abaixando-a no tapete macio e beijando-a absurdamente.

Uma hora mais tarde, quando a mudança chegou, eles já estavam completamente vestidos e zonzos como duas crianças levadas que tinham sido pegas escondendo o pote de bolacha. Mary orientou a organização da mobília e Jack supervisionava a montagem de seu *home office* para que ficasse bem parecido com a velha garagem em que ele e seus sócios trabalharam por tanto tempo.

Depois que todos foram embora, Mary e Jack andaram de mãos dadas pela porta-balcão que dava para o quintal. Ele a apertou contra seu peito e disse:

— Um dia, vou construir uma casa na árvore com os nossos filhos naquele carvalho.

Ela inclinou a cabeça em seu ombro ao olhar para o céu pelas folhas das árvores:

— E podemos fazer o almoço de domingo debaixo das sombras dos galhos, do mesmo jeito que a minha mãe costumava fazer todo fim de semana quando eu era criança.

Não doía mais pensar na Itália, e Jack adorava ouvi-la contar suas histórias em italiano conforme ia ficando cada vez mais fluente na língua nativa dela. Mas, embora ela tivesse adorado redescobrir a cidade onde passou a infância durante o Natal, sabia que estava exatamente onde deveria estar.

Mary Sullivan estava finalmente em casa.

Fevereiro

Jack estava fazendo planos para o Dia dos Namorados por semanas. Assim que Mary acordasse, haveria dúzias de rosas esperando por ela em cada cômodo da casa, mas ele também teria um prato de panquecas em formato de coração fumegantes prontas para serem servidas na cama. Em seguida, fariam um passeio de barco pela Baía de São Francisco e jantariam em um restaurante sofisticado, fechando a noite com dança.

Ele daria a ela um Dia dos Namorados perfeito e memorável.

Jack estava cheio de massa de panqueca quando o telefone tocou. Ele atendeu rapidamente antes que pudesse acordar Mary. Cinco minutos depois, já estava xingando quando desligou. De alguma forma, as rosas que encomendou tinham sido entregues na casa errada, e a mulher que recebeu ficou tão encantada que o marido implorou ao rapaz da entrega que fingisse tê-las levado à casa certa. A florista prometeu entregar as flores de Mary logo, isso se eles conseguissem encontrar a quantidade certa àquela altura.

Um pouco mais tarde, a chuva que ficou ameaçando a noite toda começou a cair, junto com um vento forte. Já era o passeio de barco romântico. Nenhum dos dois iria curtir passar mal em um passeio.

Tudo bem, então ele garantiu que iria servir a melhor panqueca do mundo, e então improvisaria o restante.

Quinze minutos depois, e uma dúzia de panquecas nada comestíveis mais tarde. — *Por que diabos a maldita massa não queria cooperar?* —, Mary entrou na cozinha.

Os olhos dela se arregalaram diante da inesperada e enorme bagunça.

— Jack, se você estava com fome, poderia ter me acordado para fazer panquecas.

— Eu ia surpreender você com o café da manhã na cama no Dia dos Namorados. — Ele tirou uma das coisas horríveis da frigideira e a levantou.

A esposa sempre lhe tirava o fôlego, mas ainda mais quando olhava para ele com tanto amor.

— Ah, Jack, elas estão em formato de coração. Que doce!

Frustrado por seus planos terem se transformado em um enorme desastre, ele foi contando em detalhes tudo o que havia dado errado naquela manhã, e no restante do dia.

Mary jogou a cabeça para trás e riu:

— Que bagunça espetacular!

Embora ele estivesse começando a achar graça de si mesmo, precisava que ela soubesse a verdade.

— Era para ser o dia mais romântico da sua vida.

Ainda rindo, ela se aproximou mais dele e disse:

— Rosas e panquecas em formato de coração e passeios de barco são coisas maravilhosas, e eu amo o cuidado e o carinho para o dia de hoje, mas quer saber o que eu acho romântico mesmo?

Ele nunca conseguia pensar direito com ela em seus braços, e era preciso se concentrar demais para verbalizar uma frase:

— Conte-me, anjo.

— Primeiro, o modo como você leva café na cama toda manhã.

Ele a lembrou:

— Fica frio antes que você consiga tomar o primeiro gole porque não consigo tirar as mãos de você para deixá-la beber enquanto ainda está quente.

— Entendeu o que eu quis dizer? Muito romântico — ela disse ao se aninhar ainda mais nele. — E também a forma como você me dá o melhor lugar no cinema e faz com que eles mergulhem a pipoca na manteiga e no sal porque você sabe que é o meu pecado favorito... tirando você — ela delicadamente tirou o cabelo dele dos olhos. — Amo o jeito como você sempre segura as minhas mãos quando caminhamos, e como você olha para mim como se não pudesse acreditar que eu sou sua. E também o fato de que todos os dias que passamos juntos são os mais românticos da minha vida.

— Eu te amo.

— Também te amo. — Ela ficou nas pontas dos pés para beijá-lo, e, um pouco depois que seus lábios encontraram os dele, ela sussurrou: — Feliz Dia dos Namorados.

Março

As vendas da Agenda Eletrônica de Bolso foram espetaculares durante o Natal e continuaram subindo mesmo após esse período. Enquanto a imprensa ainda estava interessada na história de amor de conto de fadas de Mary e Jack, eles estavam mais interessados em qual seria a próxima invenção brilhante.

Mary adorava observar o cérebro dele trabalhar quando ficava atentamente focado no seu escritório. Apesar da carga de trabalho pesada, ele era um marido maravilhosamente devotado. Mesmo assim, nos dois últimos meses ela aprendeu que um pouco de sedução podia ser uma forma bem valiosa de ajudar as sinapses de Jack quando eles ficavam encalhados com um problema.

Ela estava quase no colo dele na hora em que ele percebeu sua presença. Por um momento, os olhos de Jack permaneceram concentrados, e então rapidamente ficaram negros e aquecidos de prazer.

— Era disso que eu precisava — ele murmurou ao pegá-la no colo. — Bela inspiração.

O curto roupão de seda foi aberto conforme ela foi enlaçando os braços ao redor dele. Ele acariciou seus seios com as pontas dos dedos.

— Tão linda — ele se aproximou da curva do pescoço dela e sentiu seu perfume. — Tão doce — ele pressionou os lábios na orelha dela. — Tão macia.

Mary entrou no escritório para tentar provocar Jack por alguns minutos, mas em questão de segundos era ele quem a seduzia.

Ela nunca imaginou que maridos e esposas pudessem continuar com sexo tão travesso, mas, à medida que Jack tirava o roupão dela completamente, a erguia em sua mesa e a penetrava com impulsão perfeita, ela rapidamente, e com alegria, descobriu que podiam, sim.

— Agora, sim! — ele disse ao ficar mais perto dela um pouco depois e levá-la ao quarto para continuar a sedução iniciada no escritório. — Essa é a forma perfeita de terminarmos um dia de trabalho.

Ela se deitou com ele na cama e concordou:

— Absolutamente perfeita.

Abril

O urso de pelúcia estava esmagado entre Jack e Max quando os dois homens se abraçaram.

— Parabéns, Max.

Depois que Mary parabenizou Max também, o irmão de Jack disse:

— Não vejo a hora que vocês dois conheçam meu novo garotinho. — Ele parecia ao mesmo tempo exausto e extasiado ao levá-los de volta à ala da maternidade.

Assim que entraram no quarto de Claudia, Ian imediatamente pulou da cama e foi para os braços de Jack.

— Sou o irmão mais velho.

Jack deu um beijo estalado no garotinho.

— Parabéns, Sr. Incrível.

Ian ergueu os braços para cumprimentar Mary em seguida.

— O bebê Adam é pequeno.

— Sim — Mary disse ao abraçá-lo —, e ele é perfeito, assim como o irmão mais velho dele.

Claudia estava brilhando de felicidade.

— Estou tão feliz por vocês estarem aqui. Nós todos estamos.

— Não perderíamos este momento por nada — Jack disse a ela. Quando Max contou que Claudia havia entrado em trabalho de parto, Allen ofereceu-lhes o jato particular de São Francisco até Seattle.

Claudia entregou o recém-nascido nos braços de Jack, e Adam arregalou os olhos para ele.

— Ele é uma gracinha, não é?

A cunhada concordou, e Max ficou ao lado dela para que ela se apoiasse nele.

— É por isso que decidimos que o nome do meio dele deveria ser Jack.

Mary acariciou o rosto do bebê com as pontas dos dedos, maravilhada.

— Adam Jack Sullivan — ela sussurrou. — Você é um garotinho de muita sorte por ter nascido nesta família extraordinária.

Ian puxou o cabelo dela para chamar a atenção.

— Eu também! Sou um garoto de sorte também!

— Nós todos somos! — Jack concordou.

Ethan passou pela porta com uma enfermeira bonitona toda agitada, e obviamente encantada, que usava salto alto.

— Desculpe, mas há muita gente aqui — ela tentou protestar. Mas, quando ele lançou a ela um de seus sorrisos conquistadores e disse "Por favor", ela simplesmente ficou roxa e partiu.

— Ouvi dizer que há um novo Sullivan. — Ethan ergueu uma garrafa de champanhe em cada mão. — Vamos celebrar!

Maio

— Já posso abrir os olhos? — Mary perguntou enquanto Jack a ajudava a sair do carro. Ela sabia que eles iriam passar o fim de semana no Lago Tahoe, mas ele pediu que ela fechasse os olhos um pouco antes para que o destino final no lago fosse uma surpresa.

— Em breve — ele prometeu.

A voz grave dele fez com que o sangue corresse em seu corpo. De olhos fechados, ela estava deliciosamente consciente da sensação da palma da mão dele na dela e do perfume masculino.

Depois de dar uns vinte passos, ele disse:

— Pode abrir os olhos. Feliz aniversário, anjo.

Eles estavam em pé na beira do lago de uma baía particular cheia de pinheiros. Toda a neve do inverno havia derretido no fim de maio, e o lago estava azul cristalino. Os pássaros gorjeavam e o sol lançava faíscas dançantes por toda a superfície da água.

— Que lugar bonito! — Quando ela se virou para dar um beijo nele, Mary percebeu que havia uma cesta de piquenique na mão de Jack. O grande número de atores e modelos com quem ela havia celebrado os aniversários anteriores não era nada perto do piquenique tranquilo sob os pinheiros de Tahoe com seu marido. — Obrigada por me trazer aqui.

Depois de se sentarem em um cobertor macio, ele disse:

— Estou pensando que deveríamos construir o chalé bem neste lugar.

Ela quase derrubou o copo de vinho que ele havia acabado de lhe entregar.

— Construir um chalé? Aqui?

Seu belo sorriso roubou-lhe o fôlego, mesmo antes de ele dizer:

— É nosso, Mary. Todas as árvores e pinhas e grãos de areia.

Jack sabia que ela não precisava de presentes caros nem de gestos extravagantes para provar o quanto ele a amava. Assim como ela sabia que não precisava de nada disso dele. Mas, às vezes, era exatamente a coisa certa a ser feita, ela decidiu ao colocar o copo de lado e trazê-lo mais para perto para um beijo *muito* apaixonado, extravagante e generoso de agradecimento.

Junho

— Sei que você vai amar a Califórnia, *mama*. Por favor, venha ficar com a gente um pouco. — Jack posicionou-se atrás de Mary para massagear os ombros dela enquanto ela ouviu a recusa teimosa da mãe de entrar em um avião para visitar os Estados Unidos. Mal conseguindo controlar o suspiro, Mary disse: — Mande meu amor ao *papa*. — Quando ela desligou, soltou um suspiro. — Tentei, mas ela não sai de casa nem por uma semana.

Claramente sentindo sua frustração, Jack pressionou-lhe um beijo no topo da cabeça.

— Adorei quando passamos o inverno na Itália. Que tal você me mostrar como a sua cidade fica no verão?

A esperança fez o peito de Mary pular quando ela disse:

— Mas sua carga de trabalho com a nova linha de produção...

— Não vejo a hora.

* * *

Alguns dias depois, Jack conseguiu exibir como suas habilidades com a língua italiana iam longe ao orientar o motorista do aeroporto até Rosciano. Fazia seis meses, Mary estava assustada e cautelosa durante a viagem. Agora não via a hora de ver todos novamente.

Ela saiu correndo do táxi para abraçar a mãe, e lá ficou por um bom tempo. Finalmente, sua mãe a soltou para olhar para ela.

— O amor a deixou ainda mais bonita, *cara*

— Estou feliz, *mama.* — Mary instintivamente pegou a mão de Jack e disse: — Tão feliz.

— Que bom! — disse a mãe, depois olhou incisivamente para a barriga chapada de Mary. — Mas um bebê a fará ainda mais feliz.

* * *

Naquela noite, depois que a lua surgiu, o ar estava quente quando Mary e Jack subiram de mãos dadas ao topo da montanha acima da cidade.

— Sua mãe foi bem eloquente hoje ao explicar que eu posso ser um genro verdadeiramente bom dando a ela muitos netos fortes e belas netas. Contudo — ele disse com um sorriso —, ela fala muito rápido e eu preciso melhorar meu italiano, então pode ser que eu tenha inferido algumas das coisas que ela disse.

Mary teve que rir do novo foco da mãe. Agora que conseguira o casamento no Natal que sempre havia sonhado para a filha, Lucia Ferrer estava pronta para que o próximo grande sonho se realizasse:

netos. Talvez, só talvez, Mary esperava, um recém-nascido finalmente a convencesse a viajar para a Califórnia.

— Não vejo a hora de saber o que vocês dois aprontaram — ela disse.

Nesse momento Jack tirou o cabelo do ouvido dela e começou a sussurrar seus planos incrivelmente travessos para os dois... em perfeito italiano.

Julho

Jack sempre se sentia como uma criança no aniversário dele. Nas semanas que antecediam a data, sempre que ele falava sobre o grande dia, Mary sorria como que guardando segredo e passava o dedo pela boca, indicando a ele que dali não sairia nada. Se ela estivesse ao telefone com a mãe dele e ele entrasse na sala, ela abruptamente se despedia e desligava.

— Você está planejando algo para o meu aniversário, não está? — ele perguntou.

— Sim — ela respondeu em vez de negar —, sua mãe estava me falando para fazer o seu bolo predileto.

Ele tentou conseguir mais detalhes da melhor forma que sabia, mas até seus sedutores poderes de persuasão não faziam com que ela abrisse a boca.

Finalmente, na manhã do seu aniversário, Mary deu a Jack ingressos para uma corrida em Sears Point, em Sonoma, uma pista de nível internacional a apenas noventa minutos da casa deles.

A maioria das pessoas ficava surpresa quando descobria o amor de Jack por carros de corrida, mas não Mary. Ela simplesmente assentiu como se a última peça do quebra-cabeça tivesse se encaixado.

— Eu sempre soube que havia algo perigoso em você.

Jack amava tudo sobre as pistas. O cheiro de borracha queimada no sol quente de verão. A emoção de ver os carros passarem em um piscar de olhos. A impressionante habilidade de os motoristas voarem a mais de trezentos quilômetros por hora.

Ele nunca pensou em dividir seu amor pelas corridas com a esposa, mas, assim que ela lhe deu os ingressos, ele descobriu que ela praticamente havia crescido no Grand Prix da Itália com o pai, que a tinha ensinado a amar o esporte.

— Velocidade. Perigo. A emoção da vitória. — Ela estava claramente tão excitada quanto ele. — Como não amar?

Ele caminhava orgulhoso com sua bela esposa passando pelos portões dos estandes quando Mary o surpreendeu mais uma vez levando-os na direção oposta.

— Você não achou que *assistir* às corridas ia ser sua surpresa de aniversário, pensou?

Espere um pouco. Mary não teria conseguido que ele…

— Mary! Há quanto tempo!

Um dos grandes pilotos, Alvin Rusker, beijou o rosto de Mary.

— Gostaria de lhe apresentar meu marido, Jack Sullivan. Jack, este é o Alvin.

— Ah — Alvin sorriu ao cumprimentá-lo —, então você é o homem de sorte que conseguiu roubar o coração da Mary — ele sorriu para Jack. — Pronto para sentar atrás do volante?

— Surpresa! — disse Mary, claramente animada consigo mesma por ter conseguido não dar nenhuma pista sobre seu maravilhoso presente.

Jack mal se conteve e quase saiu pulando como se fosse um garotinho. Mas, antes que ele pudesse responder para Alvin, Jack teve de pegar a esposa nos braços para beijá-la excitadamente.

Finalmente ele se virou para Alvin e disse:

— Agora estou pronto!

* * *

A pista era rápida, o carro, mais ainda. Todos os sonhos de infância de Jack haviam acabado de se tornar realidade a cada volta em um dos carros de corrida de Alvin.

Foi o melhor aniversário da vida dele. Cheio de velocidade. Perigo.

E a emoção de estar apaixonado pela mulher mais incrível que ele havia conhecido.

Agosto

Mary deu a Yvette, Susan e Janeen toalhas grossas para se enrolarem durante o tempo que passariam na praia de São Francisco.

As meninas sorriram para ela.

— Obrigada, Mary. E obrigada por ter pensado em nós para este comercial. — Janeen era a mais animada de todas ao dizer: — Não acredito que vou aparecer na TV!

Georgina chamou Mary para dar uma olhada no que já havia sido gravado.

— O que você acha, chefe?

Mary sorriu depois de olhar o filme.

— Fantástico, como sempre.

— Bem, a forma como você dirigiu as meninas na rebentação foi maravilhosa. Esse comercial vai ser de primeira linha. Imagino que você esteja gostando de ser consultora da agência de publicidade...

— Tem sido um desafio bem legal — Mary disse à amiga. — A princípio eu me perguntei se não era hora de parar, mas Jack não parava de me lembrar das vezes em que fui contratada para ser modelo e as agências de publicidade acabaram usando minhas ideias conceituais em vez de seguirem os roteiros.

— Você se casou mesmo com o cara certo — disse Georgina. Os olhos dela se iluminaram ao ver algo sobre os ombros de Mary. — E ele também é bem bonito.

Mary virou-se, surpresa ao ver Jack andando pela areia na direção delas. Depois de todo o segredo durante o tempo de namoro, Mary agora adorava a forma como ele sempre a beijava para cumprimentá-la, não importava com quem estivessem ou onde.

Os joelhos dela estavam bambos quando ele se virou para sorrir para Georgina.

A diretora lançou-lhe um olhar zombeteiro.

— Você não está aqui para distrair o meu gênio da publicidade, está, Jack?

Ele sorriu de forma nada arrependida, mas prometeu:

— Se você me deixar ficar no set, vou sentar lá no fundo e não vou causar problema algum.

Claro que, quando Yvette, Susan e Janeen o viram, ficaram todas ao redor dele para abraçá-lo e bombardeá-lo com as notícias recentes de suas carreiras e namoros. Mary adorava a maneira como ele havia se tornado uma espécie de figura paterna para elas.

— Só vai causar problemas — Georgina resmungou ao tentar esconder o sorriso, claramente tão encantada com ele quanto as demais. — De volta ao trabalho, pessoal, antes que percamos a luz. E você — ela disse, apontando para Jack —, sente-se ali e seja um bom menino. Senão, já viu.

Depois de dar mais um beijo apaixonado em Mary, ele deixou o set que haviam construído na praia naquela manhã.

Foram necessários alguns minutos para que suas sinapses voltassem a acontecer apropriadamente de novo.

— Estou pronta quando você estiver — ela disse a Georgina.

Mas, em vez de voltar ao trabalho, a amiga colocou a mão no braço dela e disse:

— Estou feliz por você, Mary.

Mary ainda sentia o beijo de Jack formigando em seus lábios e seu olhar apaixonado por ela quando disse à amiga:

— Também estou. Mais feliz do que jamais pensei que poderia estar.

Setembro

— Você já pensou no que teria acontecido se não tivéssemos nos encontrado em dezembro passado?

Eles faziam um passeio de fim de noite pelas trilhas das charnecas perto da casa deles. Jack adorava as surpresas que eles faziam um ao outro e os muitos outros momentos excitantes, mas eram aqueles momentos rotineiros que ele mais amava.

Jack e Mary estavam de mãos dadas e o sol ainda estava bem alto no céu noturno de verão quando ele respondeu:

— Não, nunca pensei nisso.

Mary virou-se para, ele obviamente surpresa.

— Você nunca pensou?

Ele sorriu para a esposa, pensando como era surpreendente o fato de que ela ficava mais bonita a cada dia. O amor, várias amigas dela haviam comentado isso nos últimos nove meses, tinha lhe dado um brilho ainda mais forte do que ela já possuía.

— Nós fomos feitos um para o outro. E, se tivéssemos nos encontrado no Natal passado ou daqui a dez anos, eu ainda teria amado você. Verdadeiramente — ele acrescentou ao apertá-la em seus braços. — A única coisa que me pergunto é quanto tempo levará para chegarmos em casa para eu levar você para a cama.

— Você sabia que eu era a garota mais rápida do meu time de corrida? — Ela lhe deu um beijo rápido antes de sair correndo na direção da casa deles.

Jack foi atrás, rindo, amando-a ainda mais durante todo o percurso.

Outubro

Mary e Jack estavam no topo da montanha em Napa Valley olhando para as vinícolas. A época em que as uvas eram esmagadas estava começando, e o ar estava perfumado com o aroma.

— Quando eu era criança na Itália, os donos das vinícolas nos deixavam esmagar as uvas com nossos pés nos barris. E depois serviam o suco em copos para tomarmos. — Ela riu ao olhar para os pés e acrescentou: — Infelizmente, não tenho certeza de quantos pensavam em lavar os pés antes de entrar nos barris.

Jack adorava ouvi-la falar da infância. Rosciano ficava no coração da região vinícola de Abruzzo, na Itália, então, quando um amigo seu, proprietário de uma vinícola em Napa, sugeriu que eles passassem ali o fim de semana para fazer parte das celebrações do esmagamento das uvas, Jack sabia que Mary iria adorar.

— O que você acha de deixar tudo para lá e abrir uma Vinícola Sullivan?

— Talvez um dia — ela disse ao descerem a montanha em direção aos galpões da vinícola. — Mas no momento sou mais a favor da nossa vida da forma que ela é agora.

David, o amigo de Jack, acenou para que entrassem em um celeiro de paredes de pedra.

— Estão a fim de esmagar umas uvas? — Ele apontou para um barril cheio. — Se estão, entrem.

Jack sorriu para Mary.

— Que tal você me ensinar como se faz?

Ela estava muito emocionada com o plano ao chutar os sapatos para longe. Depois de tirarem as meias e de ele erguer a barra da calça, e os dois rapidamente lavarem os pés, entraram no barril, rindo das uvas esmagadas sob seus pés. Rapidamente ficaram cobertos de suco, não só os pés, mas as pernas e as roupas também.

Ele jamais se cansaria do som da risada dela nem do gosto de seu beijo. E mais tarde, quando eles se sentaram sob o céu noturno e beberam o suco que fizeram juntos, seguido de um dos excelentes vinhos do amigo de Jack, ele fez um pedido às estrelas.

Seu desejo era que os filhos que ele e Mary tivessem um dia também encontrassem um amor profundo e verdadeiro como o de seus pais.

Novembro

Os Sullivans concordaram em se reunir na casa de Mary e Jack para o Dia de Ação de Graças. Max e Claudia chegaram primeiro com Ian e Adam, e Mary ficou surpresa ao ver como os garotos haviam crescido. Ian imediatamente correu para brincar no quintal, e Mary pegou Adam no colo e ele se acomodou com alegria enquanto Jack servia drinques ao irmão e à cunhada.

Mary apoiou o bebê no quadril para atender a porta e encontrar Ethan na soleira.

— Oi, linda — ele disse, com seu jeito galanteador. — Você fica bem com o garoto. Quando você e Jack vão começar a produzir?

Mary começou a rir ao cumprimentá-lo com um beijo.

— Você parece a minha mãe. Por isso ela se apaixonou por você quando o conheceu em nosso casamento.

— Todas aquelas italianas lindas — ele disse, com o olhar cheio de desejo. — Preciso voltar logo para Rosciano.

— Me avise quando parar de flertar com a minha esposa — Jack falou para Ethan —, e então eu te sirvo uma bebida.

Mary estava prestes a fechar a porta quando uma limusine preta brilhante estacionou. Finalmente ela iria conhecer William Sullivan. Toda vez que ela e Jack faziam planos para vê-lo, suas viagens para São Francisco eram realocadas para outras cidades no último segundo. Mary entendia, pois suas escalas de viagem já haviam sido bem agitadas um dia.

Quando ele saiu do veículo, ela percebeu que ele era tão bonito quanto seus irmãos, mas, diferentemente de Jack, Max e Ethan, ela não conseguia interpretar a expressão de William. Ela sabia que ele era artista, e era muito talentoso, mas até mesmo Jack achava seu irmão um pouco misterioso.

— Você deve ser a Mary.

Ela estendeu a mão:

— É maravilhoso finalmente conhecê-lo.

Seu olhar ficou mais suave quando ele passou a mão no cabelo macio de Adam, e Mary finalmente viu ali mais do que uma semelhança física entre William e os três irmãos.

Howie, Larry e Layla chegaram um pouco depois e ajudaram a encher a casa de riso e amor. E, quando todos se sentaram logo em seguida diante de uma enorme quantidade de comida servida à mesa, Mary desejou que seus pais e os de Jack pudessem estar com eles também.

Sem dúvida aquele era o melhor Dia de Ação de Graças que já tivera.

Mary tinha tanto a agradecer. O amor de Jack. A relação com os pais estava melhor do que nunca. Fazer parte da família Sullivan. Sua carreira de sucesso.

E, talvez, se suas suspeitas estivessem certas, ela e Jack logo teriam ainda mais para agradecer...

Dezembro

— Feliz aniversário de casamento, anjo.

Jack e os irmãos haviam terminado de construir o chalé no Lago Tahoe algumas semanas antes, e naquela noite Mary e Jack estavam deitados, entrelaçados um no outro no tapete macio na frente da nova lareira feita de pedras.

Mary sentiu-se tão quente e segura com a cabeça aninhada no peito de Jack, ouvindo o coração dele bater firme e forte. Normalmente ela teria ficado bem ali. Mas ela tinha uma surpresa para Jack e não podia esperar mais nem um minuto para dar a ele.

Quando ela se levantou, o olhar quente dele a seguiu enquanto ela caminhou até as malas que deixaram na frente da porta de entrada e voltou para ajoelhar-se na frente dele.

Ela segurou um pequeno pacote, mas, em vez de abri-lo, passou a mão no rosto dele.

— Eu te amo.

— Também te amo.

Um pouco depois, ele pegou o pacote verde e vermelho e tirou o lindo enfeite que estava dentro dele. Era uma árvore de Natal feita de argila, com os nomes de Mary e Jack entalhados no topo. No final de cada galho da árvore em miniatura havia espaço para acrescentar outros nomes.

— Se nosso primeiro filho for um menino, eu gostaria de chamá-lo de Marcus, em homenagem ao meu pai. E, se for uma menina...

Jack a interrompeu antes que ela pudesse terminar de falar.

— Você está grávida?

— Vamos ter um bebê, Jack.

— Pensei que o último Natal tivesse sido o melhor da minha vida — ele disse com reverência ao trazê-la para perto de si, colocando a mão em sua barriga —, mas você sempre faz o dia seguinte ser melhor do que o anterior.

Juntos ele penduraram o novo enfeite na árvore ao lado do anjo que ele havia dado a ela um ano antes, em seu primeiro Natal juntos.

Um ano antes, tanto Mary quanto Jack estavam procurando um milagre de Natal, mas eles deram um ao outro muito mais do que qualquer um deles poderia ter sonhado.

— Veja — ele disse, apontando para o teto. — Visco.

E, quando Mary e Jack Sullivan se beijaram sob o ramo de visco, os dois sabiam que muitos mais milagres estavam por vir…

Dias atuais

Olhando para baixo, com lágrimas nos olhos, Mary viu os dois enfeites de Natal em seu colo, que eram mais preciosos para ela do que qualquer um que possuía.

Desde aquele primeiro Natal Sullivan e por todos os Natais Sullivan que seguiram, aqueles dois enfeites representavam o amor profundo e verdadeiro entre ela e Jack. Ela se sentia incrivelmente abençoada pela vida excitante que teve, pelos filhos que fizeram de cada um de seus dias um prazer, e, acima de tudo, por amar e ser amada por Jack Sullivan.

O som de vozes alegres vindo da entrada trouxe Mary de volta de suas lembranças. Limpando os olhos úmidos com as pontas dos dedos, ela se levantou e cuidadosamente colocou os dois enfeites na árvore.

Olhando para cima, ela sussurrou:

— Eu te amo, Jack.

Quando abriu a porta, a família estava lá, na neve que caía, sorrindo para ela. Marcus e Nicola estavam na soleira com Chase e Chloe. Gabe, Megan e Summer vinham se aproximando, cheios de presentes embrulhados.

— Feliz Natal — eles todos disseram ao beijar e abraçar Mary, e então começaram a encher o chalé.

Chegava o momento de mais um Natal Sullivan começar.

Conheça outros sucessos de Bella Andre

UM OLHAR DE AMOR

Chloe prometeu nunca mais cometer o erro de confiar em um homem. Mas, a cada olhar de Chase Sullivan, ela sente que não pode fazer nada a não ser se perguntar se encontrou a única exceção. Bella Andre nos presenteia com a primeira história desta série sensual e romântica, em que, ao contrário do que muitos pensam, aceitar o amor não é um sinal de fraqueza, mas sim de coragem. E, melhor ainda: o amor é o parceiro perfeito do prazer.

Disponível em livro e e-book

POR UM MOMENTO APENAS

Marcus Sullivan precisa de uma noite de loucura para esquecer a grande decepção que sofreu. Nicole Harding, uma famosa cantora pop, ostenta a falsa imagem de símbolo sexual e, depois de ser traída, não quer mais saber de ninguém. Até conhecer Marcus, um homem charmoso e encantador. Segundo volume desta série sensual e romântica, em que o amor pode tornar um simples encontro em algo que durará para sempre...

Disponível em livro e e-book

NÃO POSSO ME APAIXONAR

Gabe Sullivan é um bombeiro de São Francisco que arrisca sua vida todos os dias. Megan Harris admite que deve tudo ao heroico bombeiro que entrou no prédio em chamas para salvar sua filha de sete anos. Quando Gabe e Megan se reencontram e as chamas incontroláveis do desejo se acendem, como ele poderia ignorar a coragem, a determinação e a beleza da jovem? A atração entre Gabe e Megan é irresistível. Se ambos não forem cuidadosos, correm o risco de se apaixonar.

Disponível em livro e e-book

SÓ TENHO OLHOS PARA VOCÊ

Sophie Sullivan, uma bibliotecária de São Francisco, tinha cinco anos de idade quando se apaixonou por Jake McCann. Vinte anos depois, estava convencida de que o bad boy ainda a via como a gêmea Sullivan boazinha. Jake faz de tudo para mantê-la distante. E não só porque ela é a inacessível irmã de seus melhores amigos, mas porque ele tem medo de tê-la perto demais e não resistir ao seu charme...

Disponível em livro e e-book

SE VOCÊ FOSSE MINHA

De todos os homens que Heather Linsey conhecera, Zach Sullivan era o mais atrevido. De qualquer forma, ela sabia que podia controlar as investidas dele, caso se mostrasse desrespeitoso. O que ela não sabia é que sua rejeição ia despertar os mais profundos e obstinados desejos de Zach.

Disponível em livro e e-book

PERTO DE VOCÊ

Smith Sullivan é um astro de Hollywood que tem o mundo aos seus pés, mas sente que falta alguma coisa. Valentina, mesmo sendo a mais discreta e fria das mulheres, acaba chamando a atenção de Smith. Imediatamente, o galã investe na sua conquista, mas esse desafio não será tão simples de vencer. Será que o charme dos irmãos Sullivan não é mais o mesmo?

Disponível em livro e e-book

QUERO SER SEU

Ryan Sullivan sempre gostou muito de Vicki, a quem conheceu na adolescência, quando ela lhe salvou a vida. O tempo passou, Vicki casou-se e se separou, e Ryan seguiu sua vida de solteiro. Até o dia em que Vicki pediu-lhe um favor: será que Ryan poderia fazer as vezes de seu namorado para afastá-la de um homem mal-intencionado e pegajoso? Agora, depois de brincarem de namorados, será que os dois conseguirão manter a amizade de sempre?

Disponível em livro e e-book

EM MEUS PENSAMENTOS

Grayson Tyler enfrentou uma tragédia três anos atrás. Agora, ele está recomeçando sua vida nas montanhas da Califórnia. A tranquilidade vai embora para sempre no dia em que a energia vibrante de Lori Sullivan invade o seu mundo. O magnetismo entre os dois promete tirar, literalmente, o sossego de Grayson, mas o fazendeiro solitário não está disposto a baixar a guarda. Ele não vai deixar essa novata virar sua vida de cabeça para baixo.

Disponível em livro e e-book

UMA NOITE PERFEITA

Em uma sofisticada estação de esqui, Colbie atravessa o caminho de Noah e as faíscas voam. Imediatamente atraída, Colbie entra em pânico e desaparece antes que o bonitão consiga o seu telefone. O difícil é resistir quando ele está determinado a provar que os dois vão ficar juntos a qualquer custo. Se tiver uma chance, Noah irá satisfazer todos os desejos secretos de Colbie... Todos dias e todas as noites...

Disponível em e-book

O JEITO QUE ME OLHA

Quando Rafe Sullivan precisa sair de Seattle para descansar e esfriar a cabeça, decide morar por uns tempos na cidadezinha onde a família costumava passar as férias de verão. No cenário de sua infância, Rafe reencontra Brooke Jansen, que se transformou em uma bela mulher. Nenhum dos dois consegue ignorar o clima de sedução, e Brooke propõe um caso de verão, sem amarras nem cobranças. Rafe luta para convencê-la de que eles devem continuar sendo apenas amigos... embora ele mesmo não esteja convencido disso.

Disponível em livro e e-book